解构主义故事观

珍妮特·温特森的

我在给你讲故事，相信我

佴康 著

I'M TELLING YOU STORIES,

TRUST ME

江苏人民出版社

U0688495

图书在版编目(CIP)数据

我在给你讲故事,相信我:珍妮特·温特森的解构
主义故事观/佴康著. —南京:江苏人民出版社,
2025.2

ISBN 978 - 7 - 214 - 28963 - 6

Ⅰ.①我... Ⅱ.①佴... Ⅲ.①外国文学—文学研究
Ⅳ.①I106

中国国家版本馆 CIP 数据核字(2024)第 031125 号

书　　　名	我在给你讲故事,相信我:珍妮特·温特森的解构主义故事观
著　　　者	佴　康
责 任 编 辑	朱晓莹
装 帧 设 计	潇　枫
责 任 监 制	王　娟
出 版 发 行	江苏人民出版社
地　　　址	南京市湖南路 1 号 A 楼,邮编:210009
照　　　排	江苏凤凰制版有限公司
印　　　刷	江苏苏中印刷有限公司
开　　　本	890 毫米×1240 毫米　1/32
印　　　张	10.25
字　　　数	218 千字
版　　　次	2025 年 2 月第 1 版
印　　　次	2025 年 2 月第 1 次印刷
标 准 书 号	ISBN 978 - 7 - 214 - 28963 - 6
定　　　价	68.00 元

(江苏人民出版社图书凡印装错误可向承印厂调换)

序言

当今世界，随着小叙事的回归，人们似乎更加渴望寻找那些能够触动心灵、传递真实、赋予意义的故事。在此背景下，故事讲述风潮如涛涌般席卷而来，成为人们生活中不可或缺的一部分。讲故事成为人们与世界沟通、表达自己情感、憧憬未来的重要方式。故事讲述不再只是一种娱乐形式，而是一种人生存在方式。它包含着人们理解拓制自我、生活、世界的视野、手段和境界。当下，故事讲述已成为西方文学领域最风行最重要的方式之一。

在当代西方不计其数的极富魅力的故事讲述者中，英国作家珍妮特·温特森（Jeanette Winterson）独具风采。她的故事以独特的讲述风格和深邃的思想内涵，吸引了无数读者的目光，引发了学界广泛的讨论与研究。解构主义故事观是其故事讲述的内核，它是温特森塑造人物、组织事件、创造艺术世界的基础和平台。在《我在给你讲故事，相信我——珍妮特·温特森的解构主义故事观》中，佴康以温特森的故事观为着眼点，深入探索了温特森的故事讲述的解构功能，揭示了故事讲述的本体论价值。佴康的专著不仅从本体论的角度将温特森的故事讲述和作品看成作者开发新人生境界的方式，还对温特森的文学写作提出了新看法，具有重要学术价值。将故事讲述看作伟大作家传达其独一无二的私密生命体验、创造指向未来的新异人生图景、启示人们走向新生活的重要方式，同时也具有理论价值。鉴于《我在给你讲故事，相信我》选题的前卫，观点的新颖，理论的深透，特推荐给同行和读者。祝大家阅读愉快，收获多多！

肖锦龙

南京大学文学院

目 录 CONTENTS

导　论

珍妮特·温特森(Jeanette Winterson,1959—　)生于英格兰的曼彻斯特。她曾是一个弃儿,自幼在宗教氛围浓厚的养父母家长大,后就读于牛津大学文学院,毕业后步入文坛。由于温特森的写作技巧高超,行文大胆,主题创新,作品中反映了当代人对现实生活的焦虑、怀疑和超越,受到读者的热捧,成为"我们这个时代,最好也是最有争议性的作家之一"[1]。2006 年,温特森以其杰出的文学成就被授予大英帝国勋章(OBE),成为英国当代最具代表性的先锋女作家之一。

一　温特森的创作历程

温特森的 11 部长篇小说和两部短篇小说集直接挑战了小说的传统形式,从虚构题材到叙述手法都另辟蹊径,屡获媒体好评,也受到各类文学奖评委会的认可。温特森有一个一战成名的写作生涯开端。1985 年,26 岁的温特森发表讲述自身经历故事的处女作《橘

---

[1] 英国《独立报》,转引自 http://www.chinawriter.com.cn/bk/2011-09-16/56253.html。

子不是唯一的水果》(*Oranges Are Not the Only Fruit*),一举拿下英国惠特布莱德最佳首作奖(Whitebread First Novel Award),她也因此崭露头角,为步入文坛打下了坚实基础。作家同行们对她称赞有加:美国作家戈尔·维达尔(Gore Vidal)称她为"20 年来我见过的最有趣的作家",英国作家穆丽尔·斯帕克(Muriel Spark)夸她是"有思想的新声音"。[①] 1987 年,温特森发表以拿破仑战争为历史背景的《激情》(*The Passion*),相继获得约翰·卢埃林·里斯文学奖(the John Llewellyn Rhys Literary Prize)、布鲁姆伯利奖(the Bloomsbury)、美国诺普夫奖(the Knopf)。由于《激情》中的丰富想象和奇幻元素,温特森被美国作家埃德蒙·怀特加(Edmund White-ga)称为"西亚·马尔克斯再现"[②]。1989 年,温特森发表以 17 世纪中叶英国为时代背景的《给樱桃以性别》(*Sexing the Cherry*),获得美国 E. M. 福斯特奖(the E. M. Forster Prize)。在这部作品中,故事的重要地位已经显现,《旧金山纪事报》将温特森和著名的"讲故事作家"比肩,将该作品和著名故事巨典并称,称这部作品是"一部以卡尔维诺的优雅口吻讲述、米兰·昆德拉的哲学形式编排的《天方夜谭》"[③]。1999 年,她获得意大利的一个文学奖项(the Prix Ital-ia)。她的作品被《卫报》评为死前必读 1000 本小说,入选《泰晤士报》所评的"六十年六十佳图书"。

[①] Jaggi, M. Interview. 'Redemption songs', *The Guardian*, Saturday, 29 May 2004. http://books. guardian. co. uk/print/0,3858,4934260 – 110738,00. html Accessed on 17 April 2004.

[②] 埃德蒙·怀特加,转引自(英)珍妮特·温特森:《激情》,李玉瑶译,北京:新星出版社,2011 年,书评摘要。

[③] 美国《旧金山纪事报》,转引自 https://www. amazon. cn/给樱桃以性别-珍妮特·温特森/dp/B008H0ZUSW。

接下来的十年,温特森可以说遭遇了写作生涯的黑暗时期,以自己和小说家朱利安·巴恩斯(Julian Barnes)的妻子,经纪人帕特·卡瓦纳(Pat Kavanagh)的恋情为蓝本,温特森创作了描写女同性恋三角恋情的三部小说:1992年的《写在身体上》(*Written on the Body*)、1994年的《艺术与谎言》(*Art and Lies*)和1997年的《宇宙平衡》(*Gut Symmetries*)。浓郁的女性主义表达、实验性的语言风格和对同性恋情的大胆描写,使其成为她最毁誉参半的三部作品。特别是《写在身体上》的出版遇到了否定性的批判,几乎没有人认为这是个有实质内容和创新性的作品,学术界和主流批判家似乎抛弃了她。[①] 很多评论家批评温特森的作品无聊且晦涩难懂,杰勒德(Gerrard)认为她似乎已经丢失了自己的方向。[②] 同时温特森特立独行的风格和自我推销引起诸多批判,尤其是她自己提名自己为现代文学最佳作者以及提名自己的作品为1992年年度最佳小说的行为招致了不少非议,很多人因此谴责她傲慢、自我。最典型的评论如利比·布鲁克斯(Libby Brooks)所说:"珍妮特·温特森凭借她第一部富有魔力的小说获得成功,不过像流星一般短暂,很快由于尖酸的个人攻击跌入谷底。"[③]

　　2000年温特森发表《苹果笔记本》(*The Power Book*),这部作品被视为她的回归之作,也是风格转向之作,"大部分人认为这是她事业的转折点"[④]。这部小说关注了网络故事创作。凯特·凯拉韦

① Pearce，L. 'The emotional politics of reading', in H. Grice and T. Woods (eds) "*I'm Telling You Stories*": *Jeanette Winterson and the Politics of Reading*. Amsterdam: Rodopi, 1998, pp. 29 - 39.
② Gerrard，N. 'The ultimate self-produced woman', *The Observer*, 5 June 1994.
③ Brooks，L. Interview. 'Power surge', *The Guardian*, G2, 31 March 2000, p. 3.
④ Ibid.

(Kate Kellaway)认为这部作品证明了温特森非常机智，是有独创力的好作家。① 同一时期，温特森开创性地注册了自己的同名网站，在网络上和读者积极互动，并为域名问题上法庭打官司，这也让她名声大噪，拥趸激增。2004 年出版的《守望灯塔》(*Lighthousekeeping*)成为英国年度畅销书，风靡数十国，入围 2005 年的英联邦作家奖，同时也入选了由人民文学出版社主持的"21 世纪年度最佳外国作品"系列出版计划，《纽约客》评论这部作品"充满了对语言和神话令人惊异的沉思"②。温特森本人则把这部作品看作自《橘子不是唯一的水果》开始的小说系列的收尾之作："在我的下意识中，那些作品构成了一个统一的情感历程，《苹果笔记本》是一个总结，一部繁富的巴洛克式的作品，我在其中放入了我从《橘子不是唯一的水果》以来学到和感受到的所有东西，譬如穿越时间、变换性别、拒绝直线式的连接。"③2005 年，温特森参与了坎农格特出版社(Canongate)的重构神话计划，出版了小说《重量》(*The Weight*)，以全新的角度叙述希腊神话里背负苍天的巨人阿特拉斯和大英雄赫拉克里斯的故事。史蒂夫·戴维斯(Stevie Davies)称赞该作品几乎具有了"神话诗性"。④ 这些小说的发表也为她争取到了更多的读者群。

① Kellaway, K. 'She's got the power'. *The Observer*. Sunday 27 August 2000. From http://books. guardian. co. uk/reviews/generalfiction/0,6121,359570,00. html Accessed on 21 July 2003.

② 摘自《纽约客》，转引自 https://book. douban. com/subject/24722927/。

③ http://www. jeanettewinterson. com. 转引自侯毅凌：《珍奈特·温特森：灯塔守望者之歌》，《外国文学》2006 年第 1 期。

④ Davies, S. 'Of Gods and mythical monsters'. *The Independent*, 28 October 2005. http://enjoyment. independent. co. uk/books/reviewsarticles322672. ece Accessed on 28 September 2006.

2009 年,温特森发表带有科幻小说特点的《石神》(*The Stone Gods*),被评论界再次鉴定为严肃文学作家。虽然评论家们对于其科幻小说形式和过度感伤的爱情故事颇有微词,但仍然认为它是个情节交错、生动形象、给人启迪的故事——"或者更确切地说小说敏锐地哀叹人类是个无可救药的轻率的物种"[①]。马特·索恩(Matt Thorne)在《周日独立报》中总结道:最终《石神》既不能说是科幻小说也不算是文学意义上的小说,显得独树一帜。[②] 2012 年,温特森发表了重写中世纪英国女巫清洗运动历史的《日光之门》(*The Daylight Gate*)。2015 年,她还参加了"霍加斯·莎士比亚项目"(Hogarth Shakespeare),改写莎翁名剧《冬天的童话》。在这部名为《时间之间》(*The Gap of Time*)的小说里,《冬天的童话》在原著和当代故事之间来回穿插,形成故事的合唱。2020 年 9 月,她出版了重写玛丽·雪莱哥特小说《弗兰肯斯坦》的《弗兰吻斯坦》,讲述了一个关于人工智能和性别流动的故事。从这三部小说的创作来看,温特森在故事重写的道路上还将不断求索。

长篇小说之外,温特森于 1986 年出版散文集《适应未来:想要过得好的女人们的生活指南》(*Fit for the Future:The Guide for Women Who Want to Live Well*),1995 年出版评论集《艺术之物》(*Art Objects*),1998 年出版短篇小说集《世界和其他地方》(*The*

---

① Le Guin, U. 'Head cases', *The Guardian*, Saturday 22 September 2007. from http://books. guardian. co. uk/reviews/sciencefiction/0, 2174334, 00. html Accessed on 6 January 2008.

② Thorne, M. 'Satire and SF meet-on another planet', *The Independent on Sunday*, 12 October 2007. from http://arts. independent. co. uk/books/reviews/article3050454. ece Accessed on 6 January 2008.

World and Other Places），2011 年出版回忆录《正常就好，何必快乐》(*Why Be Happy When You Could Be Normal？*)，2021 年出版短文集《十二字节》。此外，她还撰写过 6 部儿童小说和 4 部改编剧本，在市场和评论界均获得了成功。

二 "故事信徒"温特森

值得注意的是，温特森在她所有作品中都始终展现出一种超常的"讲故事"激情。正如《纽约时报书评》评价的那样："温特森从来就没有停止过当一个传教士，她的作品和谈吐充满了一个真正信徒的热情——一个相信故事和爱之救赎力量的信徒。"①彼得·乔尔兹(Peter Childs)在《当代小说家》一书中将温特森的主要创作主题归纳为"爱，生命，宇宙和讲述故事"，认为有别于连续完整的现代小说，温特森在她的小说里重新采用了讲述故事的方法，并且作品的各种主题都"与高于一切的讲述故事主题有关"。②

温特森不仅保持着对故事讲述的热情，更展现出诠释故事的使命感。以代表作《守望灯塔》为例，文本中"故事"一词的词频就达到了近 150 次；以《橘子不是唯一的水果》和《苹果笔记本》为例，在小说主线故事的发展中，插入的故事、童话，分别不下 15 个片段。温特森对故事的关注可见一斑。故事在其作品中扮演着极为重要的角色，正如温特森自己宣称的那样，推进小说叙述的，不是情节，也

---

① （美）本杰明·孔克尔：《纽约时报书评》，2005 年 5 月 1 日，载于群：《论温特森的小说创作》，《科教文汇》2009 年 3 月（上旬刊）。

② Childs，Peter. 'Jeanette Winterson：boundaries and desire.' *Contemporary Novelists：British Fiction Since 1970*. London：Palgrave Macmillan Press，2005，pp. 255 – 273，p. 260.

非情绪,而是"故事中的故事中的故事中的故事"①。这个一以贯之的特点使得她的每一本书"风格迥异但又似曾相识"。② 温特森的多样故事呈现出多样现实,在被采访时曾被问道,"如何辨别你文章中哪些是真实的,哪些是在讲故事?"她答道:

> 我们的思想和生活不是直线,过程更像是一个迷宫,而不像一条摩托车赛道,于我而言,乐趣就在于连接,那些看不见的连接,那些急拐和转弯,去了又回来,陡然出现的一条死路,让人头昏眼花地进进出出。③

温特森创作的小说大多数由于蕴含形式各异的小故事而精彩纷呈,各种故事在小说中"进进出出"。童话、传奇、神话、趣闻轶事、历史事件、圣经故事等等故事素材经过改写、重述、戏拟穿插并置于主线叙事过程中,呈现"繁复的、巴洛克式的、夸张的"独特审美效果和平行的多重现实。这些插入的故事对于主线故事进行着解构。这些故事所呈现的多元现实也解构着人们对现实生活的固有认识。

温特森的故事讲述几乎充盈在温特森所有的作品中,有些作品甚至可以看成是关于"故事"的故事。温特森在这些作品中不断思索着:为什么要讲故事? 讲"谁"的什么故事? 如何讲故事? 以及故事能对人起到什么作用? 特别值得关注的是一篇收录在短篇小说集《世界和其他地方》里的短篇小说,名为《世界的转角》,它集中而

---

① 温特森访谈,转引自温语晴:《"橘子"之外的人生》,《作家杂志》2013 年 9 月第 9 期,第 1—3 页。

② Andermahr, Sonya. *Jeanette Winterson: New British Fiction*. London: Palgrave Macmillan Press, 2008, p. 260.

③ Winterson, Jeanette. 'The Stone Gods.' 24 September 2011. from http://www. Jeanettewinterson. com/pages/content/index. asp? PageID=471.

又十分明确地体现了温特森对于故事的理解,突出了其解构性
特征。

　　在这篇没有头尾、情节和具体人物的短篇小说中,温特森讲述
了旅行者在世界边缘的四个奇特岛屿的经历和见闻,旅行者在这些
地方获得了突破界限的契机,"启用旅行作为虚构的隐喻,来思索故
事讲述的本质"①。其中,她以短短一千多字的篇幅,用散漫游记似
的笔触臆造出一个魔幻岛屿——艾洛斯岛,呈现出一个故事王国。
其中的意象和隐喻方式在温特森的其他作品中反复出现,成为值得
研究的文本现象。从其中可以一窥温特森作品中的故事世界,初探
其解构主义故事观的核心和三大特征:

　　首先,在艾洛斯岛上,故事是具有生命的,说故事是一种生存方
式,彰显了文学性真实。在这个"健谈的岛屿"上,居民都是说书人、
贩卖故事的人,是故事的优秀演绎者,"即便是最简单的动作都能演
化成一个故事"②,他们的生活内容就是讲故事。不仅如此,对于追
寻故事的旅行者来说,艾洛斯岛的故事是一切起源和动力所在,也
是所有存在和意义发生延异的场所:

　　　　当一个旅行者穿越岛屿……经历一个又一个故事,是故事
　　开始支配一切。

　　　　任何人想要前行只能依靠一样东西:故事。③

　　故事不再隶属于现实或是隶属于某个中心的反映、再现,而是

---

① Andermahr, Sonya. *Jeanette Winterson*: *New British Fiction*. p. 44.
② (英)珍妮特·温特森:《世界和其他地方》,虹影等译,长沙:湖南文艺出版社,2012
　年,第162—163页。
③ (英)珍妮特·温特森:《世界和其他地方》,虹影等译,第163页。

取得实体化、主体化地位,成为源动力,拥有对生命改变、支配和推动的力量,创造出新的可能。从这些巧心经营中,我们可以看到故事具有构建文学性真实的能力,有着解构现实主义中物质现实逻各斯中心的功能。

其次,温特森认为故事如同坚实的小小坚果,用小叙事解构对于虚妄的大一统话语的追求。太阳一直是温特森话语体系中烈日炎炎般大话语的存在,是逻各斯"真"的隐喻,万物都在确定性之中,温特森一直将视传播宏大话语为己任的"正午烈日下的英雄"①作为讽刺批判的对象。艾洛斯岛的故事在结尾处这样写道:

> 旅行者伸手想要抓住太阳,却抓到了一枚坚果。果壳裂开来,果仁光滑闪亮,散发出黯淡的光芒。②

温特森诗意的描写展现了追求逻各斯真理和大一统话语的虚妄,正如想抓住触不可及的太阳时,只能抓住一枚小小的坚果,而故事这种私语性的讲述就如同这坚果一样实实在在、细小琐碎,却能散发出"黯淡的光",即创造出属于个人的现实,讲述出对"真"的个人化阐释。旅行者在走进那片故事森林之后获得了这个小坚果,将果仁放入口袋,这一象征性的动作将小叙事纳入自身,成为前行发展的重要力量,旅人带着坚果"走向森林终结之处,直到他们也成为故事的一部分"。这隐喻着当人们说出个人的故事,并和故事融为一体后,就成为故事网络的建设者,成为故事的追随者,可以跟随故事成为涌动不息的生命过程,不再为宏大话语所禁锢限制。

---

① Winterson, Jeanette. *Gut Symmetries*. London: Vintage International Press, 1997, p. 163.
② (英)珍妮特·温特森:《世界和其他地方》,虹影等译,第 164 页。

第三，艾洛斯岛由于故事喧哗带来的魔力，成为一个自由来去的空中飞岛，这一意象展示了摆脱束缚、追求轻盈的释去重力的效果。岛民和旅人们所讲述的故事不停被打断，不停擦抹自身，在其过程中，叙事获得无所束缚的至轻状态，使故事岛拥有隐喻意义上克服重力、漂浮飞翔的可能，也使这个故事之城成为对抗物质理性、消抹沉重的异质之地，表达了解构界限、确定性等概念。

第四，艾洛斯岛上的旅人在听故事和讲述故事的时候会发生变形，忘却自己本来的人生，给自己带来解脱，"成为别的自己或重新找回自己"①。这种以故事推动变化发展、以叙事绵延存在的方式，响应了解构主义奠基人德里达（Jacques Derrida）的延异（differance）概念。德里达视延异为延缓的踪迹，代表着意义的不断重构和不断消解，最终目的是解构逻各斯中心。人的变形意象暗示了故事对于主体的延异性塑造，能够解构统一完整的传统主体观念，造就"进程中的主体"（subject-in-process）。

艾洛斯岛以及它所象征的故事世界构建起了"另类空间"，是温特森故事观的一种空间象征，成为有别于现实主义真实世界和逻各斯哲学理念的"异托邦"（Heterotopia）②的形象化呈现，作为现实世界的对立物、逻各斯中心的避难所存在着。在温特森看来，故事的价值核心在于其本体意义，在于能够表达文学现实主义，故事世界是一块生存之地，讲述故事是一种生存方式；故事的叙事内容往往是私语性的小话语；讲故事的叙事形式则是擦抹性的；故事讲述能重构主体，带来延异性转变。温特森眼中的"故事"是大写的，超越

① （英）珍妮特·温特森：《世界和其他地方》，虹影等译，第162页。
② 参见（法）福柯：《另类空间》，王喆译，《世界哲学》2006年第6期。

了文学体裁的意义,超越了对叙事方法的关注,成为其解构主义文学思想的核心。

通过其对故事异托邦的塑造,我们可以感受到温特森作为"故事信徒"的坚定信仰:温特森反对将故事看成娱乐性的消遣,仅仅从中寻找刺激和愉悦,她认为故事不是意义载体而本身就是意义,讲述故事不是手段而是目的。她要做的是创立自己的"故事诗学",她在访谈中明确提出自己讲述故事的初衷:

> 你正在找寻故事,人们总是认为语言承载传达意义,而不是凭他本身权利存在的东西。而我相信,故事是凭他们自己存在的。而且那需要关注,就好像关注诗学一样,而不是寻找其下一点点的故事。①

温特森有着为故事正名的强烈意识,自觉自愿成为一名讲述故事的人,成为故事异托邦的建设者,她本人就是艾洛斯岛的原住民,集市上的"优秀的说书人"。她讲述的不仅是故事,更是故事这种话语方式所呈现的解构精神。建构起艾洛斯岛这样一个充满解构的故事世界,就是要用故事的文学性真实观念、私语性话语内容、擦抹性讲述方式,对主体的延异性塑造发起"对概念化生活的挑战"②。

三 对温特森故事观的关注和研究

温特森作品的先锋实验性和丰富阐释性,引起了文学批评界越来越多的关注和研究,特别是索尼娅·安德玛(Sonya Andermahr)

---

① Noakes, Jonathan and Margaret Reynolds. *Jeanette Winterson* (*Vintage Living Texts*). London: Vintage Press, 2003, p. 25.
② Winterson, Jeanette. *Art Objects: Essays on Ecstasy and Effrontery*. p. 130.

主编的《珍妮特·温特森:当代批评研究指南》(*Jeanette Winterson*:*New British Fiction*);提姆·伍德斯(Tim Woods)等撰写的《"我正在和你讲故事":珍妮特·温特森和阅读策略》("*I'm Telling You Stories*":*Jeanette Winterson and the Politics of Reading*)等,不断聚焦在温特森作品的故事讲述及其作品中表现出的后现代主题特征。学者莫里森(Morrison)曾对温特森的作品总结道:

> 刚开始,温特森在20世纪90年代中期被女同性恋女权主义批判家如劳拉·多恩(Laura Doan)、加布里埃尔·格里芬(Gabriele Griffin)、凯西·斯托尔斯(Cath Stowers)等视为创造新的机会去争论关于性别、性和文学再现问题的作家。十年后,她被世人看作一位杰出作家,能写出富有经验、有挑战性、不拘格套的后现代女性主义小说。[①]

从莫里森的评论中,我们可以看出评论界所关注的温特森作品中内容和形式的两大特色。

正因如此,除了对温特森作品主题内容的关注外,很多评论者将目光转移到温特森作品中的创作形式问题研究上,特别关注其独特的言说方式。温特森的讲述带有明显的后现代文学讲述特征。评论界的关注点大致围绕着互文、新历史主义、历史元小说、重写等等主题进行研究。

苏珊·克卡儿(Susann Cokal)强调温特森作品的互文性的语言特征,认为她在"弥散的文字景观"中创造了诗性语境,"充满了拟

---

① Morrison,J. 'Who cares about gender at a time like this? Love, sex and the problem of Jeanette Winterson',*Journal of Gender Studies*,2006,Vol. 15 Issue 2,pp. 169 – 180,p. 169.

喻、眼花缭乱的文字游戏、诗性的韵律和双倍的双关语"。① 的确，温特森的小说文本在互文、经典重写、故事嵌套、叙事停顿、交叉融合中不断弥散着，完全不是传统小说开头、发展、结尾的叙事方法。而这种弥散正是后现代去中心、反理性的一种呈现状态。她用罗兰·巴特(Roland Barthes)的知面(Studium)和刺点(Punctum)的观念，认为温特森是一个认为"刺点"大于"知面"的作家，知面代表的是普遍性，是与社会和解的，对大众有教育意义的，合群的，是被现代化规训的结果。温特森强调与个体息息相关的"刺点"关注个体本身的情感，这也是能够使她语言风格超越内容的原因之一，用诗意对抗日常话语，用语言风格创造新世界。

　　新历史主义的观点也常常被用来分析温特森的小说，认为其用这一观念给边缘化的人们叙事的机会。克洛伊·泰勒·梅洛(Chloë Taylor Merleau)、玛莎·塔克·萝赛特(Martha Tuck Rozett)等提出温特森在她的小说中倡导差异性，他们借鉴利奥塔对差异性的定义，认为牺牲者无法言说，伴随而来的就是历史对他们的施暴。"温特森发掘那些被认为是卑微的或是亚人类的(subhuman)角色，如被定罪的可怜人、动物、同性恋者的话语，而这些话语正是被历史和正统伦理观所抹除的。"② 人们可以通过不同的历史叙事呈现不同的历史和真相，他们以《激情》《艺术与谎言》为例，研究了温特森如何通过个人叙事呈现被抹杀的历史、个人的历史。

---

① Cokal, Susann. 'Expression in a Diffuse Landscape: Contexts for Jeanette Winterson's Lyricism'. *Style*, Spring 2004, Vol. 38 Issue 1, pp. 16 - 37, p. 19.
② Merleau, Chloë Taylor. 'Postmodern Ethics and the Expression of Differends in the Novels of Jeanette Winterson', *Journal of Modern Literature*, *Summer 2003*, Vol. 26 Issue 3/4, pp. 84 - 102, p. 86.

有些学者还从元小说的角度分析温特森的作品，认为其实现并印证了哈琴对历史元小说的定义。认为这种历史小说启用了自我反思式的后现代模式，它无法反映现实，也不愿意去反映现实。在历史元小说里没有对于简单模仿的沾沾自喜。相反，小说通过思考历史的书写方式重新构造我们对于现实的观念。① 温特森的历史言说毫无疑问和她的解构主义思想密不可分。

温特森擅长于重述经典童话的创作特点也受到不少评论家的重视，他们在分析后认为温特森颠覆性地重写了这些父权家长制的童话。温特森对于历史和经典的重述往往借个人之口重新讲述一个或多个故事，重建一个真实。萝赛特认为温特森"说一个故事构建一个世界，及尽所能去丰富完善，细化到最不起眼的细节"②。对于温特森重述罗曼司经典著作的写作特色，皮尔斯(Pearce)等学者重点研究温特森的作品如何通过幽默、讽刺和颠覆的笔法去解构官方的"爱人的话语"③，认为"温特森对于罗曼司小说的改写关键在于她关注了性别差异性，并自觉地毁坏倒置叙事传统"④。也有不少学者研究温特森重述圣经、神话的作品，认为其写出了个人或是女性自己的经典。

国内研究也将温特森的后现代主义叙事、元小说叙事、童话重写等作为研究焦点。不少学者关注了神话传奇、童话寓言等虚构的

① See Rozett, Martha Tuck. 'Constructing a world: how postmodern historical fiction reimagines the past', *Clio* (*Fort Wayne*, *Ind.*), Winter 1996, Vol. 25, pp. 145 - 164.

② Ibid., pp. 145 - 164, p. 148.

③ Pearce, L. 'Written on tablets of stone?: Jeanette Winterson, Roland Barthes, and the discourse of romantic love', in S. Raitt (ed.) *Volcanoes and Pearl Divers: Lesbian Feminist Studies*. London: Onlywomen Press, 1994, pp. 147 - 168, p. 152.

④ Ibid., pp. 147 - 168, p. 155.

成分在叙述中的插入，认为作品通过写实性叙事以及自我反思性叙事这样两重声音的交叉和并置，揭示了小说的叙事性质和虚构本质。也有评论者认为温特森通过小说嵌套叙事、元小说、时空穿越、不确定的开头及开放式结尾、戏仿和互文等技巧，对历史和现实价值进行质疑、批判从而凸显了小说的后现代主义叙事特征，颠覆了传统读者角色和叙事策略，体现了温特森在后现代文学范式上的创新，以及对主流文化意识形态的批判。

这些前期研究也都为我们理解温特森的文学故事讲述提供了多元丰富的维度。

本书将考察温特森作品中的故事，分析温特森故事观的形成缘由，探讨温特森作品中的故事及其解构性，研究温特森故事观中核心而最有个性特征的部分，即解构性的功能观——故事讲述是解构传统文化体系的一种方式，具有重构现实的功能。通过揭示温特森中故事及其解构性的形成原因，本书将论述温特森作品中故事解构性的三个主要特征：私语性讲述、擦抹性叙事和对主体的延异性塑造。同时，研究故事作为一种小话语对宏大叙事如生活范式、历史、主体性、宗教、性别话语等方面的解构，研究故事讲述作为契合后现代思想的言说方式的内在逻辑关系。

温特森的故事讲述可以看成她对于后现代社会生活状态的深入思考，对研究后现代文学形式变革也具有参考价值。本书试图将温特森置于"故事讲述风潮"的社会背景中，将她的故事置于西方故事书写的创作环境下，置于和其他当代作家故事讲述的比较之中，以此管窥后现代文学创作中的典型言说方式。

第一章　温特森故事讲述的缘起

　　在当代西方人文领域的"故事讲述风潮"中，温特森无疑是一位颇具代表性的"讲故事的人"，是故事讲述的"弄潮儿"。故事是其解构主义文学思想的核心，其故事理论具有鲜明的时代和个人特征。

　　温特森热爱故事讲述，并迫切希望用故事的文学性真实解构现实主义真实，究其思想源头，她本身的传奇经历也是重要原因之一。彼得·乔尔兹认为她痴迷于用故事探讨"边界跟欲望"的本质，这一追问也可看成是温特森对自己生活经历和困境的有感而发，温特森自己就是在重重话语压制的伤害中成长的，在对界限的突破中前行的。在和种种被设定的真实极力对抗中生存的，她在自传中坦言："对于我的大部分人生来说，我就是一个赤手空拳的战斗者。"①温特森童年时的故事阅读、宗教教育、孤儿经历，以及求学时接触的后现代及解构主义思想都影响了温特森的故事讲述习惯，促成了温特森解构性故事观的形成。

---

① Winterson, Jeanette. *Why Be Happy When You Could Be Normal?*. London: Grove Press, 2011, pp. 37 - 38.

第一节　温特森的故事启蒙

温特森的儿时故事启蒙虽然较为零碎，但对她来说有着刻骨铭心的记忆。温特森从小被生母抛弃，被收养后在一个对宗教狂热的家庭中长大，其生活的小镇也充满着宗教禁忌。她被禁止阅读除宗教之外的文学，被宗教话语控制着身心，"对于养母来说，生活是负担，是死之前的准备"，因此，小小的温特森对未来的唯一认识是"末日审判"。① 可以说温特森上学之前的人生知识基本上来自宗教，她的生活被宗教话语所建构，处在极端压抑的境地。同时由于自己的性取向等问题，温特森也受到过教徒的精神迫害。无论在学校还是在家庭，温特森都是被权威主流排斥的那一个，长大后成为同性恋者，选择了不一样的爱，又被各种话语中伤和抨击。因此，生活被大话语塑造成不可违抗和撼动的各种规则，成为戴在温特森头上的紧箍咒，限制她作为一个鲜活个体的自由，给她烙下深深的伤害印记。温特森曾在作品中讨论关于伤害烙印的主题，可见影响之深，但这也昭显了温特森成为故事编撰者的不竭动力："这里就是标志，像鞭痕一样呈现。……重写它们，重写伤痛。"②

温特森的很多创作书写，可以理解为是她为了转变所谓真实生活，突破他人话语定义，用虚构的故事化的语言重新编织自己人生的一个实践，她在自传中明确表明这一意愿：

> 这就是为什么我是一个作家——我并不是说我"决心"成

---

① 参见 Winterson, Jeanette. *Why Be Happy When You Could Be Normal?*. p. 53。
② Winterson, Jeanette. *Why Be Happy When You Could Be Normal?*. p. 7.

为,或是"变成为"。这并不是一个愿望,这是生活经历的塑就,甚至是一个有意识的选择:我想要逃避温特森女士(她的养母)的故事的狭窄罗网,我就得能说出自己的……人生一半真实一半虚构,就是一部有封面的故事,我用自己的方法写出。①

温特森曾在自传《正常就好,何必快乐》中用浓重笔墨描写了故事对自身的影响,以及讲述故事对于自己生存至关重要的意义,正是故事给予温特森前行的力量和人生的另一种可能。阅读故事在温特森的宗教家庭中被视为危险的事情,温特森小时候家里曾有6本书,"其中两本是《圣经》,第3本是对于《旧约》和《新约》的注释。第4本是《小熊维尼故事全集》,第5本是《闲话家常1923年年报》。第6本是马洛的《亚瑟王之死》"②。由此可见温特森童年精神教育和文学教育的匮乏。温特森的养母将神话、爱情罗曼司这类故事视为扰乱人们宗教思想的大忌,因为它们给予了人们不一样的描绘世界的方式。温特森曾问养母,为什么我们不能有书。她说:"书的问题就在于你一旦知道书里写了些什么后,一切就太迟了。"③

然而,仅存的六本书里"竟然"有一本是罗曼司故事《亚瑟王之死》(虽然这本书也充满着宗教隐喻)。正是这本书开启了温特森的故事世界,甚至是她的写作生涯。温特森毫不讳言这个故事对她一生的重要影响,她曾在自传中言之凿凿地谈论这本书给予她的人生启示:

---

① Winterson, Jeanette. *Why Be Happy When You Could Be Normal?*. pp. 37 - 38.
② Winterson, Jeanette. *Art Objects*: *Essays on Ecstasy and Effrontery*. p. 153.
③ Winterson, Jeanette. *Why Be Happy When You Could Be Normal?*. London: Grove Press, 2011, p. 144.

亚瑟王、圆桌会议骑士兰斯洛特和他的情人奎尼维尔、魔术师默林、亚瑟王的宫殿卡米洛特和圣杯的故事慢慢驶入我的心灵港湾，我感觉自己的身体好像缺少一些化学分子。我用一生来寻找圣杯的故事：失去、忠诚、失败、认同、重生。我时常掩卷思索，寻找圣杯，奔跑在珀西瓦尔寻找圣杯之地……①

亚瑟王故事的影响也真切地反映在温特森的作品之中，当然温特森也对其进行了深深的反思。在《橘子不是唯一的水果》《苹果笔记本》等重要作品中，都直接穿插进了亚瑟王故事。《橘子不是唯一的水果》中的一条叙事副线就是寻找圣杯，这个故事的设置有着对人生思考的深意："帕西瓦尔寻找圣杯的故事对我来说是身份发现，给了我第二次机会。"②在《苹果笔记本》中，奎尼维尔和兰斯洛特的爱情故事也被改写成主人公在网络上为自己编造的新身份经历的新故事。不仅如此，亚瑟王传奇故事的互文片段更是几乎在所有作品中都可以找到线索，追寻珍宝的故事情节也可以在众多作品中发现端倪。

在各种限制禁忌中，青少年时期的温特森寻找一切机会去偷读各种文学作品，搜索一切词句、语言去编织新的故事。她趁自己在图书馆兼职工作之机，按照从 A 到 Z 的顺序阅读了大量的文学故事。在自传中，温特森称《爱丽丝梦游仙境》《海德先生》《伊索尔德》等都是她最喜欢的故事，③而这些故事也为她的作品增添了阅读乐

① Winterson, Jeanette. *Why Be Happy When You Could Be Normal?*. pp. 162 - 163.
② Ibid. p. 164.
③ 参见 Winterson, Jeanette. *Why Be Happy When You Could Be Normal?*. p. 145。

趣和思想力度,如《守望灯塔》中重要人物达克的双面生活可以看成对"海德先生故事"的致敬,《苹果笔记本》对"伊索尔德爱情故事"进行了改写,等等。不仅如此,她开始在生活的琐碎中发现故事,搜集故事,生活中"书籍很少而故事无处不在,可以说故事就是生活中的一切。甚至在公交车上的一次找零就会发生故事讲述"[1]。源源不断地累积故事给予温特森的文学创作无尽动力,故事讲述也深深融入她的血液,成为她思考问题、看待生活的一种方式。

最终,养母在发现温特森偷偷看宗教文学以外的故事后勃然大怒,苛刻地将温特森的所有藏书当着她的面一一撕碎,付之一炬。这一经历在《苹果笔记本》"垃圾之家"的故事里有所再现。这件事给温特森带来刻骨铭心的伤害,但也成为催化剂,刺激温特森走上写作之路,彻底用虚构写就自己的故事:

> 我的书虽然没了,但我依然能感受到它们的存在,因为没有人能够轻易销毁它们。我已经把它们搁置在我的心里,可以和我一起远走高飞。
>
> ……
>
> 最后我就开始创造我自己的十九世纪风格、文字简单的小说——只需要传奇故事,不考虑情节大纲。我的心中自有丘壑,我的心中早已有了文字。我已经有了自己的语言。[2]

对于温特森来说,拥有自己的语言比什么都重要,这样就可以说出不一样的话,挥别养母权威话语的笼罩。从这段话里也可以看

---

[1] Winterson, Jeanette. *Why Be Happy When You Could Be Normal?*. p. 135.
[2] Ibid. p. 170.

出她在作品中刻意使用片段性的故事代替完整宏大的全景书写的思想成因,既得之于其年少时的生活经历,又得之于想要书写灵活多变故事的写作初衷。温特森和自己的主人公一样,选择了阅读作为生活的出口,选择编织故事作为转变自己生活的途径,选择文本重写作为寻找自我可能性的突破口:

> 当我自己被一本书影响时,我让自己穿上了新的戏服,进入新的渴望。书籍没有重新创造我,它重新定义我,扩大着我的边界,粉碎坚守在我心上的罩壳。强大的文本作用在我思维的边界,改变着已经存在的东西。它们并不是像看上去那样仅仅反映着已经存在的东西。[1]

很多报纸、评论家喜欢标注温特森在《橘子不是唯一的水果》中写下的话"如果我敢于发现的话,我想要的就确实存在……"[2]。这句话是对于生活客观维度的无情拆解,也是对于故事话语威力的无上膜拜,温特森在故事中释放被压抑的欲望,进行补偿性的虚构,建设多样化的存在。

在博览群书,畅游了故事海洋之后,温特森从另一面体悟到了养母对故事恐惧排斥的原因:"故事是危险的,养母说得对。一本书是一块魔毯,带你飞向他处,一本书是一扇门。读书令你打开了这扇门。你已经踏进了门里。你还能回来吗?"[3]和养母不同的是,温特森本人拥抱了故事,选择了一条有别于养母的"危险的路",从而

---

[1] Winterson, Jeanette. *Art Objects: Essays on Ecstasy and Effrontery*. p. 26.

[2] (英)珍妮特·温特森:《橘子不是唯一的水果》,于是译,北京:新星出版社,2010年,第100页。

[3] Winterson, Jeanette. *Why Be Happy When You Could Be Normal?*. p. 166.

也重新建构自己的身份,创造自己的新生活。不仅如此,温特森自己也将讲故事作为自己的职业,变成了自己的责任,她笔下的故事成为造福他人的神奇"魔毯"和"他处之门",带着读者开启了追寻人生"第二次机会"的探险。

第二节　宗教话语——温特森故事讲述的倒逼成因

温特森自小熟读各种教义和宗教故事,这带给她两个方面的影响:其一是对于"爱"的理解,其二是对于宗教宏大叙事所带来的种种规训的强烈反感。年少的温特森接触最多的是《圣经》,养母一直向小温特森灌输宗教故事以规范其行为,每天耳濡目染的就是宗教的教义和训诫。温特森多次讲到,她小时候一直以为语言是只有神才能掌控的权利,因此语言是神圣的。直到离家出走后,接触了更多样的文学故事之后,她才知道话语权并非上帝专有,话语无处不在,"故事谁都可以讲","关键是怎么讲"。于是,宗教等宏大话语被温特森树立为挑战和解构的标靶,这也是她开始讲述解构性故事的重要原因。

童年遭遇的思想禁锢反而倒逼出了温特森故事讲述的热情,激发了她编织自己故事的迫切需求,从而走上叛逆、激进的创作之路:"自己设置情节时只图对抗她的故事,无时无刻不是如此。从一开始,这就是我的生存之道。"① 自己能否掌握故事讲述权,对于温特森来说是不得了的大事,这意味着自己能否参与自己的人生构建。

———————————

① Winterson, Jeanette. *Why Be Happy When You Could Be Normal?*. p. 33.

温特森曾在评论文章中感慨:"我对于语言有着对其他事物所没有的激情,这种激情也是其他人所不能体会的。"①这种对于讲述的激情,可以看成温特森自己的话语权在长期压抑之后的能量爆发。

温特森一直在作品中严厉批评着基督教,自己也一度离家出走,和养母断绝关系,以此表达对于压抑人性的宗教话语的不满。同时,被家庭强行植入的宗教故事却也成为温特森创作过程中的双刃剑,圣经故事成了她用之不竭的灵感源泉和故事素材,改头换面地出现在她的小说中。从某种角度上来说,《亚瑟王之死》与《圣经》象征着对于故事的两种截然不同的认识:在前者中,故事张扬着浪漫、奇幻的气息,石中剑、湖中仙、国王、骑士、贵妇演绎着各种曲折跌宕的传奇、爱情、友情和幻想,体现了个人的存在;后者中的故事被宗教教义所绑架,所有故事传达的信息都只有一个,那就是要相信并服从神的安排,个人故事在《圣经》中被宗教话语掩盖。可以说,《亚瑟王之死》与《圣经》以及它们所象征的故事观念,从一正、一反两方面促成了温特森对于故事的思考和热爱,成为故事智慧的拥有者。

可以这么说,温特森摒弃的是《圣经》中对于各种边界的定义,对于宗教权威的塑造,对于训诫话语的惶恐遵从,但另外一方面,她也汲取了《圣经》的文学营养,开发了其中的故事宝藏。在她的小说中,宗教经典和宗教故事面目全非,成为被戏拟、重写、解构的对象。如《橘子不是唯一的水果》中的章节框架整个套用了《旧约》章节框架,重构了魔鬼形象;《激情》里埋伏着宗教副线,戏拟了《启示录》场

---

① Winterson, Jeanette. *Why Be Happy When You Could Be Normal?*. p. 168.

景,有意错置圣徒和魔鬼的身份。这些故事的重写,让话语权从神降到人,解构了宗教的话语地位,也解放了她自己长期以来遭受的宗教压迫。

第三节　孤儿经历——讲出不在场的故事

温特森的很多故事仿佛都带有明显的生活印记,但她认为"最有力的作品很多都藏在自传的面具之下……它看起来像是日记,实际上是在演说"①。她的成名作《橘子不是唯一的水果》甚至被很多人看成是自传小说,但实际上,在小说中插入各种故事是揭开这个虚假面具的无形之手,是温特森真正想对我们"演说"的内容。温特森小说中带有个人印记的故事书写对于她本人的生活也是一种解构和转变,其中以孤儿故事最具代表性。

温特森刚出生没多久就被年轻的未婚妈妈抛弃,从小被收养,童年过得压抑痛苦。她认为孤儿天生会对自己的身份产生特别的迷惘,内心涌动着不断构建身份的异常的执著。被收养的孩子就像故事缺了开头一样,生命中存在着很多空白,很多的"不在场"。对于孤儿来说,学会讲述自己的故事尤为重要:

> 我们生活的最开始有一个缺场,一片空白,一个问号。我们故事中的最关键、最重要的部分暴戾地消失了,就像在子宫中的炸弹。炸出一个孩子进入未知世界探索,只能靠一些所谓故事才能知晓世界——当然这种方式就是我们的生活,我们的

_____

① Winterson, Jeanette. *Why Be Happy When You Could Be Normal?*. p. 105.

生活就是对我们生活的讲述。但人生开始之后被领养却把我们硬生生丢进这个故事里。这感觉,就好像读一本缺失了前面几页的书一样。这是大幕拉开后的匆匆到场。那种若有所失感永远永远也不会离开你——的确不能也不会离开你,因为确实有一部分不见了。①

温特森认为这种身份的缺失虽然痛苦,却也不停提醒着她,现有的身份不是生而有之的,是收养家庭以及社会教育等通过话语建构起来的,既然故事缺了开头,也许本来"故事就不应该这样讲",她将身份的缺失看成在固定身份之中设置进去的一个问号,一个质疑,同时也生发出跳离现有生活的可能:"那不是天然的消极。失去的部分,失去的过往可以是一个开始,而不是虚无,像是一个进口同时也是一个出口。"②

出于对自身未知部分的好奇,温特森非常喜欢寻找身份、探求秘密的写作主题。她自己曾表达过,埋葬的宝藏、丢失的孩子以及锁住的公主是她钟爱的写作题材,宝藏被找到,孩子归来,公主得到自由,那对她来说是突破现有生活的希望,③"故事是补偿性的,给人以安慰的"④。温特森爱讲孤儿的故事,尤其爱讲孤儿通过学会讲述自己的故事之后,重新进行自我发现的故事。《守望灯塔》中灯塔守护者普尤教会了孤儿银儿讲述故事,小说中故事的讲述权由普尤传递到银儿那里,银儿通过颠覆性地重新讲述别人的和自己的故

---

① Winterson, Jeanette. *Why Be Happy When You Could Be Normal?*. p. 36.
② Ibid. p. 37.
③ Ibid. pp. 100 - 101.
④ Ibid. p. 48.

事,拓展丰富了自己的身份。

《橘子不是唯一的水果》《给樱桃以性别》等作品讲述了一个孤儿在出走游历中建构身份、丰富自己的故事。《橘子不是唯一的水果》的同名主人公珍妮特的经历融合了温特森的生命体验,她为了逃避宗教狂养母的束缚,离家出走,并开始创作关于另一个虚构人物温妮特游历魔法语言王国的小说。珍妮特·温特森自己的生活故事,其笔下的小说主人公孤儿珍妮特的故事,以及珍妮特虚构的魔法孤女温妮特的故事,构成了层层嵌套的三层故事叙事,后一层故事都可以看成是对上一层故事叙事者生活体验的补偿和解释。温特森在自传中写道:"我假设对于我最悲惨的东西,想着封面的样子就是《橘子不是唯一的水果》这本书,这是我写的一个作为存在之地的故事。另外一个我太痛苦了。我无法存活下来。"①虽然我们不能将温特森本人的经历和《橘子不是唯一的水果》一书完全对号入座,但是可以把这一作品看成温特森对于自己孤儿经历的反思和对于可能拥有生活的想象。

《苹果笔记本》里主人公讲述了同名孤儿阿里的故事,他/她被拾垃圾的夫妇收养,其住所"垃圾之家"是一个哥特式的象征,"垃圾之家"没有文字,也不需要,"在这儿字词没什么用处"②。语言和故事的缺失使阿里茫然无措,长大后一直追寻"珍宝",他/她所追寻的珍宝,即语言,即故事讲述的权利和能力,并决心用故事将自己生活的空白填上。最后他/她说出了自己的生活:"这就是故事——你,

---

① Winterson, Jeanette. *Why Be Happy When You Could Be Normal?*. p. 40.
② (英)珍妮特·温特森:《苹果笔记本》,余西译,北京:新星出版社,2011 年,第 129 页。

我,垃圾之屋,珍宝。这是真实生活。"①温特森通过讲故事,把小说中的孤儿,同时也把自己放回叙述,弥补缺陷。

温特森的孤儿故事蕴涵了一个关于"不在场"的隐喻。一直反对在场形而上学的德里达认为,在语言差异运动编织的巨大网络里,每一个现在的背后都隐藏着无数的联系物,每一个在场背后都涌动着无数个"不在场",并且在同一在场意识内部,首先已经发生了此一时刻的自我与另一时刻的自我的交往。因此,温特森孜孜以求的是想突破现实生活中"在场"的遮蔽,将追寻"不在场"的愿望化成一个一个故事的呈现,将自己缺失的身份映射在主人公身上,通过她们的历险和故事,和自己另外的存在交往,将自我建构放置在没有尽头的过程中。

因此,温特森的孤儿身份不仅赠予她人生磨炼和丰富的创作素材,更使她能从特别的角度去体味、去理解故事创作对于人生的补缺意义,对于主体的解构和重构作用。

第四节　解构思想对温特森故事观的影响

温特森故事观念的形成也受到了时代影响。鉴于她的成长经历和专业学缘,她的思想来源很复杂。除了寄养于宗教家庭之外,她还成长在工业城市曼彻斯特的一个底层工人阶级家庭,在青年时期四处游历打工,也参加过左翼运动,受到西方马克思主义影响,对于批判现实主义和商品社会对于人的异化等理论也有一定的切身

① (英)珍妮特·温特森:《苹果笔记本》,余西译,第203页。

体会。她考入牛津英语系,系统深入地学习研究了英国的文学传统以及各时期的思潮理论,特别是对于现代主义文学中反对物质化的现实、反对线性时间的观点心有戚戚焉,更加关注作为个体的人的精神世界。她后来也将伍尔夫、艾略特、叶芝、劳伦斯等现代主义作家作为研究对象,撰写过多篇评论文章,认同他们对于文学价值的认识,批评现实主义文学,提倡打破各种界限。同时,一些学者认为温特森明显受到过存在主义思潮的影响,她在其作品中多次引用加缪阐释的西绪福斯神话,在《重量》中大量讨论存在和虚无的主题,拒斥由社会话语造就的自在存在,倡导追寻基于个人的自为存在。

受到中学时音乐女老师的影响,温特森开始思考女性作为独立个体的价值,她在生活中不断积累同性恋情的切身体验,在大学里深入研读英国女作家作品和女性主义理论体系,渐渐萌生了解构批判屈服于男权话语的"女性"主体定义的愿望。她曾在文章中戏称:"我是个工人阶级同性恋女人,这是我的政治。"[1]她所倡导的女性主义思想正如前文所写,是和后现代的解中心主义纠缠捆绑在一起的。

20世纪七八十年代,西方后现代主义理论思潮兴起。1978年,温特森成为英国文学专业的大学生。德里达的解构主义代表作《书写与差异》的英文版本出版,在大学校园产生一定的影响。牛津大学在80年代初期还创立了一个专刊,刊名就叫《德里达》,专门介绍解构主义理论。德里达等解构主义学者曾前往牛津讲学或举办讲座,而这段时间正是温特森在牛津求学时期。温特森文学价值观形

---

[1] Winterson, Jeanette. *Why Be Happy When You Could Be Normal?*. p. 334.

成的重要时期或多或少受到了解构思想的影响,在她的小说作品中解构主义理念表现得尤为明显。

当然,温特森从来就不承认自己举着某个主义的大旗,是属于某种流派的作家,她在不同的文章和访谈中强调,作家不应该被贴上标签:"不要根据作者评价作品,而要通过作品评价作者。"[①]但是她的创作思想还是可以归纳出共性的:无论是现代主义、存在主义、女性主义还是后现代主义,她都从中汲取了理论营养,认同理论中对于个体性的推崇,对于话语压制和边界规定的解构。无论受哪种思潮影响,从她的作品中,我们可以看见她对于一切存在的界限、一切逻各斯中心大话语的厌恶和抗争,对于固定不变的生活之真实的怀疑和批判,对于片段式、虚构性的小叙事即故事的赞许和热爱。温特森坦言:"我写的作品尝试回答21世纪的所需……我是为新时代而写作。"[②]在这样一个后现代社会里,温特森的作品难以避免地留下了后现代主义的印迹,解构思想已经悄无声息地扎根在她的思想意识之中。

温特森的特殊经历使她对故事讲述情有独钟。她处处受限的人生境遇和少年时期的痛苦窘迫让她形成了用故事去思考、去诠释、去反抗、去解构的习惯,这相较于为了表现某种理论观点而精心设计出的作品要更加多一些真诚,多一些原始情感。可以说温特森从提笔创作开始就自觉不自觉地将故事讲述看成是反叛和解构生

① Winterson, Jeanette. *Art Objects*: *Essays on Ecstasy and Effrontery*. New York: Vintage International Press, 1997, p. 110.

② Winterson, Jeanette. *Art Objects*: *Essays on Ecstasy and Effrontery*. pp. 191 – 192.

活陈规的方式,因而其故事讲述的本质特征无疑是,也必然是解构性。她在接受采访时谈到了创作《橘子不是唯一的水果》的原因:

> 能够围绕你自己的混乱写成一个故事,让你把自己视为一部小说去看待,那是很宽慰人心的,因为小说是机动的,既可以这样写也可以那样写。让我们举步维艰的只是现实。我常想,如果人们能把自己当作故事,肯定会开心很多。①

温特森就是要用"可以这样写,也可以那样写"的故事去解构令人"举步维艰"的现实,去获得对生活的不一样的理解,从而达到"宽慰人心"的目的。温特森就是这么生活、思考、写作的,也是这么告诫读者的。作为自我解脱、自我诠释、自我发展的方式,通过讲述故事理解世界、建设世界是温特森分享给广大读者的生活体验和生活智慧,也是赠予人们的解构逻各斯中心的行动指南。

---

① 温特森访谈,转引自温语晴:《"橘子"之外的人生》,《作家杂志》2013 年第 9 期,第 1—3 页。

第二章　温特森的核心故事观[①]

　　温特森故事观中最核心而且最有个性特征的部分,就是将故事看作文学性真实,将其视为解构传统的文化体系的一种方式。温特森在作品中不断强调文学故事"不是真实的翻版,是一个全然不同的看世界的方法"[②],并将故事当作拆解生活成规、重建新世界的有效方式。在温特森看来,故事的价值不再只是认识(epistemological)意义上的,更是本体(ontological)意义上的。[③] 她不用传统现实主义的观点去定义"真实",而是将"真实"纳入"文学现实主义"(literal realism)的范畴。故事里存在特别的真实,不再仅仅反映世界,对现实亦步亦趋,而是再造世界;故事不再仅仅表现意义,"故事本身产生意义"[④]。温特森从解构的角度阐释故事,认为故事呈现文

---

① 相关内容形成论文《珍妮特·温特森作品中的故事及其后现代特征》,发表于《当代外国文学》2017年第1期。

② Winterson, Jeanette. *Art Objects: Essays on Ecstasy and Effrontery.* p. 28.

③ McHale, Brian. *Postmodernist Fiction.* London and New York: Routledge Press, 2004, pp. 26 - 27.

④ (英)珍奈特·温特森:《守望灯塔》,侯毅凌译,北京:人民文学出版社,2005年,第117页。

学性的真实。这是马泰·卡林内斯库(Matei Calinescu)所说的带有解构企图的"战略性"行为①,解构目标直指逻各斯真实,这也正是温特森故事观的核心所在。学者诺克思(Noakes)认为温特森用不断插入的故事解构了日常的、平庸的生活,创造了属于自己的"真实",展现出了极具张力的诗性:

> 温特森在平庸的日常生活和离奇的景象之间来来回回,插入的童话故事不断覆盖"真实"的生活。确信一段描述的张力里存在着诗性。……就像她在《激情》里说的:"我是在给你讲故事,相信我。"②

温特森的故事本体观念不是凭空而来,不仅与其成长经历有联系,更是与她自己对生活的切身理解有关。温特森在其作品中使用了一系列意象去表达文学性真实的理念,如故事是光、故事是活物、故事是地图、故事是化石等,甚至认为故事能够创造出独特的补给性的时空真实,下文将就这些方面进行具体的分析。

第一节　温特森的故事本体论③

温特森在《苹果笔记本》等作品里多次信誓旦旦地表明故事是

---

① Calinescu, Matei. 'Introductory Remarks: Postmodernism, the Mimetic and Theatrical Fallacies', in *Exploring Postmodernism*. Amsterdam and Philadelphia: John Benjamins Press, 1987, p. 7.

② Noakes, Jonathan and Margaret Reynolds. *Jeanette Winterson* (*Vintage Living Texts*). London: Vintage Press, 2003, p. 14.

③ 相关内容形成论文《珍妮特·温特森的故事本体论研究》,发表于《中国文学研究》2021 年第 3 期。

真的,"这就是真相","相信我"。与其说温特森想要人们去相信故事内容的真实,不如说她想要人们相信通过故事构建世界多样性和可能性,要人们相信这一秘方是必要的、有效的、可行的、真实的。有学者曾指出,这种观念是一种颠覆现实主义认知的"文学现实主义",它可以唤起对科学理性所规定的"真实的概念"的质疑,给人们的认知前置排列出可选择的道路。[①] 温特森这一理念的基础是将故事置于本体的地位。

一 故事用言辞构建另类真实

后现代之前,西方批评家往往会视故事为低级的,是对于生活事件的片段式记述。福斯特(E. M. Forster)声称,"人们宁肯标举故事中对于真理的领悟"[②]。本雅明认为,过去人们要求故事"或是公开的或是隐晦的包含实用的东西"[③],更加追求和重视故事所承载的深层意义、道德教训、万物规律、事实真理等终极标的物。现代主义故事观虽然也承认故事的审美独特性,但总的说来还是认为故事作为一种媒介,再现或表现了某种生活的真实,无论是"理性""本质""现实""自然"等生活的客观之真,还是"精神""感情""主体性"等主观之真,甚至是统一了主客观的存在之真,人们大多还是没有跳出围绕逻各斯中心的认识范围,对于生活的理解大体上是集权式的哲学解读。

到了后现代主义时期,随着语言学研究的深入,人们认为文字

---

① Andermahr, Sonya. *Jeanette Winterson: New British Fiction*. p. 74.
② (英)E. M. 福斯特:《小说面面观》,冯涛译,北京:人民文学出版社,2009 年,第 23 页。
③ Benjamin, Walter. 'storyteller', in *Illuminations*, ed. Hannah Arendt, trans. By Harry Zohn, New York: Harcourt, Brace & World, Inc, 1978, p. 114.

呈现的仅仅是其本身的差异运动,没有中心(雅克·德里达)。能指所指涉的不再是所指,而是其他能指群(罗兰·巴特),正如巴特在《叙事的结构分析导言》中所指出的那样:"关于叙事'现实主义'的主张是值得怀疑的。……叙事的功能不再是'再现',而是建构一个景观。……叙事并不展示,并不模仿。"[①]因此将文学和现实进行分界是无意义的,生活也是由语言、由隐喻建构而成的,是一种"仿像"(鲍德里亚)。福柯(Michel Foucault)指出,语言与符号构建了自身,无法指向一个先验所指,世界在符号的类推中运作。因此,之前所谓真实的世界是阐释的,而非注明的。宗教、历史、主体性、性别等人们本以为是的真理,其实是由社会规范的大话语建构成的。

故事能够呈现多元差异的叙事倾向,成为大一统话语的破解途径,其最主要的功能是解构。我们不再声称我们的故事是"真实"的,是对于事物的忠实表现,而是力求要发现世界上"出离之外"(out there)的东西。[②]本体意义上的故事所描述的世界,用托马斯·帕维尔(Thomas Pavel)的话来说,不是"唯一那个"世界,而是描述"任何"世界,潜在的"复数的世界",描述"其他"世界,包括"可能"或是甚至"不可能"的世界。[③]

温特森不承认传统观念中的真实和现实。在自传中,她调侃道:"我总是说'但那不是真的……',真相? 这是一个女人用来解释

① Barthes, R. "世界在超越叙事的层面开始," 'Introduction to the Structural Analysis of Narratives', in *Image*, *Music*, *Text*, p. 124. 转引自(美)海登·怀特,《后现代历史叙事学》,陈永国、张万娟译,北京:中国社会科学出版社,2003年,第142页。
② McHale, Brian. 'Telling Postmodernist Stories', *Poetics Today*, 1988, Vol. 9 Issue 3, pp. 545–571, p. 552.
③ Pavel, Thomas. 'Tragedy and the sacred: notes towards a semantic characterization of a fictional genre', *Poetics*, 1981, Vol. 10 Issue 2, p. 234.

一群老鼠在厨房里横冲直撞的表象而已。"①她认为"真的"是一个旧词,是一个奇怪的词。② 其中原因有两个。

首先,所谓现实世界、客观事物,实际上处在语言编织的象征体系中,是一种象征物。概念性的生活真实被媒体、教育、政府塑造出来,忽视联系,也忽视个体。③ 不仅物质世界如此,人们的精神领域亦是如此,人们被商业社会所鼓吹、所描述的世界诱惑,从而被赋予仿似真实而实则虚妄的欲望。而这种欲望像蛇,温特森曾用希伯来夏娃和希腊美杜莎两个与蛇有关的隐喻故事来说明现实社会强加于人欲望的弊端:前者意味着欲望让身体去追寻本来不需要的东西,后者意味着欲望会让心变成石头。④

其次,温特森认为现实主义的"真实"是割裂的而非联系的,"现实主义者将和谐复杂的世界拆散成零碎客体的集合",这反而会使人一叶障目,只见到个体而不见世界包容丰富的整体,"只能在这个事物和自己编织的世界之中认识它"⑤,这亦是温特森"不识庐山真面目,只缘身在此山中"式的感慨。温特森在《苹果笔记本》中借人物之口调侃人们总是拘泥于零碎现实的偏颇之处,"事实永远不会告知以真相。即使是最简单的事实也会误导人……就像火车时刻表"⑥。她用悖论式的比喻告知人们,看似笃定无疑的事实也存在着误差和不确定。在自传中,温特森谈起经常被看成是自传小说的

---

① Winterson, Jeanette. *Why Be Happy When You Could Be Normal?*. p. 38.
② Winterson, Jeanette. *Art Objects: Essays on Ecstasy and Effrontery*. p. 134.
③ Ibid. pp. 134 - 136.
④ Ibid. p. 114.
⑤ Ibid. p. 143.
⑥ (英)珍妮特·温特森:《苹果笔记本》,余西译,第 35 页。

处女作《橘子不是唯一的水果》时，也强调真实的复杂性、非唯一性：

> 我时常被问及《橘子不是唯一的水果》中的事情是"真"是"假"，好像总得在方格子打钩或划叉。我真的在殡仪馆打过工？我真的开过冰激凌车吗？我们村子里真有福音营吗？……对任何人而言，真相都是很复杂的。[①]

温特森不愿看到"真实"变成简单死板的是非题，破解这样的"真实"，最直接的就是使"真实"变成文学性真实，使之随着叙事的推进而呈现多元化。

温特森在《重量》的前言中，宣扬了故事重述的重要性，她不无担忧地提醒现实主义的表象真实对于文化带来的抑制作用，同时也强调自己要利用故事的神秘力量揭穿虚假"真实"的明确意图：

> 时至今日，作为群体存在的人类对于他们的所谓"真实"产生了可怕的贪欲。无论是电视真人秀或是低级乏味得如档案记录的小说，还是较好的情形——那些真实节目、自传以及所谓的"真实生活"……它们都已经取代了原有的想象空间。这一情形给内心生活带来了恐惧，给崇高、给诗意、给沉思、给文化都带来了恐惧。
>
> 我与它相对而立。我是这样一个作家——相信故事的力量来源于它自身的神秘，而非叙事技巧，相信语言胜于知识，要像齐格弗里德划过莱茵河的急流那样拼尽全力划过潮流。
>
> ……我们能做的一切就是把故事讲下去，期望在那些无穷无尽、支离破碎的新闻和名人闲话的喧哗梦魇中还能有另一种

---

① Winterson, Jeanette. *Why Be Happy When You Could Be Normal?*. p. 15.

声音被人倾听。

那是关于精神生活和心灵之旅的声音。

是的,我想把这个故事再从头说起。①

故事作为现实主义真实的对立物,成为现代社会喧哗中的另类声音,成为拯救人类文化和生存状态的诺亚方舟,温特森自己则决心成为那奋力划舟的摆渡人,成为掌握别样语言的英雄(齐格弗里德具有听懂鸟语的神力),用故事将人们摆渡进入不一样的真实世界。如温特森本人所言,这一信念来源于:"相信语言胜于知识",换句话说也就是相信语言的建构力量,相信文学现实主义。

故事之所以能解构现实主义真实,是因为故事拥有文学语言创造的别样真实。温特森强调"一个真正的作家将会创造一个完全独立、不同的真实,她的原子和空气就是词句"②。("词句"原文为 words,亦有话语言辞之意,在一些温特森小说译本中被翻译为"言辞"或"言语"。这里强调其为故事的组成元素,故使用本意:"词句"。)现实主义的真实束缚着人们,而由个人说出一个不同的故事就是用语言建构出一个"想象的真实",可以给人以解放。温特森认为讲一个故事能够让人将自己看作是虚构的,这是一件非常令人欣慰的事,因为"虚构的东西可以改变。正是事实束缚着我们"③。这里对真实和虚构的讨论并不仅仅局限于写作方法问题,而是对于逻各斯中心主义所列出真相提出的反驳,是对于故事解构权利和解构

---

① (英)简妮特·温特森:《重量》,胡亚娜译,重庆:重庆出版社,2008 年,前言。

② Winterson, Jeanette. *Art Objects*:*Essays on Ecstasy and Effrontery*. pp. 43 - 44.

③ Noakes, Jonathan and Margaret Reynolds. *Jeanette Winterson (Vintage Living Texts)*. London:Vintage Press,2003, p. 26.

力量的声张,是对于文学故事本体的体现。

温特森曾经采用过一个非常贴切的比喻,将旧观念的"真实"比作西班牙六便士,"一个小小的银币……是我们习惯了概念意义上的钱,即'真实'是真正的货币"①。对于这个刻板守旧的对真实的定义,她进行了抨击,她将"想象的真实"比喻作文学艺术中的真正货币,以便和现实主义中"真实的"物质货币相区分。文学词句成为和货币一样实在而坚实的东西,用以说明基于每个独特想象的个人故事讲述自成体系,"让自己的真实上场,用自己的货币流通体系生活"②。这些故事的真实是弹性的、模糊的,充满联系和交叉融合,充满着移动变化,这意味着人们可以用不一样的讲述留存多元化的声音,突破大一统现实观的笼罩。不断流动、不断讲述的故事可以通过想象和虚构跳出现实主义的认知方式,呈现出流动而丰富的意义可能。

在温特森的故事观念中,故事的形式与故事的价值、内容、功能息息相关,以什么方式说,就意味着建构怎样的真相。如约翰·巴斯所言:"不仅故事的形式,而且故事自己的事实都是符号性的。"③小说家王安忆在其理论著作《故事和讲故事》中也提出:"一个故事本身就包含了一个讲故事的方式。……一个故事带着它的模式存在了,它的模式与生俱来,并无先后。"④他们都敏锐地发现故事作为一种言说形式,其本身就极具价值,值得深究。

---

① Winterson, Jeanette. *Art Objects*:*Essays on Ecstasy and Effrontery*. p. 134.
② Ibid. p. 139.
③ Barth, John. *The Friday Book*:*Essays and Other Nonfiction*. New York:Putnam's Press, 1984, p. 71.
④ 王安忆:《故事和讲故事》,上海:复旦大学出版社,2011年,第2页。

马歇尔·麦克卢汉一语道破其中玄机:媒介可以看成"是人的延伸",在后现代社会里"媒介即讯息"。① 因而媒介或是言说方式不仅是承载内容意义的载道之器,"媒介的塑造力正是媒介自身",技术的推进能"坚定不移、不可抗拒地改变人的感觉比率和感知模式"。② 虽然麦克卢汉强调的是媒体技术的重要性,但我们也可以由此推论:言说方式的作用并非小于言说内容,媒介和言说方式的革新都会产生"改变人的感知模式"的效果。作为一种人类感知、理解和表达世界的媒介,故事的重要意义不再限于其内容,而是其感知、理解和表达世界的方式,故事本身就呈现本体性意义和文学性真实,用温特森自己在其作品中反复颂扬的话来说就是:"故事本身产生意义。"

二 故事是"光"

《守望灯塔》是温特森的代表作之一,讲述孤儿银儿和收养她的拉斯角灯塔看守人普尤一起守护着灯塔,同时也守护着"故事"的故事。普尤不仅是银儿的师傅和精神导师,更是一个讲故事的人,"一个胳膊下面夹着一袋故事的老人"③。他给银儿讲述了许多跨越时空的故事。他们的对话频繁以"给我讲一个故事吧"开启。这些故事大部分围绕灯塔建造者的后代——19世纪牧师巴比·达克展开,这个如同"化身博士"一般的人物"过起了两边的生活"④:达克

---

① (加)马歇尔·麦克卢汉:《理解媒介——论人的延伸》,何道宽译,北京:商务印书馆,2000年,第33页。
② (加)马歇尔·麦克卢汉:《理解媒介——论人的延伸》,何道宽译,第48页。
③ (英)珍奈特·温特森:《守望灯塔》,侯毅凌译,第84页。
④ (英)珍奈特·温特森:《守望灯塔》,侯毅凌译,第77页。

一半时间住在灯塔所在的岛上，是坚信宗教的牧师，和乏味的宗教狂妻子生活在一起，对待家人冷漠粗暴；一半时间住在伦敦，化名勒克斯，和初恋情人莫莉及自己的盲眼女儿一起生活，善良温柔。其间还穿插了史蒂文森拜访达克，并以他的生活为原型写作《化身博士》的故事，以及达克发现印证物种起源的化石，并和达尔文交往的故事。在故事中达克思考着生活、宗教、时间、主体性等问题。在银儿看来，普尤所讲述的故事和达克的故事，宛如引领她穿越黑暗的一张地图，与她自己的故事交织在一起，提供了另外的真相和可能性，最终通向了自由和爱情，成就了自己的故事。

在《守望灯塔》中，"灯塔"是一个点题意象，"黑暗"和"光"是一对贯穿始终、所指丰富的隐喻，和文学性真实也息息相关。在普尤开始讲故事之前，银儿是用"无光""黑暗"来形容自己流浪孤儿生活的压抑痛苦和单调荒凉的："埋葬我母亲的时候，有一部分光从我心里消失了。因此，我似乎就应该去那样一个地方住，所有的光都向外照，没有一点儿留给我们。普尤是个瞎子，所以对他无所谓。我也已经迷失，所以对我也无所谓。"①"黑暗就在你身边，我学着在黑暗中看，学着透过黑暗看，学着看我自己的黑暗。"②普尤对于银儿的孤儿经历很同情，希望她用讲故事的方法来化解苦痛，他说："如果你把自己当故事来讲，也许感觉就不会那么糟了。"③他希望银儿用故事的虚构去摆脱困苦现实的压抑。

实际上，普尤希望借由故事不一样的、丰富的真实给银儿的悲

---

① （英）珍奈特·温特森：《守望灯塔》，侯毅凌译，第21页。
② （英）珍奈特·温特森：《守望灯塔》，侯毅凌译，第19页。
③ （英）珍奈特·温特森：《守望灯塔》，侯毅凌译，第24页。

惨命运一个可选择的出路,解构充满压抑的现实生活。一旦普尤给银儿讲起故事,黑暗便被驱散。每一座灯塔都成为故事发生、交换、流转的场所,灯塔看守人和水手们在那里交换着各种各样的故事,灯塔中也弥漫着各种各样的真实:

> 每个灯塔都有个故事——不,应该说每个灯塔就是个故事,而灯塔发出的每一道闪光都是一个个朝大海发送的故事,它们是航标,是指引,是安慰,是警告。①

温特森将保持光亮当作故事创造生活、赋予意义的隐喻。光和灯就是故事,故事赋予听故事的人不同的认识视角和经历机会。借用艾布拉姆斯笔下"镜与灯"的经典比喻,逻各斯真理和物质现实在温特森理论系统中不再具有源初性的"灯"的地位,故事也不再充当仅能反映事物的"镜子"和"影子",不再依附于物质现实,而是光源,是"灯"。在此,故事本身就是一种现实,具有本体性。柏拉图在《理想国》里的著名洞穴寓言中曾提出一对"光"和"影"的经典意象,以强调"知识"(真理)对叙事的支配地位,柏拉图认为愚昧的洞穴囚徒只识叙事,不识真理,"知识就这样通过自己殉难的叙事建立起来了"②。然而,温特森看出了人们为何,以及怎样需要叙事,进而不承认知识的权威地位。真理不再是普照万物的太阳,"故事是光"是对柏拉图强调的"文学艺术是真理的影子的影子"的文学附属观的有力更正。

灯塔守护者普尤最擅长的就是讲故事,"从光里扯出一个个故

---

① (英)珍奈特·温特森:《守望灯塔》,侯毅凌译,第36页。
② (法)让-弗朗索瓦·利奥塔:《后现代状态》,车槿山译,南京:南京大学出版社,2011年,第106页。

事来"①。水手们爬上灯塔为的就是听故事,这些故事你传我,我传他,一代一代传下来。等看灯塔人讲完故事,水手们就会紧接着讲他们的故事,从别的灯塔那儿听来的故事,因而"一个有本事的看塔人得比水手知道更多的故事"②。银儿要普尤教她如何看好灯塔的灯,普尤没有去教她如何操作闪灯的机器,却话锋一转,非常严肃认真地教导她怎么去继承和流传故事,再讲出自己的故事:"那些故事,你必须知道那些故事,那些我知道的和我不知道的。"③他着重指出,作为灯塔守望者,真正的职责和使命就是把故事讲好。他强调说:"我不是在自说自话,孩子,我是在说我的工作。"④由此可见,温特森没有将灯塔作为传统象征体系中的男性标志,而是作为一个守护另类真实的"安全的地方"。不仅如此,"守望灯塔"的隐喻意义也远远超出了众多评论者所阐述的守望希望、守望爱、守望传统等层面。守望灯塔更是守望故事,是守望故事的讲述权利,守望故事被一再重述、口口相传的可能性,守望那些由故事建构的不一样的真实。小说中多次强调灯塔是坚实的,在温特森看来,向外发射着故事之光的灯塔是那么的坚实且可靠,正如水手们编纂的多种可能性的故事那样值得相信。

在故事是光的隐喻基础上,我们还能进一步在小说中隐约窥见互为对比的两个"塔"的意象。一个如上文所说,是由普尤和银儿守护的灯塔——故事之塔;另一个即是隐藏在双面牧师"巴比·达克"(Babel Dark)姓名中的意象,他的名和姓可分别翻译为巴比塔和黑

① (英)珍奈特·温特森:《守望灯塔》,侯毅凌译,第140页。
② (英)珍奈特·温特森:《守望灯塔》,侯毅凌译,第35页。
③ (英)珍奈特·温特森:《守望灯塔》,侯毅凌译,第33页。
④ (英)珍奈特·温特森:《守望灯塔》,侯毅凌译,第34页。

暗。在小说中,巴比·达克讲述了《圣经·创世纪》中关于巴比塔的故事,人类试图建立通往上帝的高塔——巴比塔,为了阻止人类,上帝让人类失去了语言沟通的能力,"后来塔倒了,塔上的人掉下来分散到了地球的各个角落,打那以后他们谁也听不懂谁的话了,就好比听不懂鱼和鸟的话"①。巴比塔的寓意有两个:其一,追求终极意义的虚妄;其二,失去语言交互,失去故事传播,带来的是混沌和混乱。巴比·达克悲惨生活的根源是故事的缺席,他前半生追求的终极真实是由上帝规定的,由各类宗教教义所描绘出来的;他娶了他并不爱的宗教迷、道德模范、了无生趣的贵妇人,其选择的婚姻生活是在社会赞赏的规范下成就的。达克由于相信"眼见为实",相信片面不全的真相,误会了自己的挚爱莫莉与别人有染(实际上莫莉在帮助自己逃亡的革命者哥哥),于是亲手毁了自己的爱情,毁了自己的幸福,致使自己的亲生女儿眼睛受伤变瞎,为此悔恨终生。达克就像自己的名字所暗示的那样,是失去用语言编织故事能力的人,是生活在黑暗里的人。以前所坚信的真实瓦解时,他无法借由故事找出自己的真相,而是迷失在陌生感中,当普尤问他为什么要讲巴比塔的故事时,他承认道"我已经成为我自己生活中的陌生人"②。最后,达克将自己放逐在灯塔所在的岛屿进行赎罪,并在宗教信仰瓦解之后投水自杀。我们可以从巴比·达克的故事和守望灯塔的故事中梳理出两条隐约相对的寓意等式:达克的巴比塔=语言隔绝、故事缺席之塔=终极真实追求之塔=黑暗之塔;普尤的灯塔=语言交互、守护故事之塔=文学性真实之塔=光明之塔。温特森在

①(英)珍奈特·温特森:《守望灯塔》,侯毅凌译,第57页。
②(英)珍奈特·温特森:《守望灯塔》,侯毅凌译,第58页。

这两组对比中,对故事的解构能力寄予了厚望。

温特森在她的作品中还启用黑暗和光这样一组对比意象,分别代表传统现实和故事讲述的真实,去强调个人化的故事对于大一统话语所塑造的"真实"的撕裂:

> 我想给你讲的故事将照亮我的一部分生活,而将其余的部分留在黑暗中。你不必知道一切。从来就没有一切这回事。这些故事本身产生意义。
>
> 对于存在的连续叙述是一个谎言。从来就没有连续叙述,有的只是一个个被照亮的时刻,其余则是黑暗。①

"一切"和"连续叙述"这些代表着完整、终极的逻各斯大词正是现代文明中人们孜孜以求的意义,而对于温特森来说,个人的故事是赋予意义的"光亮",是撕解大一统话语压抑之"黑暗"的利器,只有讲出口的故事才是"被照亮的时刻",才是能被承认的个人真实。在别人的描述或是社会公认的话语里,"银儿"是个孤儿、一无是处的小女孩,是"什么也干不了"的人,甚至后来被送进精神病院,被视为精神病人,银儿不承认这些被强加的真实的存在,将其丢在"黑暗"里。而普尤讲述的故事、她自己讲述的故事这些"被照亮的时刻"赋予银儿希望和意义,虽然是一段一段的、"一个一个"的,并不"连续",但是只要讲出了,只要被听到了,这些词句就可以解构并创造出有别于现实主义连续叙事谎言的真实。温特森在作品中写道:

> 它就在那儿,那照过海面的光。你的故事。我的。他的。

---

① (英)珍奈特·温特森:《守望灯塔》,侯毅凌译,第117页。

它得让人看到才会被相信。它得让人听到。①

温特森强调这些故事是"你的""我的""他的",而不是人类、政府、教会这些集体性主语的,说明她特别强调个人讲述的故事意义重大,体现出的复数光源本质。以故事为意义生成基点的世界里,闪烁的不是唯一光源,而是繁星之光。故事创造世界的方式是后现代主义式的,"具有'既/又'而不是'非此即彼'的逻辑"②。

在《守望灯塔》中,有一个章节的名称为"黑暗中的已知点"③,在其中,普尤讲述了一个遭遇海难的水手靠着"成为灯塔流传故事"的愿望而活下来的故事,他强调说:"灯塔是茫茫黑暗中的一个已知点。"④根据小说全文的意象体系来看,可以解读为世间之物如同茫茫黑暗般没有意义,故事之光照亮的地方才是"已知点",或言真实之地。类似理念在温特森另一力作《给樱桃以性别》里也有所阐述,在小说扉页上,写着统领整个作品的一句话:

> 物质,最为坚固和最为人知的事物,你正握在手中的和构成你身体的事物,现在却被告知成了最为空荡的空间。真空和光点。关于真实世界,这说明什么?⑤

物质的坚实性在后现代社会已经瓦解,隐散而去,潜入黑暗,取而代之的是光点,而这些散漫的光点是由一个个故事建构的真实组成,"关于真实世界,这说明什么?"这是温特森提出的哲学诘问,也

---

① (英)珍奈特·温特森:《守望灯塔》,侯毅凌译,第118页。
② (加)琳达·哈琴:《后现代主义诗学:历史·理论·小说》,李杨译,南京:南京大学出版社,2009年,第68页。
③ (英)珍奈特·温特森:《守望灯塔》,侯毅凌译,第32页。
④ (英)珍奈特·温特森:《守望灯塔》,侯毅凌译,第33页。
⑤ (英)珍妮特·温特森:《给樱桃以性别》,邹鹏译,北京:新星出版社,2012年,扉页。

是她孜孜以求答案的人生问题,传递出不信任传统真实的信息,表现了她希望用故事之光重建真实的诉求。

守塔人——瞎子普尤既是听众也是讲述者,他和灯塔融为一体,他是栖居在拉斯角灯塔中充满沧桑的故事之神,传奇的故事传播者,"代表二元糅合的矛盾体,特别代表流动"①。盲人在西方文学传统中往往会担任民间故事讲述者的角色,比如盲诗人荷马。由于眼盲,他们不会再受制于事物表象;由于会讲故事,他们会凭空创造出熠熠发光的内在世界。小说里这么描写普尤:他是"一座闪闪发光的桥,你走过去,回头看,他已经消失无踪"②。这句话中回响着尼采的名句:"人类之伟大处,正在于它是一座桥梁而不是一个目的。"③普尤=讲故事者,以口述故事来联结众人,沟通古今,点亮希望,就是守塔人普尤家族流传下来的传统,是他的使命。讲故事在普尤们、水手们和海上迷失者们的生活之中是不可或缺的一部分,是生活的本相和存在的本质。

遗憾的是,现代化的科技发展扼杀了故事:在小说的后半段,北方灯塔委员会下令普尤搬出灯塔,实行灯塔自动化管理,故事随着普尤的离开而渐渐消失,人与人之间通过讲故事交流的传统在现代化进程中被悬置。所幸银儿继承了普尤的衣钵,成为新的故事守护者。在物质现实占统治地位的时代,温特森重温口述故事的重要性难免勾起现代社会对人类早期淳朴的口述文明的追思,从中可体会到她想恢复日渐失落的人类原初文化中故事讲述传统的良苦用心。

----

① Andermahr, Sonya. *Jeanette Winterson*: *New British Fiction*. p. 122.
② (英)珍奈特·温特森:《守望灯塔》,侯毅凌译,第 84 页。
③ (德)弗里德里希·尼采:《查拉图斯特拉如是说》,黄明嘉译,漓江出版社,2007 年,第 7 页。

三 故事构建复数世界

在《守望灯塔》结尾处，主人公银儿总结性地强调："这些就是我的故事——掠过时间的一道道闪光。"[1]这里的"光"也好、"故事"也好，都是复数的，象征着故事创造的真实也是复数的。的确故事之"光"不仅是源发性的，而且是一种漫散的、非固定的物质，是范畴性的物质。正如小说中暗示的那样："每个灯塔都有自己的故事——还不止一个。"[2]

普尤的故事可以这样说，也可以那样说，当银儿想让他说一说达克的故事时，因为故事是多版本的，他总是要问"哪个故事，孩子？"[3]或是以"就看你是在讲哪个故事了"[4]来回应银儿对故事细节的追问。到了小说后半段，银儿成了多数故事的叙述者，她又重述了达克的、普尤的、莫莉的、达尔文的、史蒂文森的故事。银儿说的故事和普尤的故事有时互为补充，有时交叉相悖。故事时常被打断，又改头换面地出现，由此，故事呈现的事物显示出含混多元的状态。这种状态在现象学奠基人英伽登（Roman Ingarden）的概念术语中也曾以一种光谱式的比喻呈现，即是"彩虹色"或"乳白色"的状态（iridesce or opalesce）。乳白色是一种包含光谱中所有色段光的颜色，是彩虹色光糅合在一起的光的颜色。这象征着看似简单唯一的现象事物包含了含混的"复数世界"[5]，看似确定的真相和现实却

---

① （英）珍奈特·温特森：《守望灯塔》，侯毅凌译，第 201 页。
② （英）珍奈特·温特森：《守望灯塔》，侯毅凌译，第 34 页。
③ （英）珍奈特·温特森：《守望灯塔》，侯毅凌译，第 44、65、98、195 页。
④ （英）珍奈特·温特森：《守望灯塔》，侯毅凌译，第 28 页。
⑤ Ingarden, Roman. *The Literary Work of Art*. Evanston: Northwestern University Press, 1973, p. 254.

包含了无数的变化和可能。

故事主要通过重述的方式去书写"复数世界",正如本雅明所说,故事讲述总是"重述的艺术"①。重述是保存差异的最好方式,差异也是复数世界的基础。福柯提醒我们一切都存在于差异之中:

> 我们的理性是话语的差异;我们的历史是时间的差异;我们自身是面具的差异。这种差异远不是已经被遗忘且可以失而复得的始源,而是散点;我们就是散点。②

在温特森看来,重述故事便是共存差异的最好方法,"重述"这一行为比故事的内容要重要得多。多版本、多种叙事形式的故事可以尽可能地呈现这些"散点","在混乱的不真实的世界里提供一个完整和充分的认识视角"③。这里的"完整"不是以一概全的完整,而是包容所有"散点"的完整。

故事是建构复数世界的另类途径,而不仅仅是对现实的摹写和"翻版"。在温特森眼里,故事具有去除腐朽的解构力量,"推动扩大我们原以为固定所在的边界,那些便利的谎言跌下,之后唯一的边界就是想象的边界"④,物质和精神的界限被消除。温特森在评论文章中曾表达文学真实只能是"想象的真实……不是经验的真实"⑤,与其说温特森想表达对想象的无限推崇,不如说她十分推崇

---

① Benjamin, Walter. 'storyteller', in *Illuminations*, ed. Hannah Arendt, trans. By Harry Zohn, New York: Harcourt, Brace & World, Inc, 1978, p121.

② Foucault,Michel,转引自(加)琳达·哈琴:《后现代主义诗学:历史·理论·小说》,李杨译,第 90 页。

③ Winterson, Jeanette. *Art Objects: Essays on Ecstasy and Effrontery.* p. 111.

④ Ibid. p. 116.

⑤ Ibid. p. 147.

文学故事的虚构想象重构复数真实的自由灵便。故事可以给零碎而僵化的现实世界以另外的规则、另外的逻辑、另外的面貌,而重构后的规则、逻辑和样貌都是复数可变的。

借用麦克卢汉的概念,文学故事可以被看成是与"热媒体"相对的"冷媒体"。"热媒体"只延伸一种感觉,并使之具有高清晰度,高清晰度是充满数据的状态。"冷媒体则相反,它是低清晰度的"①,需要人们的想象补足。而正是低清晰度的媒介才能呈现更多的留白和弹性,给予松散的传达,才有多变叙事的可能;不是一眼见低的通透介质,才能呈现多元真实,建设出"乳白色"的复数世界。故事在不断重述中,打乱或销毁建立起的所谓真实的"数据",不断建立新的、不稳定的多样化真实。

故事之所以能够呈现复数的文学性真实,还在于故事是说给人听的。口语讲述的方式造成了故事的基本元素——词句的流动,词句是在叙事者和听故事的人之间交流交换的。在每一次叙述的时候,词句形成新的演绎,形成新的对话。每个词句"作为人类符号系统的一个符号,一个可以随着从话语传递到话语、从叙述者传递到叙述者而变化的符号,变成一个微型的竞技场,在其中演出复调和对话"②。而对话和符号意义的游走可以带来突破和创新,因此,它们所呈现的永远不是能够固定下来的真实。对此,古德曼提出:

讲故事使用的是范畴性的标准(categorial system),而对于

---

① (加)马歇尔·麦克卢汉:《理解媒介——论人的延伸》,何道宽译,第51页。
② Baxtin: 'Discourse in the novel', The Dialogic Imagination, ed. and trans. Caryl Emerson and Michael Holquist. Austin and London: University of Texas Press, 1981, p. 336.

一个范畴性的标准来说,要展示的不是它是真实的,而是,它能做什么。①

"范畴"的概念就在于模糊标准的边界,勾勒一个大致轮廓而不在乎是否精确。故事永远也不会停留在一个点的标准上,它只能成为一种模糊的、弹性的建构。在后现代,人们"用虚构去创造(crea-tion)、反创造(de-creation)和再创造(recreation)世界"②,并在此过程中确认了拥有重新设计一个世界的最大自由。因此故事"能做什么",即它的功能,比故事讲述的内容更为重要;赋予故事解构并重构真实的能力,比探究故事呈现的真实到底是什么更为重要。

很多现代西方作家也如温特森一样关注着故事,确信其解构现实主义真实的同时构建文学性真实的价值。英国作家斯威夫特在《水之乡》里表白:"当现实是一片空白时,你会做些什么? 你可以让事件发生……或者你们可以讲故事。"③朱利安·巴恩斯在《10 又 1/2 卷人的历史》中提出:"我们编造出故事来掩盖我们不知道或者不能接受的事实;我们保留一些事实,围绕这些事实编织新的故事。我们的恐慌和痛苦只有靠抚慰性的编造功夫得以减缓……"④。温特森也同样让人们相信,故事不再仅仅用来认识现实主义的真实,而是"填补空白""弥补""创新",创造出另一个世界;或抚慰、或延续、

---

① Goodman, Nelson. *Ways of Worldmaking*. Indianapolis and Cambridge: Hackett Press, 1978, p. 129.
② Apple, Max. *Free Agents*. New York: Harper & Row Press, 1984, p. 138.
③ (英)格雷厄姆·斯威夫特:《水之乡》,郭国良译,南京:译林出版社,2009 年,第 54 页。
④ (英)朱利安·巴恩斯:《10 又 1/2 卷人的历史》,宋东升、林本椿译,南京:译林出版社,2003 年,第 228 页。

或颠覆、或再造人类生存世界。故事作为一种人类观察和理解世界的媒介，不仅是意义、内容载体，其本身就体现了特殊的理念尺度，其本身就是文学性真实的观念呈现。

第二节　故事是"活生生""实实在在"的

温特森对故事的本体认识还体现在作品中的故事实物化意象描写方面，温特森认为由于语言符号的自足体系，词句本身是最实在的存在。温特森评价伍尔夫时曾说："词句就是事物……实实在在的。"[1]这是针对人们认为词句只是事物的指代符号、只是能指的观点提出的。温特森认为割裂区分文学和现实是无法实现的，生活也是由语言、由隐喻建构而成的。她认为"语言是神圣的东西"[2]，词句本身不指向事物，它自己就是事物，可以影响并构建事物，"语言的力量不但改变事物的概念而且改变事物本身"[3]。故事的实物化意象，可以看成是温特森对现实主义观念中现实和语言主客体地位的逆向思维和反向用力，倒置其二元关系，同时也解构其二元关系。

一　"故事为自己而活"

温特森不止一次提到文学故事或是词句是"活生生"的（lively），以此来表明故事并不依附于任何东西，尤其是不依附于现实主

---

① Winterson, Jeanette. *Art Objects*: *Essays on Ecstasy and Effrontery*. p. 70.
② Ibid.. p. 163.
③ Nunn, Heather. 'Written on the Body: An Anatomy of Horror, Melancholy and Love', *Women*: *A Cultural Review*, 1996, Vol. 7 Issue1, pp. 16 - 27.

义的真实。温特森在她的评论集《艺术之物》开篇就提到文学艺术是"活生生的,就像它们一直做的那样,茂盛的,不知疲倦的"[1],并且将这一观点贯穿始终。她称文学故事"由语言组成,活生生而不呆滞"[2],认为它们"不是博物馆,是一个活物"[3],称词句描写"不是蒙太奇,是活着的、呼吸着的、飘动着的时刻"[4]。故事不仅自己是有生命力的,而且给予人类赖以生存的生命力。故事被认为是维持人们生命和活力所呼吸的空气,一如温特森在《宇宙平衡》里的描写:"什么在彼此的肺叶中继续。氮,氧,故事讲述的炭。"[5]实物化了的故事被赋予了堪称"致命"的重要性,成为生命之源。

温特森不仅从表现形式层面展现故事是"活生生"的,更是从故事本体的出发点强调故事具有独立的内在生命。她既强调故事借由无边无际的想象和短小自由的形式带来轻巧灵活的讲述特征,又以此来表明故事和词句拥有自我更新能力和持久生命力。这一力量源自语言符号的自足体系,故事并不依附于某个固定的外在现实,而具有自我繁衍、创造新事物的能力,不仅是"发现"更是"发明"。在温特森将故事定义为"活生生"的时候,有一个预设的对立面:理性科学、权威话语对于生活的固定规范。它们用横平竖直的理性事实将生活规整得井井有条,却又零碎偏颇、死气沉沉。温特森在《宇宙平衡》中写道:

---

① Winterson, Jeanette. *Art Objects*: *Essays on Ecstasy and Effrontery*,扉页。
② Ibid. p. 44.
③ Ibid. p. 176.
④ Ibid. p40.
⑤ Winterson, Jeanette. *Gut Symmetries*. London: Vintage International Press, 1997, p. 232.

事实把我中断。干干净净的盒子装着历史、地理、科学、艺术。当从一个流向另一个的联系的涌流变得充满活力,还有什么是分离单独的东西?这就是我想要的活生生。①

故事的发生和发明可以将规整生活、隔断联系的理性现实的"盒子"贯穿通透,当历史、地理、科学等都成为故事后,没有什么是确定不变的。文学故事使一切割裂固定的概念流动起来,这"是对抱着死气沉沉的陈规过活的所谓的真实生活状态的反叛"②。故事中"所发生的"事物从指涉(现实)的观点看是"无",因此故事永远不会僵死在某处。这一如巴特所宣称的那样:"'所发生的'只有语言,语言的冒险,对其到来的不断赞颂"③;也一如温特森所宣称的那样:"文学艺术不模仿生活,文学艺术预言生活。"④

温特森在小说中经常用拟人的方法突显出故事的生命活力,把故事或是言语描写为能走能跑的实在活物。在《给樱桃以性别》中,有一个言语(词句)之城,在那里言语扮演着重要的角色,当人们在交谈讲述时,"他们的言语升起,在城市的上空形成一朵厚厚的云"。这导致人们需要时时清洁这些言语。言语大摇大摆游走在城市里,有人被"还在争吵的语言咬伤"。一首诗被关进了盒子里,言语就会重复地咏叹自己,"无止境地重复着自身,仿若命中注定,直到有人

---

① Winterson, Jeanette. *Gut Symmetries*. London: Vintage International Press, 1997, p. 93.

② Winterson, Jeanette. *Art Objects: Essays on Ecstasy and Effrontery*. p. 108.

③ Barthes, R. "世界在超越叙事的层面开始", 'Introduction to the Structural Analysis of Narratives', in Image, Music, Text, p. 124. 转引自(美)海登·怀特,《后现代历史叙事学》,陈永国、张万娟译,第142页。

④ Winterson, Jeanette. *Art Objects: Essays on Ecstasy and Effrontery*. p. 40.

给予它自由"。密闭空间中的恋人絮语甚至能将空气挤走,让恋人们窒息。当这个密闭空间被打开时,"那些词语怀着对自由的渴望……以鸽子的形状飞过了城市"①。在这一系列生动的比喻中,词句、言语成为"云朵""气体",成为物质化的事物。同时,它们还成了一个施动者,"咬伤""窒息"都是施动的后果。人们一旦说出了言语,说出了故事,言语就不再受制和附属于人了,它们可以扩散,可以变形,可以成为鸽子一样的活物,拥有自己的生命力,甚至可以倒转二元支配关系,给人施加影响。这挑战了传统意识中现实和文学的主客体关系,其中也闪烁着文学现实主义和故事本体论的要义。

在描写"故事王国"艾洛斯岛的短篇小说《世界的转角》中,故事被定义为实实在在的东西。人们可以吃下故事,或是睡在故事上:"烹饪一个故事,然后吃下去……在故事组成的床上睡去,一个故事又在她的嘴角形成。"②吃的食物和睡的床可以看成生活中最为基本的物质需要,当故事已经渗透在生活的每个细节和角落,成为维持生存的必需品时,讲故事便成了存在方式,岛外的现实世界被遗忘也被抛弃了。这里的生活情景非常贴切地诠释了故事"活生生的"坚实存在,重申故事的本体价值。

在艾洛斯岛上,故事的发生也显示出物质化倾向:故事的源起是生物性的。艾洛斯岛的最深处是一片森林:"世界上所有的故事都发源自这片茂密丛林,从静默的领地前往聒噪的国度。"故事的源头和最原始的自然生物联系在了一起。在森林里,旅行者们在隐隐绰绰中可以看见各种童话、神话、传奇中的形象:"是化身狮子的阿

① (英)珍妮特·温特森:《给樱桃以性别》,邹鹏译,第13—15页。
② (英)珍妮特·温特森:《世界和其他地方》,虹影等译,第162—163页。

喀琉斯吗？是融成金色翅膀形状的伊卡洛斯吗？远处是齐格弗里德的号角吗？那是兰斯洛特的骏马吗？"①有学者称："这显示出来源于童话的故事森林意象如何在温特森的作品中处于显著地位……森林是原初的故事之家。"②从人类学上看，森林一直具有万物生长、复活更新的象征意义（弗雷泽），源起于这样时空的故事便印上了丰富、盛产、不断更新、永动更变的意义标签，故事是"茂盛的，不知疲倦的"③。另外，从心理学上看，森林象征着理性之外的原始之地（荣格），是生物冲动性隐藏的地方，起源于此的故事便也具备了反理性精神。

同样，在《苹果笔记本》中温特森提出故事为自己而活的观点："自给自足的？或许故事本就如此。"④她还描写了故事"自动写作"的过程："故事会凝聚起叙事的冲动……故事在书写它自己。"⑤由于语言符号的自足体系，故事为自己而活，它们存在的目的就是不断被重新说出来，创造出自己的存在世界。温特森的这个观点在欧洲后现代作家中也有着相当多的共鸣。英国作家卡拉索（Roberto Calasso）也曾谈到，在古希腊时期，作为故事雏形的神话从仪式规矩中逃离了出来，"就像精灵从瓶中逃离一样"：

> 如果故事开始独立，发展出姓名和关系，那么有一天你会

---

① （英）珍妮特·温特森：《世界和其他地方》，虹影等译，第 163 页。

② Childs，Peter. 'Jeanette Winterson：boundaries and desire.' Contemporary Novelists：British Fiction Since 1970. London：Palgrave Macmillan Press，2005，p. 264.

③ Winterson，Jeanette. Art Objects：Essays on Ecstasy and Effrontery. p. 1.

④ Winterson，Jeanette. Gut Symmetries. London：Vintage International Press，1997，p. 197.

⑤ （英）珍妮特·温特森：《苹果笔记本》，余西译，第 54 页。

发现它们已经呈现出它们自己的生命,过自己的生活。①

从这个角度上看,故事讲述不仅是无意识地放任词句随机运作从而建构出新的世界、新的生活,更是从动机上、源发动力上就确认了故事是自我发展的、自我构建的。英国奇幻文学作家普拉切特(Terry Pratchett)也和温特森一样认为故事是在被重述中不断生长的,他曾用蜷曲生活在自己身体里面的自我寄生物以及达尔文的物竞天择来比喻故事的独立性和生存发展:

> 人们认为故事是被人类塑造的,但是不然,它独立存在于它们的游戏者,如果你知道,所知就是力量。故事如达尔文主义一样成长演变,物竞天择,最孱弱的那些死去了,最强大的那些幸存下来,随着重述不断壮大。
>
> ……
>
> 故事不关心谁在故事中发生了什么。所有的问题就是故事要被讲述,故事要被重讲。或者你可以这么想,故事是一种寄生生物,蜷曲生命只为了服务供养故事自己。②

"故事是寄生生物",这是一种生物性的形象比喻,说明故事掌握生命主动,仿佛依附于人,依附于现实,成就的却是自己的发生发展。故事借由一次一次的重述,如生物进化那般,在能指群的推移中,在文本的交汇中,在互文编织的文本网络中不断生存下去,从故事中孕育出新的故事来。

---

① Calasso,Roberto. *The Marriage of Cadmus and Harmony*,trans. Tim Parks. London:Jonathan Cape Press,1993,pp. 278 - 279.

② Pratchett,Terry. 'Witches Abroad', *On Histories and Stories:Selected Essays*. By A. S. Byatt. Cambridge,Mass.:Harvard University Press,2000,p.135.

如果用福柯的话语理论体系去观照温特森的故事，那么故事可以看成是福柯研究术语——"陈述"（statement）的一种，故事是一种个人性、文学性的陈述。"话语"（discourse）是由"陈述的整体"而非统一性陈述组成。① 故事正如"陈述"那样重视个体性的"对象"的言说，承认其"特有的复杂"，而不是去固定现实主义的确定性、即时性和完整性。在话语研究中，福柯强调不要依赖于传统观念里的真实和物质：

> 总之，我们要彻底放弃"事物"，使它们"非现在化"，避开它们丰富的、沉重的和立即的完整性，因为我们习惯于把它变成某个话语的原始规律。②

现实主义的"事物"会被"原始规律"所绑架，成为逻各斯源发性的东西。在反对现实主义物质真实之后，福柯进而强调了陈述的物质性。一如"陈述"，故事所展现的"存在"能产生一系列符号："不是作为某种会消逝的事件或者无生气的事物，而更像是可重复的物质性。"③作为口口相传的东西，陈述的物质性和它不断被重复紧密相关，正如故事一样。故事正是在不断重述中，将所言之物带入了一个关系网，一个由所有转述人所加入的能量场。在无数力量的角力拉扯中，只要开始讲述就会产生源发性的言辞，带来变化。故事和"陈述"一样，"出现在陈述的物质性中"，同时凭借其特定结构，"跻身于各个网络之中，寓居于一些使用范围中，把自己奉献给可能的

---

① （法）米歇尔·福柯：《知识考古学》，谢强、马月译，北京：生活·读书·新知三联书店，2003 年，第 129 页。
② （法）米歇尔·福柯：《知识考古学》，谢强、马月译，第 52 页。
③ （法）米歇尔·福柯：《知识考古学》，谢强、马月译，第 119 页。

转化和变化,被纳入某些操作和某些策略中"。① 正是重述带来的转化和变化,使故事不再依附于外在物质性,而是产生出内在的实体性。

二　故事是地图,产生空间

将故事喻为地图,也是温特森常用的故事实物化的意象,这一匠心独具的意象隐喻故事从物质地理空间超脱出去,产生新异的空间,建设自己的三维世界。在《守望灯塔》中,爱说故事的水手们是用故事去标示地理位置的:

> 水手们识字也不会看地图,但他们有自己的一套,当他们经过海峡、岩礁时,他们从来就没有把这些地方想成是地图上标的位置,他们知道这些地方是因为他们都是一个个故事。②

水手们对于海峡、岩礁这些物质空间的感知把握是建立在故事描述系统中的,是存在于故事标记的真实性中的。这让人联想到荷马史诗《奥德赛》等旅行故事的传统,奥德赛的航海地图也是由独眼巨人、塞壬、喀尔刻等一个个神话故事标记的。水手们对于地图的感官认识,也融入温特森自己的人生感悟。温特森在自传中称,自己一出生便成为"折叠地图上的一个可见的角落"。但是那个地图是一张充满多种可能性的地图:

> 那个地图不止一个路径。不止一个方向。地图将自身折起,并不指向任何确定的地方。那个标注"你在这里"的箭头只

---

① (法)米歇尔·福柯:《知识考古学》,谢强、马月译,第129页。
② (英)珍奈特·温特森:《守望灯塔》,侯毅凌译,第34页。

是你的第一个坐标。当你是个孩子时,你不能改变很多。但你可以打包上路,走向未知的旅程……①。

地图的重要功能就是标记定位,"标注你在这里"。对于个人来说,自己的坐标如果建立在现实主义的物质空间参照系中的话,坐标、路径便是唯一性的,也是规定性的了。如果将故事讲述作为参照系,用以此绘制成的地图来指引路径的话,那么就会充满众多可能性,温特森更提倡充满可能和变化的真实。

小说《苹果笔记本》记叙的是网络作家阿里,每晚坐在苹果笔记本电脑前,给任何需要故事的人讲述故事。阿里重述了郁金香传播到荷兰的故事,以及十个著名爱情传奇故事和历史故事,等等。这些故事在重新讲述之后编织进了阿里自己的生命故事里,故事的大多数主人公名字同为阿里。在文本中温特森强调:

故事就是地图。

已绘制的和可能绘制的旅程地图,一段穿越真实与想象领土的马可·波罗的旅程。

有些领土已变得越来越像海边度假胜地。我们到达那儿时,我们知道我们会在那里建造沙塔,晒日光浴,那里的咖啡馆菜单从来没变过。

有些领土则要荒凉些,报道上也不见记录。导游只在这里有用。在这些荒凉的地方,我成了地图的一部分,故事的一部分,在众多的篇章里加入了自己的章节。这是《塔木德经》式的故事中套故事,地图中套地图,存在各种可能,但也在警告我累

① Winterson, Jeanette. *Art Objects*: *Essays on Ecstasy and Effrontery*. p. 114.

积的重量。①

现实主义的真实依附于物质，世界由一纸地图绘就，所有事物都处在由科学测绘出的地理空间定位的某个固定点上，这样的物质三维世界必然指向精确、指向清晰无变化。但是这样的地图，这种对现实世界的描绘是摈弃和个人之间的联系的。因此，温特森倡导每个人通过讲述故事，去描绘出自己的地图，建设自己的多维世界。这个世界不再由物理几何世界里的长、宽、高三维组成，不再由地理定位系统中的经纬度定义，不再受制于统一标准，而是由展现文学性真实的故事带领人们穿越"想象的领土"。最关键的，是要让自己成为"故事的一部分"，"加入自己的章节"，无数个人的故事将带来无数的真实，绘制出无数不一样的地图。

在小说《给樱桃以性别》中，主人公弃儿乔丹跟随着园艺大师启航远行，学习嫁接方法。这个旅程和传统流浪汉小说类似，也可以解读为意义追寻之旅。在旅途中，他聆听并讲述了各式各样的故事，并不止一次思考地图的意义，特别是和纸质地图不一样的"隐形地图"的意义：

> 我也在唱着另外一些时光，一些幸福的时光，尽管我知道那不过是我的臆想，我从不曾在哪里经历过。但如果我能描述出那个地方，即使地图上不存在，那又有什么关系呢？②

一个地方是否存在，一个旅程是否经历，关键不在于是否在纸质地图上有所标注，关键在于能否被讲述出来，能否进入一个人的

① （英）珍妮特·温特森：《苹果笔记本》，余西译，第 54 页。
② （英）珍妮特·温特森：《给樱桃以性别》，邹鹏译，第 12 页。

故事之中。在追寻十二位跳舞公主的足迹,听过她们所讲述的迥异于世间流传版本的故事之后,乔丹又一次踏上旅程,此时的他抒发了和阿里一样的有关地图的独白:

> 一张地图能告诉我怎么找到我一直想象的地方。我忠实地追随地图的指引到达的时候,那个地方已不是我想象的地方。地图越是实际,便越不真实。
>
> 而现在,我们昆虫般渺小的身体挤满在地球之上,竖起旗子,建造房子,看起来所有的旅程都已完成。
>
> 并不是如此。合上地图,收起地球仪吧。如果别的人要查看,就随他们去吧。在另一张纸上的顶端画出鲸鱼,顶端画上鸬鹚,在两者之间,如果你能,就在这两者之间确认你在那些地图上没有发现的地方,以及只对你彰显的联系。圆与平,只有很小的一部分已经被发现。[①]

温特森借乔丹之口再次强调地图越是代表现实主义的"实际",就越"不真实",拘泥于现实主义真实的人们用象征着占领的"旗子"和代表容身之所的"房子"禁锢了人们的旅程,人们如蝼蚁昆虫般苟活于世俗。但是如果能画出"鲸鱼""鸬鹚"等带有传奇故事色彩的图案,画出或是讲述出"你"的故事,讲述出对于个人"彰显的联系",那么就能发现新的地图,发现"那些地图上没有发现的地方"。故事不像专有名词那样确指一个明确的事物,一个唯一的个体,所以它描画出来的也不会是唯一的地图。作为一种个人"陈述",故事必定与福柯所言的"参照系"相联系:

---

① (英)珍妮特·温特森:《给樱桃以性别》,邹鹏译,第104页。

这个参照不是由"事物""事实""现实性"或者"存在"构成，而是由那些被确定、被确指或者被描述的对象，那些被肯定或被否定的关系的可能性和存在的规律所构成的。陈述的参照系构成了地点、条件、出现的范围，构成了个体或对象各自不同的要求，事物的状态和被陈述本身涉及的关系。它确定着赋予句子以意义，赋予命题以真实性价值的东西显现和规限的可能性。[①]

由此，世界是怎么样的，真实性是怎么样的，不由"事实""存在"规定，而是和讲故事的人，和他/她所陈述的参照系所展现出来的各种关系、意义息息相关。所以"鲸鱼""鸬鹚"，乃至十二位跳舞公主，便是乔丹故事所陈述世界的参照系标志物，是能够体现讲述者的关系和意义的参照点、经纬线、地理坐标。故事所生成的展现文学性真实的地图便在这些参照点的标记下定位和成型。

在改写希腊神话的小说《重量》之中，讲述者也声称用重述故事的方式重构现实空间："我在这个世界里穿行，从一地到另一地。有些地方真实存在，有些则出于想象。在我的行走之中，我重构了一幅地图（地图和阿特拉斯都是同一个单词'atlas'）。"[②]这个讲述者可以被看成是温特森的代言人，她一语双关地向人们表明，无论是作为展现事实之地图的"atlas"，还是作为背负世界的神话巨人"Atlas"以及围绕其身的神话故事，都在"将故事从头讲起"的过程中被重构了，重写的故事重新展开了一幅世界画卷，定义了新的地标和真实。

用故事重构地图是温特森建立文学性真实的重要策略。根据列斐

---

① （法）米歇尔·福柯：《知识考古学》，谢强、马月译，第99页。
② （英）简妮特·温特森：《重量》，胡亚敏译，第130页。

伏尔和福柯所言,现代社会的空间是充满权利渗透的。正如学校、军营、医院等空间界定的典例,现代社会通过"对空间的细致安排和设计",用纪律在空间之中将人们的个体组织起来,"从而实现身体的空间化"①。现代社会所给予的地图,通过"标示你的位置",将个体规制在话语权力体系之下;所有的空间位移,则体现着权利支配;特别利用有着明确边界的物质地图,傲慢地圈定个体的有限性。温特森用讲述故事的办法,帮助个体产生出空间,擦抹空间边界,而不是受制于既成的物质空间。这一思想部分应和了列斐伏尔的"空间的生产"理论。与福柯把身体看成是空间的"约束与规训"的产物,把身体看作是权力空间的铭刻这样一种消极的生产观、权力观、身体观不同,"列斐伏尔更接近尼采,用身体体验想象空间,用身体的实践展开去体现、去构成空间"②,提倡空间的生产,开端于个人身体的生产。③

　　于温特森而言,讲述故事是个体的一种想象性的身体实践,是个体向外界发出的信号,是生产空间的重要方法。在《宇宙平衡》中,温特森智慧地用"GUT"一词表现个人通过故事生产空间的概念:"GUT"既指代代表身体空间的内脏(gut),又指代代表无限宇宙空间的大一统理论(Grand Unified Theory),而将两个空间并置融合的空间则存在于小说中斯黛拉(Stella)、爱丽丝(Alice)、乔弗(Jove)这三个叙事者不断讲述的故事空间。由此可以看出,每个生命体以及每个生命体讲述出的故事都已经形成空间并拥有其空间:它既在故事空间中生产出自身,也从自身中生产出这个故事空间。

---

① 吴治平:《空间理论与文学的再现》,兰州:甘肃人民出版社,2008年,第110页。
② 吴治平:《空间理论与文学的再现》,第5—6页。
③ 参见(法)亨利·勒菲弗:《空间与政治》,李春译,上海:上海人民出版社,2008年,第20—48页。

由此，地图所展现的物质空间，以及一切物质事物所归置的基础经纬度被故事彻底解构了。故事的讲述使空间变成了不断生产的无限过程，变成了文学性的现实。

在温特森看来，故事不仅自己是有生命的、有活力的，是自我发展的，解构了故事对现实的依附关系；而且在故事实物化的意象中，生产出"实实在在"的空间，解构了物理空间观念。故事成为"活生生"的实物，故事为自己而活，从中可以看出温特森力图扭转语言文学客体地位的雄心。

第三节　故事的时空真实

温特森非常钟情于对时空的思考。在温特森的故事世界里，真实永远不会是单一的、确定的、线型的，因为故事制造出来的时空是多重并置的。故事追求变化，探索多样性真实，这和追求深度、探索逻各斯真实的现代小说很不一样。温特森在谈论自己的作品时说道：

> 我所有作品都事先考虑到了时间的问题——最早出现在《橘子不是唯一的水果》中《申命记》的那部分。在《给樱桃以性别》中，我不仅在水平维度上使用时间、还在垂直维度上使用时间，在《宇宙平衡》中，我意图探索时间的维度（dimensionality）。我们怎么认识时间？过去发生了什么？未来已经存在了吗？[1]

---

[1] Winterson, Jeanette. The White Room, in The Guardian18, 17th July, 2004. from http://www.jeanettewinterson.com/pages/content/3.

描写多重平行世界是后现代的典型叙事模式，学者巴斯（John Barth）称其为补给型（replenishment）的叙事。补给型叙事提倡平行世界、可选择的技术、多样性。这是针对现代主义的耗尽型（exhaustion）的叙事提出的，在一个封闭领域耗尽叙事可能，就好像贝克特戏剧里等待戈多的现代人，只能反复说几句话，其叙事特点是内收性的、逻各斯的。[①] 故事弥补我们所不能经验的其他世界，用叙事补给扩充时空的存在形式，将时空从线性发展转变为垂直重叠的状态，从而解构单一线性的时间认知。

一　故事的补给型多维时空

　　在小说《宇宙平衡》中，故事的主要讲述者斯戴拉和爱丽丝相信十维宇宙的存在，她们认为是现实主义的三维空间和线型时间概念割裂排挤了更为丰富的多维时空，温特森借此探索了多维平行世界存在的可能：

> 　　在原初的时候，有一个完美的十维宇宙，它裂成两个部分。而我们的三维空间以及怪异的时间维度不断扩张以适应我们的粗鄙，而她的那个六个维度的宇宙将自身卷裹隐退进小小的一隅。
>
> 　　这个姐妹宇宙，沉思着，隐藏着，在我们的未来等待，同时拒绝我们的过去。它可能是我们所有符号背后的符号。可能是东方的佛教道场（曼陀罗），也可能是西方的圣杯。它是迷失的美人手中的阴云密布的镜子，人类自从学会自省自己的脸庞时就开始凝视着这面镜子。

---

① Barth, John. *The Friday Book： Essays and Other Nonfiction*. New York： Putnam's Press, 1984, p. 205.

谁能否认我们庸人自扰？在我们创造的神话下面蜷曲着什么？一直是物理性呈现的什么东西突然裂开。①

温特森希望去关注、寻找的是宇宙的未知维度，可能性的时空。她用曼陀罗、圣杯、镜子等意象隐喻性地说明宗教轮回、先验性的追求以及建构主体都是对某一种可能性的努力。她更加关注"符号背后的符号"，关注"在场"后的"不在场"，去发现那些"沉思着、隐藏着"和"蜷曲着"的不断分裂的其他世界和时空。

小说《石神》也讲述了多个平行时空的故事。温特森用科幻小说的形式，讲述了在第三次世界大战后，人们寄居的"奥博斯"(Orbus)星球正在衰亡，科学家比利(Bily)和机器人斯派克(Spike)去"蓝色星球"寻找资源。在平行的时空中存在着另外一个比利，他是海盗船长虎克(Hooke)的手下，在18世纪，奉命去侦探一个原始岛屿，却发现了《石神》的手稿纪录，揭示了地球和人类的起源。原来科学家比利口中的新行星"蓝色星球"即是我们居住的地球。两个故事交叉互文，道出了人类罪恶的寓言。但同时，这部小说也是爱的寓言，比利爱上了机器人斯派克，帮助她超越了程序规定的无感情，成为人类。在这部小说中。温特森多次借人物之口讨论平行时空存在的可能性及其与故事的关系：

每一秒钟，宇宙分裂为无数可能性，大部分这些可能性都再也没有发生。它不是一个统一的事物，会有不止一种解读。故事不会停止，也不可能停止，它在不停讲述自身……②。

---

① Winterson, Jeanette. *Gut Symmetries*. London: Vintage International Press, 1997, pp. 18 - 19.
② Winterson, Jeanette. *The Stone Gods*. Boston and New York: Mariner Books, 2009, p. 24.

故事的复数世界分裂了物理科学的大一统宇宙观。没有发生的众多可能性借由故事开始发生,互为补充。叙事不停止,平行世界就会不断分裂发展。故事中,温特森充满想象力的小球里的宇宙意象,让人联想到博尔赫斯在《阿莱夫》里创造的那个在地下室角落里的平行宇宙,那个"包含着一切的点的空间的一个点"①。温特森在作品中这样描写道:

> 那里将有一个承载于胡桃核里的故事,被爱的手指剥开。也有一个像小球一样的星球的故事。孩子扔它,狗叼着它跑开,然后把它扔到宇宙的地板上。那里膨胀成一个世界。
>
> 你的嘴唇在动,你到底在说什么?……
>
> 雪正在覆盖在我们身上。闭上你的眼睛去睡吧,闭上你的眼睛去做梦吧。这是一个故事,那儿还有另一个。②

故事中的时空解构了现实主义的世界,一个核桃或一个小球里都可能包含着一个宇宙。口中的叙事有着建构世界的能力,在"那儿的另一个故事"里也许有着另一个形状和维度的世界。这一诗意的咏叹也再次回应了小说对于多维世界、多个比利故事讲述的初衷。

温特森的故事时空观既是后现代主义的也是后认知主义的。希金斯(Higgins)认为20世纪60年代之前的认知主义是柏拉图式的和亚里士多德式的,追问模式是:"我怎样才能解释我所参与的这

---

① 参见(阿根廷)豪·路·博尔赫斯:《阿莱夫》,王永年译,杭州:浙江文艺出版社,2008年,第146页。

② Winterson, Jeanette. *The Stone Gods*. Boston and New York: Mariner Books, 2009, pp. 121-122.

个世界？我在其中是怎样的状态？"这些问题的前置背景是时空、经验和主体的统一性，而之后的后认知主义的提问模式是："这是哪一个世界？将会对这个世界做些什么？我的所有的自我中的哪一个将会做？"[1]这说明自我和时空都是多元的。后认知主义关注的本体论问题包括："有多少世界？有多少种类的世界？这些世界之间有什么样的关系？它们根据什么样的标准被评估？"[2]诸如此类的问题。这些后认知主义的问题同样在温特森的作品中不断回响，并且和故事讲述紧密关联。

二　故事展示时空的垂直交叠

在构建平行世界、解构现实主义真实的过程中，解构现实主义时空概念是一项基础性的工作。就像海德格尔在《存在与时间》开篇中写的那样："任何一种存在之理解都必须以时间为其视野。"[3]温特森的时空观也反映了她对于存在和真实的理解。在《给樱桃以性别》中，温特森一连抛出7个关于真实的谎言，也抛出了她希望批判解构的7个标靶：

> 谎言1：只有现在，没什么可回忆的。
>
> 谎言2：时间是一条直线。
>
> 谎言3：过去和未来之间的区别是一个已经发生而一个尚

---

① Higgins, Dick. *A Dialectic of Centuries*：*Notes towards a Theory of the New Arts*. New York and Barton, VT：Printed Editions, 1978, p. 101.

② Calinescu, Matei. 'From the One to the Many：Pluralism in Today's Thought', in Hassan & Hassan, 1983, pp. 263 - 288, p. 267.

③ (德)马丁·海德格尔：《存在与时间》，陈嘉映、王庆节译，北京：生活·读书·新知三联书店，2006年，第3页。

未发生。

　　谎言4：我们一次只能出现在一个地方。

　　谎言5：任何涵括"有限"一词的命题（世界、宇宙、经验、我们自己……）。

　　谎言6：现实是能被认同的事物。

　　谎言7：现实就是真实。[①]

　　她所列出的7个谎言中，包含了对主体、物质、经验等宏大话语的质疑和解构，而其中有5个谎言是和时空有关，由此可见温特森在重构时空观念上的用力。

　　后现代之前的时间观念基本上是先验的，其中包括建立在理性上的时间观，如物理时间、亚里士多德的客观时间，以及建立在统一的或是先验的主体性上的时间观，如笛卡尔、奥古斯丁的心灵论时空观，康德的先验论时空观、柏格森的绵延时间观、胡塞尔的现象学时空观、海德格尔的存在论时空观。温特森极力反对的就是这种逻各斯的先验性的时空观。因为这样的时空观会构建出统一的、确定的真实。柏格森时间理论的核心是绵延，绵延不是由无数同质、独立的瞬间紧密排列所成的一维连续序列，其反对的是直线同质的时间，绵延的每个瞬间都在质的流变中。[②] 胡塞尔的现象学将实事还原到纯粹意识结构的当下显现，提倡"纯粹自我的现象学时间领域"——自我可以从"其"任何一个体验出发，按在前、在后和同时这三个维度来穿越这一领域；或者换句话说，"我们整个的、本质上统

---

① （英）珍妮特·温特森：《给樱桃以性别》，邹鹏译，第106页。
② （法）亨利·柏格森：《材料与记忆》，肖聿译，北京：华夏出版社，1999年，第51页。

一的和严格封闭的体验时间统一流"①。继承和发展了胡塞尔的哲学思想，他们追溯的是源始的时间，将时间看作过去、现在、未来交织的三维时间，视当下为时间性存在的本性。他们都将时空和人的主体经验联系在一起，但是在其中有着既定、固有的存在者的预先设定，并由这一存在者推导出生成、构建中的存在时空，这也是德里达指出其先验性的症结所在。

温特森从柏格森、胡塞尔、海德格尔的时空观里吸取养分并发展自己，但她的理解更为接近德里达的后现代时空观。德里达认为海德格尔的"此在"等同于人，而人是无法追求到统一主体性的，进而他认为海德格尔的"无蔽"归属于逻各斯中心主义和重视在场的形而上学。德里达用延异代替现象学和存在论的时间观，延异留存着无限变化的可能，在时间概念上就是缓期、延宕、迂回、分岔。德里达则认为原本的经验构成"踪迹"，历史及意义指向"踪迹"，是不竭的延异构成了差异，即"缺场"。没有"活的在场"的所谓纯粹现时态，而是处于无限的分化和延异中。"缺场"既非"在场"，也非"不在场"，而是延异。

温特森认为通过故事可以创造延异的时空。在《宇宙平衡》里，她也用自己的语言致敬总结又略带讽刺地罗列阐释了心灵论、物理学和现象学存在论时空观："时间：一个从改变所经历和观察所得来的概念。一个通过太阳和它的轴心所形成的角度来衡量的量。一个事情发生的时刻。"②之后，她便抛出了自己的后现代时空概念，

---

① （德）胡塞尔：《纯粹现象学通论》，李幼蒸译，北京：商务印书馆，1995年，第207页。
② Winterson, Jeanette. *Gut Symmetries*. London：Vintage International Press，1997，p. 6.

论及人的多元主体和多重时空的关系：

> 无限的优雅。无限的可能性。宇宙的仁慈在它自己的律法
> 中延展。根据量子理论，不仅有第二次机会，而且有大把的机
> 会。空间不是简单地联接着。历史不是不可改变的。宇宙自己
> 就是分叉的。如果我们知道如何操纵时空，就像时空操纵它们
> 自身一样，那么对于单一的线性的生活的错觉就会瓦解。①

温特森将时空定义为"分叉的"且充满"无限的可能性"，认同影响后现代思想产生的量子理论，力求通过多元时空去探寻多元主体和延异存在的关系，渴望瓦解单一、线性的生活。虽然，温特森的解构性时空观对传统时空观念构成了挑战和重构。

温特森反对物理性的线型同质的时间观，反对物质客观的先验时间观，这些都是现实主义真实观的构成基础。因为正如哈维所说："启蒙运动的思想在一个相当机械的'牛顿式的'宇宙观的范围之内运转，假定同质的时间和空间的绝对性，在其中形成了思想与行动的限制性容器。"②机械线性时间是现实主义真实除三维空间外的第四个维度，也是温特森极力想要去除的对象，她曾直言不讳地表达自己的创作意图："在我的作品里，我一直努力和时钟时间、日历上的时间、线性的一致性对抗，想将它们推走去除。"③她还用小孩手中的绷绳游戏来形容时空的交错复杂。

---

① Winterson, Jeanette. *Gut Symmetries*. London：Vintage International Press，1997，pp. 177-178.

② (美)戴维·哈维：《后现代的状况》，阎嘉译，北京：商务印书馆，2003 年，第 314—315 页。

③ Winterson, Jeanette. *Why Be Happy When You Could Be Normal?*. p. 180.

于是，温特森用故事时间去对抗永恒线性的时间。她在短篇小说《圣徒们的故事》里用想象性的故事描写一个神秘的阿拉伯女人可能生活的多维时空、多种真实，并通过这个故事定义了故事时间："时间不是永恒的，故事里的时间，是最不永恒的。"[①]不仅是时间，几何时空也是如此，她曾在《重量》中形象地利用广义相对论中高速度对光的扭曲现象来形容故事对于时空的扭曲：

> 何谓极限？极限并不存在。故事以光的速度向前奔跑，并如光一样被时空弯曲。宇宙之中并无直线。书页上平滑的直线只是一种幻觉。这并不是空间几何学。在宇宙空间，不可能存在直线，不管是物质还是其他什么，都会弯曲起来。[②]

故事就如宇宙中的黑洞，引力巨大，吸引一切，扭曲一切，在其之中包含的是一个完全超脱于日常时空的时空体系。在这一体系中时间"不可能是直线"，一切都会"弯曲起来"，由此，建立在线性时空上的现实主义物质世界被瓦解。卡尔维诺也在作品中表达过类似理念，他称"故事时间不能与现实时间等量齐观"，故事时间里同时包含了"时间的连续性和时间的不连续性"，特别是在故事之中的故事里，"时间不断扩张，这属于时间的寓意性"[③]。最终卡尔维诺将故事的简明基调归属于"故事展现时间的相对性"，这种相对性是扭曲一切时空的能量来源。故事可以通过文学性的建构，将时间存储在故事空间中，使时间空间化。故事呈现的是近似于戴维·哈维

---

① （英）珍妮特·温特森：《世界和其他地方》，虹影等译，第74页。
② （英）简妮特·温特森：《重量》，胡亚豳译，第142页。
③ （意大利）伊塔洛·卡尔维诺：《美国讲稿》，萧天佑译，南京：译林出版社，2012年，第39页。

所说的"时空压缩"的状态,在"时空压缩的压力之下",有关于时间的"绝对概念崩溃了",这也成了各种形式的现代主义乃至后现代主义诞生的"核心历程"。①

在温特森的故事时空观里,故事扭曲时空的重要方法就是把过去、现在、未来这种在水平层面上延伸的线性,揉捏压扁,变成时间的垂直堆积模式,从对历时的关注走向对共时的关注。温特森在《苹果笔记本》里让不断讲述网络故事的阿里,思考了故事中垂直堆积的时空:

> 如果时间是垂直堆积的,也许就没有过去、现在和未来,只有同时存在的现实层面。我们在地平面上经历着属于我们的现实。在不同的层面上,时间会在别的地方。我们会适时地出现在别的地方。②

故事讲述可以同时呈现不同时空,呈现"同时存在的现实层面",是共时性的呈现方法。在温特森的故事世界里,时间的存在方式从水平变成垂直,横向变为纵向,历时性变成了共时性,于是"时间会在别的地方"。温特森甚至在力作《时间之间》中让人物赛诺试图发明一种叫"时间之间"的电子游戏,这个游戏将时间概念制作为垂直层叠的层级,如玛雅人的"循环时间表","游戏里的每一级都有时限,很细密,但也有缝隙,所以另一级的人会发现你,你也会因此注意到另一级的存在"③。而游戏人物的任务就是确保自己不被困在"时间之间",去发现不同层级的时间。这个萌生于温特森故事时

---

① (美)戴维·哈维:《后现代的状况》,阎嘉译,第314—315页。
② (英)珍妮特·温特森:《苹果笔记本》,余西译,第169页。
③ (英)珍妮特·温特森:《时间之间》,于是译,北京:未读·北京联合出版公司,2016年,第66页。

空观的"游戏",形象地呈现了时间空间化的状态,带有对时间垂直堆叠的巧妙隐喻,以此来提醒身处后现代的人们需要对于同时存在的时空进行发现。

故事将时间进行空间化以后,人的体验集中到了现时。正如詹明信(Fredric Jameson)所指出的,"新时间体验只集中在现时上,除了现时以外什么也没有"①;也如康纳提出的,后现代成就了"一种没有深度、没有确定性或稳定同一性的'永恒现在'"②,不得不承认这些描述一语中的,在表达担忧的同时,阐明了后现代对于时空的认识方式。但和这些理论家贬抑、批判的角度不同的是,温特森本来就不追求深刻性的历时的真实,她追求丰富性的共时的真实。借用戴维·哈维的概念来说,温特森用不断重述、建构多元现实的故事实现了"时空压缩",即过去和未来都向现在无限"靠拢乃至坍塌"。③

温特森的"永恒现在"和现代主义作家用顿悟的现在去确定永恒略有不同,因为现代主义顿悟瞬间所追求的还是时间平行的深度,是向死而生的。而温特森的现在是各种故事的无限重叠,同时也是各种"现在"的无限垂直重叠,虽然失去了逻各斯导向的"深度",但故事并不单调,并不枯萎,并不绝望,而是充满活力的,充满丰富性的,充满可能性的,是互为补给的,拒绝终极死亡的。"现在"是"势不可挡"的④,过去和未来通过故事讲述,在和"现在"的无限

---

① (美)詹明信:《后现代主义与文化理论》,唐小兵译,北京:北京大学出版社,1997年,第 28 页。
② (英)史蒂文·康纳:《后现代主义文化》,严忠志译,北京:商务印书馆,2002 年,第63 页。
③ (美)戴维·哈维:《后现代的状况》,阎嘉译,第 364 页。
④ (美)戴维·哈维:《后现代的状况》,阎嘉译,第 364 页。

联系中取得了完整性。

在《给樱桃以性别》中，温特森让主人公约旦在四处游历的最后探访了一个超越时空的存在——"霍皮部落"。这一奇怪部落的特点，在整部小说的扉页上作为纲领式的问题被重点提出来：

> 霍皮人，一个印第安部落，有着与我们同样优雅的语言，但没有过去、现在和未来的时态。界限并不存在。关于时间，这说明什么？①

从小说中我们可以看出这个超越时空的存在有两个特点：其一，"部落语言非常奇妙特殊"，部落中人是片段叙事的信徒；其二，这个部落的人"对于过去、现在与未来完全没有感觉。他们不会以那样的方式感受时间。对他们来说，时间是个整体。如果不了解他们的世界就不可能学会他们的语言"②。这些描述暗示了故事价值观中独特的非线性时间观，也暗示了这一独特时间观和语言、叙事的关系。小说进而用平行时空的约旦和狗妇的故事去巩固这一理念，这两位既存在于18世纪又存在于20世纪的人物，最终说明了故事突破时空规定的能力。打破线性时间成为打破界限的首要步骤，在游历过这一部落之后，约旦也不再局限于物质世界的真实，而是开始在多元现实中关注万物联系中的完整性。借用哈桑的说法，温特森用叙事的方法将过去、未来"寓于现在"，实现过去和未来的"现在化"。③

---

① （英）珍妮特·温特森：《给樱桃以性别》，邹鹏译，扉页。
② （英）珍妮特·温特森：《给樱桃以性别》，邹鹏译，第174页。
③ See Hassan, Ihab. *The Dismemberment of Orpheus*: *Toward a Postmodern Literature*, *2nd edn*, Madison: University of Wisconsin Press, 1982.

三 故事呈现"内在生命"的"永恒现在"

除了对空间的垂直化处理之外,温特森的故事时空概念还和人的主体间性以及主体的延异有关系。胡塞尔、海德格尔认为时间基于人的主体性,和他们的观点相似,温特森也认为时空不能完全被理解为物理性的、外部的,时间和人的内部感知有关,更应该基于人的感受和体验来理解。但和胡塞尔、海德格尔不同的是,温特森不认为存在着逻各斯中心的"本真"的主体性,而从人的多元主体的联系,从人和世界之间关系的角度去探索时空存在。

她在《给樱桃以性别》中专辟了一个小节深入讨论时间的本质,认为人对时间的现实经验是平面的,"以差不多是直线的方式从一点移到另一点。在那里,没有维度感,只有一种对平面的感受"①。她提倡对时间进行想象和思索,提倡通过叙事进行多维主体、多维时空的体验:

> 对时间的思索像是在一圈圈地转动地球仪,认出同时存在的所有旅程,身处在一个地方但并不否认另一个地方的存在,即使那个地方,在通常所信仰的标准下没有被感知或被看见。对时间的思索同时认可两个确定无疑的对立事实:我们外在的生命为季节和时钟所主宰;我们内在的生命被不那么有规律的事物主宰——一种切断日常时间的规则的想象的冲动,它让我们自由地无视此时此地的界限,像闪电穿过纯粹时间的线圈,

---

① (英)珍妮特·温特森:《给樱桃以性别》,邹鹏译,第115页。

也就是,宇宙的线圈,以及任何包括或不包括的事物。在日常时间的规则之外,不存在与存在一样精确。……宇宙中不包括与包括的事物,对我们来说同等重要。会有那样一个时刻(尽管它肯定不只是一个时刻)我们会认识到(尽管认知将不会从存在中分离)我们是我们所遇见的一部分,而我们遇见的已是我们的一部分。

……语言往往在背叛我们,我们想说谎的时候道出了真相,我们极力想要精确时却消解在了无序之中。所以我们不能在时间中来回穿梭,但我们可以用不同的方式体验时间。如果所有的时间都是永恒的现在,那么我们就没有理由不能从一个现在进入另一个现在。

内在的生命告诉我们,我们是多重的而非单一的。……

当我们说"我曾来过这儿",我们的意思也许是"我来了",但是在另一种人生,另一个时间里,做着别的事情。①

温特森认为物理性的"时钟时间",主宰了我们的"外在生命",使得世界"极为有限",而故事时间塑就的"内在生命"却是丰富的,因为故事中的垂直重叠的现实所造就的"永恒现在",可以让人们很容易地"从一个现在进入另一个现在",现实主义真实的我们只是"我们的一部分"。同时,她还强调,作家等艺术家作为"时间的超导体",可以通过艺术,通过叙事,"体验更为宏大、更包罗万象的维

---

① (英)珍妮特·温特森:《给樱桃以性别》,邹鹏译,第115—118页。

度"①，因此所能接触的也就不仅仅是现在，而是包含过去未来的现在，以及重现过去的现在。利奥塔曾经提醒过我们：

> 一个把叙事作为关键的能力形式的集体不需要回忆自己的过去。叙事的内容似乎属于过去，但事实上和这个行为永远是同时的。正是现在的行为一次次地展开这种在"我曾听过"和"你将听到"之间延伸的短暂的时间性。②

叙事在发展主体间性和提供即时感知方面都可谓功勋卓著。由于在叙事的意义中甚至在叙事行为本身中可以找到自己的社会关系或主体间性。因而，叙事不需要回忆过去，从而凸显其现时性、共时性特征。

在温特森的解构性故事世界里，康德的先验主体性和胡塞尔的纯粹意识主体都不存在，无论是时空还是人的主体都存在于无尽的变化和联系之中。所以时间不存在于"活的在场"的纯粹的现实态，而存在于德里达所说的无限的延异和分化中。如温特森所言，我们的"内在生命"是"多重而非单一的"，故事的补给性叙事解构了大一统的主体。她不再去重建同一性主体，而是寻找身体和他人以及万事万物的关系，在此基础上，温特森宣告："我们没有穿越时间，是时间在穿越我们"③。这体现出时间和主体间性相互促生的概念，主体存在于间性之中，间性是身体对世间万物的认识、交流，间性也体现在呈现网络状态的叙事中。而故事在不同人之间的流传，一次又一次的重述，给予了主体间性存在的时空。

---

① （英）珍妮特·温特森：《给樱桃以性别》，邹鹏译，第 117 页。
② （法）让-弗朗索瓦·利奥塔：《后现代状态》，车槿山译，第 82 页。
③ （英）珍妮特·温特森：《给樱桃以性别》，邹鹏译，第 115—118 页。

温特森认为"我们非线性的自我不关注何时,而关注'何因'。"①所以我们的感知必定不是确定和唯一的,更何况感知也会因人而异,因此基于多元感受而叙述的故事便能呈现出网状交叉的时间。人的特殊主体性或言"命运""可能就悬挂在任何一个时刻……为我们找到一个不同的故事"。② 因此,在温特森的故事理论体系中,她甚至不无浪漫地将故事和时空画上约等号,她在《苹果笔记本》中宣布"故事与时间同步"③。在《重量》中当有人请求叙述者"跟我讲讲时间吧",叙述者是这样回答的:"其实,你要说的不过是,'跟我讲个故事吧'。"④由此逻辑倒推,每一个人在每一次叙述故事的时候也建造了不同的时空,建造出一个平行世界。

小说《艺术与谎言》的副书名是"关于三个声音和一个妓女的片段",主人公的名字均取自历史人物:亨德尔是一名乳腺癌外科医生(名字来自 18 世纪的宗教主题作曲家),女画家毕加索(名字来自 19 世纪的现代派画家),16 世纪的希腊诗人萨福(名字来自公元前 600 年的女同性恋诗人),"妓女"朵儿是 18 世纪一部叫作《女性欢愉回忆录》的书里的人物。这四个人平行地讲着各自的故事,同时也讲着同名历史人物的故事,同时他们也相互阅读着其他人的故事。比如在同一辆火车上,萨福在阅读演绎着朵儿故事的回忆录,而朵儿也在吟诵着萨福的诗。时间在作品中是片段式的、不确定的、非线性的,虽然叙述的背景被模糊放置在现代,但是故事的时间基于每

---

① Winterson, Jeanette. *Why Be Happy When You Could Be Normal?*. New York: Grove Press, 2011, p. 180.
② (英)珍妮特·温特森:《给樱桃以性别》,邹鹏译,第 8 页。
③ (英)珍妮特·温特森:《苹果笔记本》,余西译,第 194 页。
④ (英)简妮特·温特森:《重量》,胡亚圖译,第 6 页。

个角色的心理，基于人物讲述的其他角色的感受，基于名字象征的不同的时代身份，基于讲故事人和听故事人的互动，也可以说基于这些人物的主体间性，在现代和公元前、16—19世纪来回跳动、并行发展，从而画出了层叠交叉的曲线。

　　总的来说，故事时空和主体间性的密切关系阻断了故事对于现实时空的依赖，温特森故事中呈现出现在和过去的种种交叠，那也不是为了去呈现线性时间中的"回忆"、历史，而是通过不同个人的互相交叉、互为指涉的故事讲述凸显多维时空的交错联系，呈现出不同于现实的更加丰富的、充满可能性的世界，从而突出叙事在时空建构中的核心地位，解构物理时空观。

四　故事是重叠时间的"化石"

　　值得一提的是，温特森的作品中喜欢使用"化石"意象，喜欢将故事比喻成化石，以此阐释并强化故事真实观中的时空观，温特森在其自传中声称讲出未经历的故事如同触摸化石："化石记录印记的是另一种生活，虽然你从未拥有那个生活。"当触摸寻迹着化石时，我们便触摸了"可能曾经存在的时空"①，用学者安德玛的话来说就是：温特森"重视进化论中提出的广泛联系的观点"，认为"化石展现了躺在时间上的故事"②。在《重量》《守望灯塔》《苹果笔记本》的开头、结尾或是重点章节中，温特森都用化石隐喻故事讲述，将故事看成是由一片一片打包而成的，有着化石般的历史存储功能，以此来表现故事通过对多重现在的垂直层叠，留存真实的世界：

① Winterson, Jeanette. *Why Be Happy When You Could Be Normal*. p. 17.
② Andermahr, Sonya. *Jeanette Winterson: New British Fiction*. p. 127.

在沉积岩分层里，每一层都原封不动地保存了当时的动植物化石。

沉积岩的页岩如同书页，每一页都记下了不同时代的生活。不幸的是，这份记录远非完整。

沉积岩的堆积进程会被新的地质周期打断，页岩无法按层构成，已有的沉积岩也可能会被侵蚀。地层出现扭曲、折叠甚至是被巨大的地质力量完全翻转，岩层分界变得模糊不清，地壳隆起造成山峰时就是如此。

我想把这个故事再从头说起。①

将上面那段话放入《重量》的文本语境中理解，我们能感受到温特森想要强调"化石"和"故事"的两个共同特征。一个共同特征是化石岩层和故事都可以留存不同时间的现实，页岩如同故事书页，"每一页都记下了不同时代的生活"，并且将这些不同时间垂直层叠归为同时存在的现在。《守望灯塔》也表达了故事如同化石岩层，可以将时间层叠于现在的意象。温特森将发现世界的真相比喻为挖化石岩层，"挖得再深些，会有一个故事，它被时间分了层，但像现在一样确实"②。

另一个共同特征是，所有的时间层面都是处在延异的变化过程中的，它们如同岩层会被"打断""侵蚀""扭曲""折叠""翻转"，有明确界限的时空是不存在的。因此故事要被重述，因为绵延不断的重述如同永不终止的"地质运动"，在重述故事中重构出的多元真实才能真正呈现这样的延异状态。

---

① (英)简妮特·温特森：《重量》，胡亚豳译，第539页。
② (英)珍奈特·温特森：《守望灯塔》，侯毅凌译，第149页。

温特森对化石意象的着力描写,可以看成她对现代小说中的常见桥段——凝视化石获得顿悟的现代主义时空思考传统的继承和戏仿。拜厄特曾这样解释现代小说中主人公和化石相遇的主题:

> 这些小说中常规的主题是维多利亚主人公和化石生物相遇,这几乎成了陈词滥调,而这些生物代表了深度的时间。这些描述或许源始于托马斯·哈代的小说《一双蓝眼睛》(1873),故事中亨利·奈特摔下悬崖,发现自己和一只三叶虫面对面……。[①]

通过对时间象征物"化石"的凝视,现代人在瞬间冥想中寻找永恒意义的"深度时间",这类似于弗吉尼亚·伍尔夫的"灵视时刻"和乔伊斯的"顿悟",它们都将时间提炼出来转为空间意义,是时间被中止而产生意义的典例。"这种对空间化时间的看法与现代主义美学自治的要求并行不悖。"[②]这一行为中包含着叙事对于时间的空间化的处理,肯定永恒的一瞬间,永恒的现在。这是温特森所赞赏的观点。但是温特森在此基础上更进了一步,她深深怀疑面向"深时间"的探索能否带来全面的认识,因为现代性的永恒顿悟易将未来和过去变成永恒确定的现在。而温特森要做的是寻找永恒变化、永恒多元的现在。所以当温特森透过人物的目光凝视"化石"时,她并不想和远古对话,亦不关注其身上的时间深度,她的目光聚焦于"化石"的多层性上,一如她的目光聚焦在故事时空的多层性一样。

在《守望灯塔》中温特森通过两个人物的对比,去呈现对于"化

---

① Byatt, A. S. *On Histories and Stories*: *Selected Essays*. Cambridge, Mass: Harvard University Press, 2000, p. 72.

② (英)史蒂文·康纳:《后现代主义文化》,严忠志译,第172页。

石"的现代主义式凝视和后现代主义式凝视。牧师达克对海马化石的凝视可以看成托马斯·哈代笔下奈特故事的互文。他在一次偶然的情况下,进入了悬崖下的洞穴,发现了海马化石。在那里,没有故事信仰的达克和现代主义的人物一样,在和时间的对话中寻找永恒,但是他并没有像那些现代主义凝视者那样收获"大彻大悟"的通透和喜悦,反而他的思想在宗教意义上的永恒和达尔文的生物进化式线性发展的永恒中辗转反复,矛盾挣扎。他进入了"时间的洞穴","来到一个不属于他的时间里","尝着时间的味道"。这时候,"他无端地感到孤独起来"①。他发现原来宗教式的永恒确定坍塌了,却无法接受达尔文式的永恒确定新模式,但是他还没有想明白,其实永恒确定是不存在的,所有的现实都可以并存。对于永恒确定的执念让达克陷于绝望,于是他投水自杀,带着海马化石,"一同穿过时间,游回那个大洪水之前的地方"②。

相反,银儿对"化石"的凝视是后现代主义的,她是故事的信徒,也是达克故事的续写者,她愿在"化石"上叠加新的层面,将对时空的思考纳入故事式的思维中。在普尤的带领下,银儿学会使用自己的语言讲述生活故事,找到了不同于世俗规范的爱情。她眼中的"化石"蕴涵的只是故事的开头,是一个开放性的、多层性的丰富存在:

> 我回头看你。这些犹如护身符和珍宝一般的时刻。积累的储蓄——我们的化石记录——和接下来要发生的事情的开始。它们是一个故事的开头,一个我们将会永远讲述的

---

① (英)珍奈特·温特森:《守望灯塔》,侯毅凌译,第104—106页。
② (英)珍奈特·温特森:《守望灯塔》,侯毅凌译,第194页。

故事。①

正如在小说《重量》中，温特森所宣告的那样："所有的故事碎片都已经排好，挟裹着泥浆和化石的遗迹。世界之书随时随地都能打开翻阅，年代学只是其中一种阅读方式，而且绝非最好的方式。"②故事的碎片和多层次的化石岩层一起，突破线性的确定完整性的时空，解构了物理时空观，也丰富了现代主义的向死而生的现在，否定了对于真实世界的"年代学"的解读。

综上所述，温特森讲述故事的本意并不出于为作品锦上添花，而在于彰显故事的"文学性真实"，以及其强大的解构功能。温特森用故事是"光"、故事"活生生"、故事是地图、故事是化石等重复出现的意象，用故事互补多维的时空观去证明故事是本体意义的存在，以此来消解以往的真实观念。正如利奥塔所诠释的那样，后现代作家就像哲学家：他们书写的文本、创造的作品原则上不受既定规则的约束，人们无法将熟悉的范畴标注于这些文本或作品，"而这些规则和范畴正是艺术作品本身所致力寻觅的"③。温特森用故事讲述创造了自己的"规则和范畴"，并用它们去阐释真实。

作为现实主义真实的革命者，温特森定义的故事是彻底解构性的，与其说她的故事否认真实，倒不如说它质疑并解构了传统概念里的真实，以及传统小说贩卖的真相。故事提醒我们，人们依靠着

---

① （英）珍奈特·温特森：《守望灯塔》，侯毅凌译，第185页。
② （英）简妮特·温特森：《重量》，胡亚豳译，第6页。
③ Lyotard, Jean-Francois. *Answering the Question*："*What is Postmodernism?*"，trans. Regis. Lyme：Durand Press，1984，P. 81.

话语构建之物生存于世。故事不复制事实，也不再单纯模仿、反映事实，故事作为一种解构性叙事，"被当作另外一种话语构建了我们各种版本的事实"①，温特森的故事观所彰显的正是这种解构和重构行为及其必要性。

---

① （加）琳达·哈琴：《后现代主义诗学：历史·理论·小说》，李杨译，第56页。

第三章　私语性话语

　　私语性话语是温特森小说中故事的解构性特征之一,从话语内容来看,温特森用私语性个体话语解构了公众性宏大话语。拉康(Jacques Lacan)在分析社会话语时说:"话语一直是一个公约,一个协定,一个统一的约定,来源于相同想法的东西——这是你的,这是我的,这是这个,这是那个。"①在这个意义上,宏大叙事总是把个人和更大的社会结构联系起来,呈现大一统观念。而后现代时期"是一个自传的纪元,是一个最个人化故事讲述的纪元,强调讲述自我"②。可以说,后现代是一个私语性讲述的纪元。温特森经常强调"最好的作品是对你窃窃私语"③,她曾在访谈中提出:

　　　　阅读和讲故事是一种私密的,安静的事情。……绝对的私密性。在一个人们有很少私人时间和空间的世界,那是非常有

---

① Dews, Peter. 'Jacques Lacan: A Philosophical Reading of Freud.' *The Logics of Disintegration*. By Peter Dews. London: Verso Press, 1987, pp. 59 - 60.

② Simpson, David. *The Academic Postmodern and the Rule of Literature*: *A Report on Half-Knowledge*. Chicago: University of Chicago Press, 1995, p. 29.

③ Winterson, Jeanette. *Art Objects*: *Essays on Ecstasy and Effrontery*. p. 105.

价值的。因为你建立了一个属于你自己的真实世界。我想尽可能封闭,尽可私密地建造这样的地方。①

私密性的故事能够创造属于个人的真实,可以防止社会话语规范的侵袭,保全差异性的个体。作家的职责就是捕捉每个微不足道的个体事物的发声,呈现个人化的诉说。故事的话语范型是私语性讲述,是不完整、不确定的叙述,是一种小话语,是一种"小叙事",对于每个人来说世界是什么、怎么样并不重要,"重要的是他讲了什么故事"②。这种观点对于一直试图规定并描述世界"是什么、怎么样"的宏大叙事来说构成了解构。温特森在作品中也身体力行,通过故事重述解构了历史话语,解构了经典童话,解构了传统神话,也解构了宗教话语。

第一节　小叙事的回归

在后现代时期,致力于"对于真理和程序的修辞表述,以及怀有男性中心和欧洲中心的隐藏性推论"的宏大叙事(grand narrative)已经过时了,而"小叙事"(small narrative)作为后现代批判现代主义和启蒙主义的关键一环成功回归,它视现代主义和启蒙主义为压抑的器械性的理性运动。③ 就利奥塔所言,现代化进程伴随着科学知识的兴起,从而追求确定理性的地位,科学理论系统是在"传统"

---

① Noakes, Jonathan and Margaret Reynolds. *Jeanette Winterson* (*Vintage Living Texts*). London: Vintage Press, 2003, pp. 23 - 24.

② (英)珍妮特·温特森:《激情》,李玉瑶译,第 149 页。

③ Simpson, David. *The Academic Postmodern and the Rule of Literature: A Report on Half-Knowledge*. Chicago: University of Chicago Press, 1995, p. 29.

叙事的对立面上兴起的。但是科学知识没有能力为自己立法,只能陷入元认识论的引导程序,也就是关于启蒙,关于知识的宏大叙事。后现代时期的人们总结出了"所有理论都是一小片升华了的叙事"这样一个概念,他们对宏大叙事和元叙事的信仰渐渐退却,认识到要通过利奥塔所称的"小叙事",在局部的地方而不是整体全局中寻找合法性。不像科学知识,"小"或是私人化的叙事是自明的、自治的,它们建立起自己的语用学,"定义哪些有权利在文化、在问题中被说出来或被做出来",将自己打造为文化的一部分,用细小的叙事建立自己的简单事实,从而"为自己立法、自证"。①

一 "讲出自己的故事"

在温特森的小说中,故事通过私语讲述,不断突破着固有观念中的生存规范、社会历史、宗教、自我、性别等宏大叙事,从每一个角度折射出解构精神。在《守望灯塔》中普尤嘱咐银儿,作为合格的灯塔守护者意味着要知道"那些故事",并要自己讲出属于个人的故事:

> 那些故事,你必须知道那些故事,那些我知道的和我不知道的。
>
> 我怎么可能知道连你都不知道的故事呢?
>
> 你自己去讲出来。②

在另一段对话中,银儿希望普尤讲"一个重新开始的"故事,普

---

① 参见(法)让-弗朗索瓦·利奥塔:《后现代状态》,车槿山译,第30—32页。
② (英)珍奈特·温特森:《守望灯塔》,侯毅凌译,第34页。

尤提出只有自己讲述的故事才是自己的生活故事：

> 我讲个故事吧，普尤。
>
> 哪个故事，孩子？
>
> 一个重新开始的。那是生活的故事。
>
> 可它是关于我的生活吗？
>
> 只有你讲它它才是。①

讲出自己的私语性的故事，成为银儿毕生追求的目标，也成为自己了解生命形态、去除迷惘状态、体验生存意义的途径。小说后半部分，讲故事的人变成了银儿，当别人请她讲述"下面发生的故事"时，她回答道："那得看了……看我怎么讲。"②每个人的世界由自己讲出的故事构成，世界应该置于自己的观照下，而不是"元叙事""宏大叙事"的规定编制之下。银儿不仅收回了讲故事的权利，还获得了掌控自我人生的权利。私我细小的故事对于宏大叙事构建的话语形成反讽和解构，肯定了个人对于真实的建构，呈现出了显著的后现代特征：

> 后现代主义小说透露出（宏大叙事）对于过去的构建是形而上式的、推论式的。它的反讽和对于悖论的运用标志了一个与这个世界表象的批判性距离，不去追问真实是什么，而是追问是谁的真实。③

和很多后现代思想家一样，温特森也认为私语性的故事是具有

---

① （英）珍奈特·温特森：《守望灯塔》，侯毅凌译，第98页。
② （英）珍奈特·温特森：《守望灯塔》，侯毅凌译，第114页。
③ Brooker, P. ed. *Modernism/Postmodernism*. London：Longman Press，1992，pp. 278-279.

"突破性的"（breakthrough）①，是对于大一统叙事内容的刺破和撕裂，从而释放被压抑沉默的那部分叙事。温特森曾多次描写个人，特别是女性，在讲述私语性故事之前所处的失语状态，甚至她在自传《正常就好，何必快乐》中也曾透露过自己少年时期遭受宗教话语压抑的亲身体验。为此，她讲述了古希腊神话中菲勒美拉的故事，这位美丽的公主遭到姐夫强奸后，被割去舌头，"这样她就永不能声张"②，最后公主化为夜莺。这象征着在权威叙事的笼罩下，个人叙事被压抑，被压迫者的话语权被强制剥夺。温特森认为讲述故事就是用个人的声音声张出被压抑、被禁言的沉默的部分：

> 我们希望通过故事，让沉默的那部分能被其他什么人听见，故事能继续说下去，能被重新说下去。
>
> 写作时，我们提供的沉默和故事一样多。言辞只是可以被言说的那部分沉默而已。
>
> ……
>
> 我相信虚构和所有的故事拥有力量，因为我们可以用这样的方式开口说话，我们不再沉默。③

由于故事中富含留白，可以千变万化地讲述，故事所表达的并非只是言辞讲述的部分，表现出的更是蕴含于留白和多变中的未言明之物，是在擦抹中呈现的内容，是欲言又止的那部分沉默，是在场中蕴含的庞杂的不在场。温特森认为，通过讲故事，可以发掘被大

---

① Graff, Gerald. *Literature Against Itself：Literary Ideas in Modern Society*. Chicago and London：University of Chicago Press，1979，p. 6.

② Winterson, Jeanette. *Why Be Happy When You Could Be Normal?*. p. 23.

③ Ibid. p. 22.

话语禁言的那部分沉默,这也可以看成是在男权中心以及其他逻各斯话语的笼罩之下,边缘人的语言策略。被讲述出来的故事只是冰山露出海面的山尖,向听故事的人传达的信息,却包含整个隐于水下的庞然大物。

故事并不仅仅只能原创,只能包含自己的声音。故事的私语性,还在于耳边呢喃、低声细语、切切私语的故事交流,在于听取和重新讲述别人的故事。这些切切私语汇集成巴赫金复调理论中那个众声喧哗的广场音效,从而消解唯一的、响亮的、权威的叙事声音。正如巴赫金所宣称的,现如今我们面对的是一个众声喧哗的时代,每个人都会接收着各种声音、各类信息。特别是受过创伤的叙述者,在讲述故事时,他们会听取众多私语性讲述,然后找到自己的讲故事的语言:

> 当我们深深受伤之后,会发现我们的迟疑,我们会变结巴,在我们语言中会有长长的停顿,有东西梗在那儿,于是,我们通过别人的语言找回自己的语言。①

通过用自己的语言重述他人的故事,可以让我们破除"梗在那儿"的话语控制,找回讲述自信和讲述方法,重建私我小叙事。这部分内容将在第五章中详述。

为了打破宏大叙事的笼罩,每个个人都要参与叙事,众多的小叙事共存共生,互相构建。"每个小叙事……都成为合法的元叙事存在。"②在作品《宇宙平衡》(Gut Symmetries,直译就是内脏对称,

---

① Winterson, Jeanette. *Why Be Happy When You Could Be Normal?*. p. 23.
② McHale, Brian. 'Telling Postmodernist Stories', *Poetics Today*, 1988, vol. 9 Issue 3, pp. 545 – 571, p. 550.

意译就是宇宙平衡)里,温特森提出过她对宇宙的认识,或者是她描述世界的方式:"宇宙在你的体内,在你的肠子里弯弯曲曲。"①书名中的"Gut"即是大一统理论的首字母缩写"Grand Unified Theory",是一直以来物理界寻找科学终极力量的大一统理论,是类似于现今"超弦"理论等物理界孜孜以求的元叙事。然而,"gut"又有内脏的意思,直指人的身体,意味着直觉、意味着个人的体验感受。小说讲述了女主人公助理研究员爱丽丝爱上了有妇之夫,研究大一统理论的科学家乔弗,但是她在接触了乔弗的妻子斯戴拉之后,却认同并爱上了这个爱讲故事、有着奇特故事观和真实观的女人,开始反思并质疑大一统理论。在这个以解构大一统科学理论为己任的小说中,温特森摒弃了物理科学对于宇宙理性的元叙事,而是认为世界是什么样的,你是什么样的,都取决于"你和宇宙的关系",取决于你对于宇宙的感受体验,你对于宇宙的私语性描述。讲述故事是一个人和世界、他人进行联系的方式,是参与叙事建构的方式:个人故事必须要讲出,这是每个人向外部世界释放的微弱信号。② 基于个人经验的故事都成为"GUT",既是自己的感受、直觉的表达,也是属于自己的"伟大元叙事",是属于自己的"天道"。温特森又一次通过倒置宏大叙事和小叙事的关系,彰显了讲故事的解构能力。

二 私语性关键词

要能说出属于自己的私语性故事,首先要说出私语性的关键

---

① Winterson, Jeanette. *Gut Symmetries*. London: Vintage International Press, 1997, p. 6.
② See Winterson, Jeanette. *Gut Symmetries*. p. 25.

词,讲述出私我细小的"记忆之物"和"那一时刻"。在温特森的小说中,故事往往由几个词展开和串联,这些和人、事、物、时间相关的关键词可以看成是叙事者私人珍藏的"记忆之物"。正如詹明信所提出的,历史永远会建筑在记忆之中的事物之上,而"记忆永远带有记忆主体的感受和体验"①。温特森笔下的"记忆之物"尤为私我细小,因而所串联起的故事将是个人化的、私语性的。

在《守望灯塔》中,温特森改写了伊索尔德的故事。这个故事所包含的世界缩成了几个甚至一个简单的词语:"一条船,一张床,一剂爱药和一个伤口。世界被包容在一个词里——伊索尔德。"②此外,温特森将"独角兽、水银、透镜、操作杆、故事、灯光"③列出,成为普尤故事的关键词;同时,她也列出了"一本书、一只鸟、一座岛、一间小屋、一张小床、一只獾、一个开始"④,作为银儿故事的关键词。构成莫莉和巴比·达克故事的则是蕴涵他们之间幸福温馨回忆的记忆之物:

> 有一个故事……有开头,有中间,有结局。可这样的故事不存在,至少没法讲,因为构成这个故事的是一段长长的丝带、一个苹果、一炉暖暖的火、一只会敲钹的熊、一个铜转盘以及石头楼梯上他那越来越近的脚步声。⑤

在《宇宙平衡》中,爱丽丝的爱情故事往往也基于"记忆之物",

---

① (美)弗雷德里克·杰姆逊:《后现代主义与文化理论——弗·杰姆逊教授讲演录》,唐小兵译,西安:陕西师范大学出版社,1987年,第28页。
② (英)珍奈特·温特森:《守望灯塔》,侯毅凌译,第146页。
③ (英)珍奈特·温特森:《守望灯塔》,侯毅凌译,第198页。
④ (英)珍奈特·温特森:《守望灯塔》,侯毅凌译,第199页。
⑤ (英)珍奈特·温特森:《守望灯塔》,侯毅凌译,第91—92页。

基于几个字词的闪光点：

> 我开始对他讲一个故事，一个关于镜子和手帕的故事，关于冬天和纽约的故事，关于我想嫁给的一个男人以及我爱上他的妻子的故事，关于意人利面和数字的故事，关于画画和阿尔岗昆旅馆的故事。关于愚人船的故事以及他和我在船上的故事。①

在《石神》里，19 世纪的海员比利的故事也是附着在几个记忆之物上：

> 通过一瓶子黑黑的烂醉如泥的故事偷偷查看，这些故事束缚在一桶朗姆酒里，束缚在一场船难中，束缚在一本圣经通行证上，束缚在一个带我们来到这儿的巨大的鱼身上，束缚在一场将我们裹卷至这个岛上的暴风雨里面。②

但需要注意的是，某一组"记忆之物"牵出的故事只是"我"的故事，而不是唯一"真"的故事，不是这个人类社会的故事；是我的"某一个"故事，而不是"确定永恒"的故事。

在《给樱桃以性别》里，虽然小说中贯穿着波涛汹涌的 17 世纪英国历史事件，但是对于主人公约旦来说，他故事的关键词却是几种水果。首先是"香蕉"，这个长得像生殖器官的奇特水果代表着异域文明、他者文化，是约旦决心跟随皇家植物学家特拉德斯坎特踏上航海旅程的关键。第二种水果是小说题目中提到的"樱桃"，约旦

---

① Winterson, Jeanette. *Gut Symmetries*. London：Vintage International Press，1997，p. 170.
② Winterson, Jeanette. *The Stone Gods*. Boston and New York：Mariner Books，2009，p. 155.

向特拉德斯坎特学习樱桃嫁接的技术,"将一种可能柔嫩或不确定的植物融合进同一科目的另一种更为坚硬的植物上……在不需要种子和父母的情况下制造出第三种植物"①。樱桃的"嫁接"不仅暗示性别的差异糅合,还暗示着对世界的"重建"方式,是连接糅合各种不同的、细小"柔嫩"的、不确定的小叙事从而重建世界描述的方式。最后一种水果是百慕大"菠萝",是约旦通过旅程带回的奇珍,是代表着异域文化的"所罗门的智慧"。菠萝同时也是穿梭于 1990 年约旦故事的线索,现代的约旦在看见一幅名为"皇家园丁罗斯先生向国王呈献菠萝"的画之后,开始思索菠萝由来的问题,萌发了航海之念,才和 17 世纪的约旦有了交集和会面。17 世纪本是大航海时代,是西方各国政治经济剧烈变动的时代,但在约旦的故事里,叙事缩小聚焦为水果的交互流传,承载了约旦的独特人生体验和思考,描绘了另类的人类文明和历史。

福柯在《知识考古学》中提醒我们历史和记忆的关系,他认为:

> 历史是上千年的和集体的记忆的明证,这种记忆依赖于物质的文献以重新获得对自己的过去事情的新鲜感。历史乃是对文献的物质性的研究和使用(书籍、本文、叙述、记载、条例、建筑、机构、规则、技术、物品、习俗等等),这种物质性无时无地不在整个社会中以某些自发的形式或是由记忆暂留构成的形式表现出来。②

历史也好、过去也罢,都是依赖于某些"记忆之物"的物质性存

---

① (英)珍妮特·温特森:《给樱桃以性别》,邹鹏译,第 100 页。
② (法)米歇尔·福柯:《知识考古学》,谢强、马月译,第 6 页。

在的,而大一统的话语描述方法把所有"记忆之物"看成共性的,从而在这个基准上选择出哪些重要,哪些不重要;讲述哪一些,隐去哪一些;渲染哪一些,篡改哪一些。对于温特森来说,"记忆之物"的选择基准是个性的,它们必须承载个人故事的发生发展。这些关键词的提炼并非温特森的炫技,这些词在每一个故事中成为彰显叙事者的生存、发展的清晰墨点,其他的故事在这些墨点上氤氲开来。这也像福柯所说,陈述需要与某个"参照系"相联系,这些关键词便是普尤和银儿故事的参照系:

> 这个参照不是由"事物""事实""现实性"或者"存在"构成,而是由那些被确定、被确指或者被描述的对象,那些被肯定或被否定的关系的可能性和存在的规律所构成的。①

换句话说,参照系的建立有赖于这些"记忆之物"和讲述者的关系,有赖于个人对这些事物的体验。

在故事时间的处理上,温特森也喜好突出关键词,突出"那一时刻"。"那一时刻"也许在宏大叙事中只是平凡琐碎的一瞬间,但是对于一个个人可能是重大转折或是弥足珍贵。比如在《守望灯塔》中,她抓住了看似平凡的1859年,并将之视为世界的开始。在这一年,"查尔斯·达尔文发表了《物种起源》,理查德·瓦格纳完成了他的歌剧《特里斯坦和伊索尔德》,这两部作品都是关于世界的开始"②。达尔文象征着用"客观,科学,经验的,可以量化"的方法探索世界,瓦格纳则象征着用"主观,诗意,直觉的,神秘莫测"的不同

---

① (法)米歇尔·福柯:《知识考古学》,谢强、马月译,第99页。
② (英)珍奈特·温特森:《守望灯塔》,侯毅凌译,第146页。

方法勾勒世界,借银儿之口,温特森将 1859 年视为世界描述方法开始分叉的里程碑。在《激情》里,1805 年的元旦是个特殊的日子,大战前的除夕夜,是主人公亨利面临生死战役的时刻,也是维拉内拉发现自己的同性爱人有着安逸的婚姻生活的时刻,他们分别在战场上和威尼斯思考了突破宏大叙事和界限的问题。[①]"那一时刻"之所以成为构成故事的关键,不仅是为了去固定、显形思想和生活的形状,更是为了保持那种一瞬间的断裂、闪光和自省的状态,呈现和讲述人关系紧密的那一瞬间的生活状态,是一种照相成片般的瞬间定格。从温特森身上,可以看到伍尔夫"灵视时刻"的深深影响,她继承了伍尔夫对于个人经验的歌颂,同时肯定了文学叙事对于时间纬度的保存能力、对于现实的建构能力。

但这些"那一时刻"不仅继承,更是发展了伍尔夫的"灵视时刻",呈现出后现代式的观照。温特森的一瞬间都是"偶然"的一瞬间,就好像银儿讲述的"守望灯塔"故事可以从不同瞬间开始。银儿准备了众多故事开端的时刻:银儿出生那一年、拉斯角灯塔建成那一年、巴比·达克出生那一年、达克家族传奇故事发生那一年、银儿去灯塔那一年,等等。最后,银儿用"骰子一掷"式的偶然选择了"那一时刻":

> 闭上眼睛再挑个日子吧:一八一一年二月一日。这一天,一个名叫罗伯特·斯蒂文森的年轻工程师建成了贝尔岩上的灯塔。[②]

---

① (英)珍妮特·温特森:《激情》,李玉瑶译,第 66、108 页。
② (英)珍奈特·温特森:《守望灯塔》,侯毅凌译,第 21 页。

温特森还暗示,这个斯蒂文森就是《金银岛》《化身博士》的作者斯蒂文森的先辈。每一个可选的"那一时刻"都可能生发出一个不同的故事,展现不同的事实,温特森暗示银儿讲的故事也只是众多故事中的一种,只是这个故事保存了更多的私语性。

三 私语性故事重述

海德格尔曾说人类需要具备"重复"的能力,除了借助"记忆之物"和"那一时刻","故事重述"便是温特森进行私语性讲述的最重要途径。温特森在作品中通过银儿之口表明:"我一直在寻找可靠的东西,而这正是我犯的错误。唯一能做的就是重新讲述这个故事。"①所谓"可靠"之物,并不是某样东西,某一条真理,某一个大话语,而是"重述"这件事情本身。在重述神话的小说《重量》的前言,温特森旗帜鲜明地表现出对于重述的偏好以及她的主要重述方法:

> 我偏向于选取大家似曾相识的故事,以不同的方式表述它们。重述将会带出新的立足点或偏好,新的行文方式也要求将新的素材加入已有的文本。②

重新讲述是将那些宏大叙事拆解,解构,加入个人的思维体验再造重构的过程,是将"似曾相识"改造成"焕然一新"的过程,是用小叙事的合法性替代宏大叙事合法性的过程。正如福柯所说,要重建另一种话语,得要以"悄无止息"的声音和"细小和看不到"的文本"搅乱"原来的宏大话语:

---

① (英)珍奈特·温特森:《守望灯塔》,侯毅凌译,第132页。
② (英)简妮特·温特森:《重量》,胡亚豳译,前言Ⅱ。

要重建另一种话语，重新找到那些从内部赋予人们所听到的声音以活力的、无声的、悄悄的和无止息的话语；重建细小的和看不到的本文，这种本文贯穿着字里行间，有时还会把它们搅乱。[①]

温特森尤其喜欢用女性视角去重新讲述那些已经成为经典，被误以为真实的元叙事，这也是她总是被看成女性主义作家的原因之一。在《给樱桃以性别》中，温特森借角色之口道出女性故事重述的私语性：

> 我发现女人有一种私密的语言。这种语言并不依赖于男人创造的语法，而是由符号和表情构造，将普通的词汇作为暗语，表示其他的含义。[②]

这句话道出温特森重写女性故事的原委：用女性"私密的语言"、用她们有别于男性语言的"暗语"再将这些故事重说一遍。

简而言之，温特森擅长将故事重述渗入宏大叙事内部，并在其中爆裂运转，从而修改讲述基因序列，使之成为个人化叙事，这也是她在文学创作中最有解构效能的"必杀技"。在温特森故事重述的列单上，童话、神话、历史、宗教这些元叙事赫然在列，故事改写在温特森的作品中比比皆是，下文将结合文本细读，分别考察温特森用私语性讲述解构宏大叙事的故事重述。

第二节　历史重述

温特森喜欢重写历史故事，她称这种故事书写为历史翻唱

---

① （法）米歇尔·福柯：《知识考古学》，谢强、马月译，第28页。
② （英）珍妮特·温特森：《给樱桃以性别》，邹鹏译，第31页。

版——用其他文本或是其他历史的碎片，搭建起过去、现在和未来之间的回音。① 她在创作《激情》时曾说："我想写一个新的寓言，我想看看到底有多少规则可以突破。创建一个真实可靠的历史需要发明新的语言。我厌恶披着烈烈斗篷的历史。"② 温特森口中的新语言就是私语性述说的故事语言，她要去揭开严肃宏伟的、不可一世的"历史"的斗篷，让人看见不一样的真实。拜厄特在评论温特森的历史故事写作时，强调她个人的潜意识和意志在故事中频频发声，称她"制造的往事是白日梦的投射"，在《激情》等小说中，"历史往事被制造成为现代自我知觉的寓言"③。这意味着历史变成个人化的述说，主观直觉左右着个人化历史的建造。温特森在故事中对历史进行私语性重述时，突出了三点：个人讲述对宏大叙事的解构，绷绳游戏般的故事多元化呈现对于条理清晰历史的否定，女性和男性在历史故事讲述权上的争夺。

一　个人讲述对宏大叙事的解构

温特森的《激情》是用个人故事解构宏大历史的典型作品。整部小说建立在历史事件的基础之上，小说的背景是 19 世纪初拿破仑战争，其中第一章和第三章分别选择了英格兰海战和俄罗斯战争两个战争转折点作为故事背景。历史学者认为："一个特拉法尔加，

---

① See Merritt, Stephanie. "To infinity and beyond. The article reviews the book 'The Stone Gods', by Jeanette Winterson". *New Statesman*. 2007, Vol. 136 Issue 4864, p. 55.

② Jaggi, M. Interview. 'Redemption songs', *The Guardian*, Saturday, 29 May 2004. from http://books. guardian. co. uk/print/0, 3858, 4934260 – 110738, 00. html Accessed on 17 April 2004.

③ Byatt, A. S. *On Histories and Stories: Selected Essays.* p. 41.

一个莫斯科,把不可一世的拿破仑赶下了台。"①虽然小说反映的是历史重大事件,甚至可以说是重中之重的事件,但是温特森选取了历史上被忽略的两个小人物——拿破仑的厨子亨利和威尼斯船夫之女维拉内拉,作为故事的讲述者。

小说有四个章节。第一章"皇帝",亨利讲述他离别母亲、家乡,作为厨子狂热地追随波拿巴,四处征战,满足拿破仑吃鸡的欲望,并通过他的朋友帕特里克和多米诺的故事,讽刺战争和宗教;第二章"黑桃皇后",维拉内拉描绘了迷宫之城、魔幻之城——威尼斯的赌场和狂欢,以及她和一个有夫之妇的无望的同性爱情;第三章"零度寒天",亨利讲述与维拉内拉在战场上相遇相爱,以及他们抛弃战争,经历零度寒天从俄罗斯逃回威尼斯的艰辛历程;第四章"岩石",则又是两人各自讲述他们最后的故事:亨利因杀死了将维拉内拉卖为军妓的丈夫,被关进疯人院,在思索战争、历史的虚伪性,思索了激情的虚幻之后,拒绝维拉内拉帮助其逃走的故事。

怀特、明克、科林伍德等后现代历史学家都认为讲述历史的人"首先是讲故事的人"②。《激情》的两个主要叙事者,都是"讲故事的人"。亨利在行军的时候喜爱讲故事,以此来鼓舞自己和周围的士兵,"我在故事里添油加醋、凭空捏造,甚至于撒谎。有什么不好的呢? 他们很高兴听到这些事情"③。亨利讲述的故事围绕着军队中形形色色的小人物展开:厨师、杂技团来的士兵、军妓、即将被消

---

① http://zhidao. baidu. com/link? url＝Zcfpq_XIBMxwrNIiikOOy5Efv0Ff_fvQtOu8ly4KCOZPGj40gK84DaMU-E _ mmItFHWK0dcfKKjdF _ yFv0gx35wcwujkpKgbwb-XBuatbhb3.

② (美)海登·怀特:《后现代历史叙事学》,陈永国、张万娟译,第175页。

③ (英)珍妮特·温特森:《激情》,李玉瑶译,第44页。

灭的敌军村庄的居民、濒死的士兵等,他们代替了赫赫战功的将军们,成为故事的中心。他们悲惨的故事和轰轰烈烈的战争形成了复调,形成反讽和解构。维拉内拉也"喜爱讲故事",并且擅于"迎合人们最荒诞的想法编造故事"。[①]维拉内拉本身就是一个从魔幻故事里走出的人物,长着威尼斯船夫特有的蹼足,以男性形象示人,并和"黑桃皇后"有过一段由爱人保存其心脏的魔幻恋情。她娓娓道出那些与战争毫不相干的故事,用充满奇幻、悬念和转折的讲述呈现有别于严酷战争历史的,属于威尼斯、属于她个人的魔幻史诗。

小说中还有一个重要的"讲故事的人",他是亨利的战友,被教会驱逐的牧师——帕特里克。他有着一双能一窥千里之外的"超自然的眼睛"[②],能够看见并讲述各种稀奇古怪的故事。帕特里克给亨利"讲了很多爱尔兰的故事:泥沼地的鬼火和每座山下住着的妖精"[③],还扬言自己能穿上微型靴子,看过千里之外的女人的风流事。[④] 帕特里克的魔力来源于他讲故事的能力:

> 他总能看见许多东西,怎么看,看见什么并不重要,重要的是他看见了,还说成故事给我们听。故事是我们所得到的一切。[⑤]

这些看似荒诞不经的故事取代了宏大历史所描述的真实,甚至成为严酷生存环境下士兵们拥有的一切,成为延续生存的机制。故

---

① (英)珍妮特·温特森:《激情》,李玉瑶译,第 145 页。
② (英)珍妮特·温特森:《激情》,李玉瑶译,第 149 页。
③ (英)珍妮特·温特森:《激情》,李玉瑶译,第 57 页。
④ (英)珍妮特·温特森:《激情》,李玉瑶译,第 58 页。
⑤ (英)珍妮特·温特森:《激情》,李玉瑶译,第 149 页。

事内容是真是假不重要;由谁说出来、能说出来才重要。温特森对于历史故事的改写,颇有一些海登·怀特在历史学领域提出"叙事救赎"(redemption of narrative)①的意味。怀特认为:"叙事在揭示事件意义、连贯性或意指方面的成功验证了其在历史编纂实践中的合法性。"②故事不再去追求世界和历史的本质,不再描绘本质的世界和历史,而去关注在个人化的讲述下,到底有多少可能的历史言说。

亨利、维拉内拉和帕特里克每每在故事讲到最离奇玄妙之际,令人难以置信时,总会对听故事的人说上一句:"我是在给你讲故事,相信我。"③"相信我""相信故事"这句话暗含着对于历史宏大话语的可信度的批判。温特森曾在《橘子不是唯一的水果》中意味深长又不无嘲讽地说道:

> 人们喜欢把不真实的故事和真实的历史区分对待。他们这么做,只是为了明白该相信什么,不该相信什么。这很奇妙。如果约拿每天都在吃鲸鱼,是不是就没有人相信鲸鱼吞吃了约拿?现在我都看穿了,那是拿最不可信的故事强塞给你,为什么呢?因为这是历史。知道该相信什么,是有好处的。那就好像打造出一个帝国,让人们心身都有所属,就在钱包那明亮的王国里……④

---

① White, Hayden. *The Content of the Form*: *Narrative Discourse and Historical Representation*. Washington, D. C.: Johns Hopkins University Press, 1987, p. 28.
② (美)海登·怀特:《后现代历史叙事学》,陈永国、张万娟译,第 164 页。
③ (英)珍妮特·温特森:《激情》,李玉瑶译,第 7、58、98、222 页。
④ (英)珍妮特·温特森:《橘子不是唯一的水果》,于是译,第 128 页。

人们相信了宏大讲述的历史,实际上就是服从于宏大叙事对自身的控制,委身于虚妄的话语"帝国"中。温特森想要传达的是,希望人们重新相信故事,从而质疑被强加的历史,质疑这种将意义强加于过去的行为,从而使故事中的历史具有了临时不定性,也有了些晦暗不明的特征。故事对历史的书写行为"构成了理解历史的方式"①,历史故事的重写意味着"将过去向现在开放"②,避免使过去显得已经尘埃落定、显得既已完成且带有明确性,避免历史成为虚伪的"明亮王国"。

亨利、维拉内拉以及帕特里克从各自的角度去述说故事,关于战争、关于生存。他们的故事互相映照,形成新的信仰,对于宏大叙事中的历史事件形成了解构和批判。在《激情》中,这样的批判在拿破仑形象的塑造上体现得最为突出。拿破仑说的每一句话也暗含着"相信我"的潜台词,作为宏大历史书写者的他是那么的信誓旦旦,不可置疑,却又那么冷酷地视几百万士兵的个体生命为草芥:在暴雨天气无法训练和海战的时候,他要求士兵坚持训练:"我们能。我们会的。""没有一场风暴能够打败我们。"③在和俄罗斯无意义地惨烈交战时,他要求士兵慷慨赴死:"法兰西仰赖这场战争。除了战斗,别无出路。"④他的言之凿凿就是要士兵们相信他描绘的宏伟历史,自私地用小人物的生命去换取荣耀。布洛岱尔认为传统的历史

---

① Ricoeur, Paul. *Time and Narrative*: *Volume* Ⅰ, trans. Kathleen McLaughlin and David Pellauer, Chicago and London: University of Chicago Press, 1984, p. 162.
② (加)琳达·哈琴:《后现代主义诗学:历史·理论·小说》,李杨译,第 147 页。
③ (英)珍妮特·温特森:《激情》,李玉瑶译,第 35—36 页。
④ (英)珍妮特·温特森:《激情》,李玉瑶译,第 117 页。

中主要呈现重要的事件和重要的人："人类生活受戏剧性事件的支配,受那些杰出人物与其行为的支配。"①拿破仑作为典型的"历史人物",是拿破仑战争的核心,无论是悲情的还是豪情的,他一直被塑造成创造伟业的英雄形象,他的"豪言壮语"支配了很多人的命运,他说的话语已经成为构成历史大话语的一部分。

然而,亨利在讲述故事的时候一直在用个人的思考和讲述去解构、批判拿破仑的话语："波拿巴说战争已溶入了我们的血液。真是这样吗?如果真是如此,那些战争就不会有结束的一天。现在不会,永远也不会……未来没有希望。"②甚至质疑反思了拿破仑的宏大话语范式,认为他偏好格言,"从不像一个普通人那样说话,每个句子都像是在表达一个伟大的思想",亨利在很久以后才意识到"大多数句子是多么怪异"。③ 格言是某种将言辞变为标准范式的话语模式,表达出的思想是"伟大的"却是"怪异的",两个词在语义上背道而驰,其差异也撕裂了宏大话语的虚伪。拿破仑以及当时千千万万怀着英雄主义的士兵对于战争的激情,就好像拿破仑对于烤鸡的激情一样,偏执而无谓,甚至有点滑稽。亨利在大战来临之前的除夕夜,思绪万千,愈发觉得在话语鼓噪下的战争是多么的无意义,他重新皈依了对故事的信仰,发觉随着故事而去是最好的归宿：

> 我会为了每个死去的人和行将死去的人流血吗?如果一个士兵是这样,那么所有的士兵都会如此。我们愿跟在小妖精后面遁入山底。我们会和美人鱼结为夫妻。我们将不再离开

---

① 转引自(美)海登·怀特:《后现代历史叙事学》,陈永国、张万娟译,第347页。
② (英)珍妮特·温特森:《激情》,李玉瑶译,第151页。
③ (英)珍妮特·温特森:《激情》,李玉瑶译,第44页。

自己的家乡。①

列维·斯特劳斯认为历史上所谓"真实的事件",以及任何一个历史的插曲都事关个人感受:

> 一次革命或一场战争——都可以化解成"无数的个人心理时刻"。
>
> ……
>
> 历史事实决不是"给予"历史学家的……仿佛在无限倒退的威胁之下"建构"的。②

历史怎么建构要看历史书写者用谁的口吻讲故事?是从某些像拿破仑的大人物的角度讲,还是从无数像亨利的小人物的角度讲述。讲什么样的故事?是讲述带有整体命名特征的"革命""战争",还是讲述微小的"个人心理时刻"。亨利和拿破仑对于战争的讲述,可以看成是小人物和大人物对于历史叙述权的争夺;而热衷于以理性思考战争、历史、国家、功绩等问题的拿破仑和亨利(虽然他们立场不同)和热衷于以直觉讲述爱情、奇闻逸事的维拉内拉,他们对战争的讲述也可以进一步看成是男性与女性对战争叙述权的争夺。

《激情》中故事史诗对于宏大历史的刺入,体现了历史的多元化、私语化呈现。温特森也曾在《橘子不是唯一的水果》中用一系列食物的隐喻形象去展现历史的建构。温特森认为对待历史的态度,是应该去相信各种人"以不同方式看到的""拼凑在一起"的见闻,她将这些杂糅在一起的小叙事形容为"三明治",她认为现代文明丢弃

---

① (英)珍妮特·温特森:《激情》,李玉瑶译,第 62 页。
② 转引自(美)海登·怀特:《后现代历史叙事学》,陈永国、张万娟译,第 70 页。

了个人化细枝末节,只留下历史的主干,只强调去粗取精的宏大叙述,温特森戏谑地称这种深思熟虑的叙事导致的结果就是"粗粮不够多,精粮又过剩",因而造成了人类的困境:"二战之后,便秘成了大问题。"而且在宏大历史建构的过程中,权威话语不断对其篡改掩饰,正如总吃馆子里别人给你做的食物,便"永远不能确定食物里加了什么"。所以她给的建议非常明确:"如果你想保住自己的牙齿,请亲手制作三明治……。"①直白翻译出的隐喻意义便是:想要了解历史真相,请说出自己私语性的杂糅小故事。

福柯强调个人对于历史建构的参与,认为每位个人对于事件、历史的阅读是包含在对抗集体话语的"反记忆"(counter-memory)纹理之中的,每位个人是积极的翻译者而不是消极的旁观者。② 在温特森看来,保存这样的反记忆的载体就是个人在积极介入历史后讲述出的小故事。揭发历史的秘密档案,呈现私语性历史,和"现实世界"刻意表现出疏离和对抗,这种审视历史的模式"既没有否定,也没有简单的挖苦过去,更不仅仅作为怀旧情绪重建过往"③,而是展现出个人对于话语的介入和构建。

二 多元化故事对于条理清晰历史的否定

由于温特森理解的历史是众人口中的故事,故事你能说、他也能说,因而历史不可能成为一个连贯清晰的、铁板一块的东西。这

---

① (英)珍妮特·温特森:《橘子不是唯一的水果》,于是译,第130—131页。
② Marshall, B. K. *Teaching the Postmodern: Fiction and Theory*. London: Routledge Press, 1992, p. 150.
③ Brooker, P. ed. *Modernism/Postmodernism*. London: Longman Press, 1992, p. 273.

正是故事和传统概念中历史的不同所在："在故事和历史之间，前者被认为是主观的和不连贯的，后者被认为是客观的和连贯的"。①但实际上，正如克罗奇的名言所断定的那样："没有叙事就没有历史。"②所有的历史都是对于过去"事件"的叙事，"叙事绝对不是一个可以完全清晰地再现事件……的中性媒体"③。只要有叙事，就会有情节的编制、角度的选取、叙事类别的倾向，如喜剧的、悲剧的、反讽的等等，这一切就是在讲故事。怀特反对只有小说家才能"发明"故事，而历史学家只能"发现"故事的说法，认为历史在建构呈现的过程中，也是被"发明"出来的。④历史不是本来就在那里的东西，而是不同叙事者带有个人主观意志，主动构建的"发明"，所以怀特十分怀疑历史的完整连续性。哈琴认为，历史元小说有着自觉的反讽解构性，它"在理论层面上自觉意识到了历史与小说都是人类构建之物"⑤。

上述观点在温特森的作品中也得到了体现。在《橘子不是唯一的水果》中，温特森用打结的毛线团来形容故事建构的历史：

> 显而易见，这并非事情的全貌，但故事就是这样讲的，我们依循心愿编造故事。听任宇宙不被详解，这就是解释宇宙的好办法，让一切保持鲜活生猛，而不是封存在时间之中。每个人讲的故事都不一样，只是为了提醒我们，每个人眼里的故事是

---

① Makinen，Merja. *The Novels of Jeanette Winterson*. New York：Palgrave Macmillan Press，2005，p. 37.
② 转引自(美)海登·怀特：《后现代历史叙事学》，陈永国、张万娟译，第127页。
③ (美)海登·怀特：《后现代历史叙事学》，陈永国、张万娟译，第346页。
④ (美)海登·怀特：《后现代历史叙事学》，陈永国、张万娟译，第375页。
⑤ (加)琳达·哈琴：《后现代主义诗学：历史·理论·小说》，李杨译，第6页。

不一样的。①

历史不存在于封闭线性的时空，而是基于每个人的故事，历史故事经由不同人的不同讲述，本就是复杂多元的，不可能以条理清晰的形式呈现。温特森更把由错综复杂、纵横交错的故事所呈现的历史比喻为"挑绷绷"游戏，没有头尾，不断地变形、变化，"尽可能地多翻些花样"②。

巴恩斯在《10又1/2卷人的历史》里的观点也佐证了温特森的选择："历史并不是发生了的事情。历史只是历史学家对我们说的一套。有程式，有计划，有运动，有扩张，有民主进程……一个好故事接着另一个好故事。"他认为历史应该用"粉刷滚筒"粗犷原始地涂刷，而不应该用"驼毛笔"精描细写。③ 在温特森看来，历史的故事不可能是"好故事"，她要说出的是乱糟糟、不完美、没条理的那些个故事，并用"我在讲故事，相信我"的调侃态度去看待僵化不变的元叙事，她选用"玩"字来表达人与历史的相处之道：

> 历史应该是张大吊床，任由翻筋斗、荡秋千的人尽情游戏，就像猫咪玩线团。用爪子抓它，用牙齿咬它，翻来覆去地折腾它，到了睡觉的时候，它仍然是一团打满结的线团。④

人们对待历史的态度不应迷信，而应该是促成其多元化，这也是保持历史"鲜活生猛"的唯一方法。历史天然是一个和时间性联系紧密的范畴，传统的宏大历史更关心历史的"历时性"，因此想方

---

① （英）珍妮特·温特森：《橘子不是唯一的水果》，于是译，第127页。
② （英）珍妮特·温特森：《橘子不是唯一的水果》，于是译，第128页。
③ （英）朱利安·巴恩斯：《10又1/2卷人的历史》，宋东升、林本椿译，第228页。
④ （英）珍妮特·温特森：《橘子不是唯一的水果》，于是译，第127—128页。

设法砍掉枝枝杈杈，去梳理一条正确的、主干的、明晰的概念，而温特森的后现代历史观更在乎的是历史的"共时性"，在故事中每一刻的存在都可以千变万化，而这些千变万化都可以同时存在，成为像打结的毛线团一样的未解之谜。

改写的历史故事将不再是揭示"真实"的事实之源，而如拉卡布拉等历史学家所言，"是补充或者改写'真实'的文本"①。正像单线演变成线团的过程那样，如果用坐标图去描绘"历时性"向"共时性"过渡的过程，就会出现成倍的维度和坐标，正是在这样密密麻麻、画不出完美曲线的坐标中，承载了故事中的历史。

温特森在作品中还犀利地批判了这样的简化过程："简化故事——就是所谓的历史。"②历史不可能是理性的、线性的，只能是"打满结的线团"和绷绳游戏。温特森所做的就是"反动作"，沿着以前历史学家所做的简化工作逆流而上，用各种小故事使历史权威叙事复杂化、模糊化、多元化、可变化，把他们捋直规整过的线重新打乱，回到最本真的线团状态。用故事恢复历史的复杂，也是对于现代历史叙述费尽心机"求真""求规律"偏执做法的驳斥。对于历史讲述，后现代主义的立场拥抱了矛盾共存的多元复杂性："正视虚构/历史再现、具体/一般、现在/过去的矛盾。这一正视行为本身就自相矛盾，因为它拒绝复原或者消解两个对立面的任何一方，而且更愿意对两者都加以利用。"③而温特森的故事最大程度地包容了这一系列矛盾性，体现了后现代立场。

① LaCapra, Dominick. *History and Criticism*, Ithaca. New York: Cornell University Press, 1985, p. 11.
② (英)珍妮特·温特森:《橘子不是唯一的水果》,于是译,第 128 页。
③ (加)琳达·哈琴:《后现代主义诗学:历史·理论·小说》,李杨译,第 143 页。

在《给樱桃以性别》里，宏大叙事下的编年史主干隐入背景中，各种奇闻逸事、个人故事像绷绳游戏一样盘根错节，"花样翻新"。17世纪中叶和下半叶的英国处在动荡之中，是历史书上浓墨重彩的一段。1642年清教徒在克伦威尔的带领下向保皇党宣战；接着便是持续八年的英国内战，其间充斥着（天主教和清教的）宗教之争，议会制度之争；1649年查理一世成了世界上首位被绞刑处死的国王；1658年克伦威尔去世，之后查理二世复辟，清算革命党人和清教徒；1665年"伦敦大鼠疫"带来黑死病，夺去无数人的生命；1666年发生了著名的"伦敦"大火；1688年开始了光荣革命……温特森的小说里仿佛一一书写了这些编年清晰的历史事件，但又好像没写。这些历史事件成为主人公口约旦口中背景似的一笔带过的生活场景，他的讲述更多聚焦在自己怎样对香蕉、菠萝、樱桃等异邦水果的传播着迷，从而踏上远航流浪之旅的故事。故事聚焦在自己如何追寻一个一见钟情的跳舞女孩福尔图纳达的故事，同时也带出了她的姐妹——十二个跳舞公主追求自由爱情的故事，展现爱的永恒力量。故事亦聚焦在约旦的养母狗妇的身上，狗妇无论身形和性格都类似于拉伯雷《巨人传》中的卡冈都亚，显得极端粗鄙而又伟大，"她唯一的道德观便是她自己的，她的忠诚来得猛烈而稀少"①。故事描写她在整个大革命时期的所爱所恨，以及对于虚伪革命者的疯狂复仇。在故事中，17世纪英国革命发展史杂糅进了各种私人化的历史，带着些异域风情的植物园艺史和水果传播史，带着些魔幻特征的浪漫爱情史，带着些荒诞和黑色幽默的怪人传奇史，成为

---

① （英）珍妮特·温特森：《给樱桃以性别》，邹鹏译，第162页。

一团道不清、理还乱的乱麻。然而正是这团乱麻,或许才是温特森心中历史本貌的一部分。

故事的私语性让历史变成了"人"的历史。从现象学的角度来理解,人既是历史阐释的主体,又是历史阐释的客体。这种一体双面性决定了历史之存在必然与人之意识密切联系,因此它也会因为私人化的理解和讲述而捉摸不定。历史学家雷蒙·阿隆认为:"只有人类才有历史……人类历史意味着人与人之间的一种精神联系,历史总是精神的历史,尤其当它作为创造力的历史时,更是如此。"[①]这里的"人"不是一个统称,而必然是复数,如果我们承认历史叙事里,个人虚构、个人意志、个人阐释有很大影响,那么历史书写就不可能仅仅是发现事实,然后把"真正发生了什么"写下来[②],而是众多历史叙述者的反反复复的声音汇集。历史的"完整"不是条理连续性的完整,而是杂糅汇聚性的完整。

保罗·利科曾经提出过完整的历史事实的概念:历史"是一种越来越广和越来越复杂的整合努力所不能及的界限",完整的过去并不是直接的东西,"无任何东西比一种整体更加间接"[③]。所以,要想理解历史必须去把握各个细小的部分和联系。温特森对于宏大历史的诠释就是:"历史(宏大叙事的历史)就是(历史书)封面封底的字符间挤压这个处处漏水的世界。"[④]意义存在于宏大历史话

---

① Aron,la *philosophie critique de l' histoire:essai sur une théorie allemange de l'histoire*,1970,p. 37. (法)雷蒙·阿隆:《对意识形态的批判》,陈喜贵译,转引自《同济大学学报(社会科学版)》2005 年第 16 卷第 5 期,第 23 页。
② (英)凯斯·詹京斯:《后现代历史学——卡尔和艾尔顿到罗逊与怀特》,江政宽译,台北:麦田出版社,2000 年,第 292 页。
③ (法)保罗·利科:《历史与真理》,姜志辉译,上海:上海译文出版社,2004 年,第 7 页。
④ (英)珍妮特·温特森:《橘子不是唯一的水果》,于是译,第 130 页。

语的文本间隙中,存在于历史书页面表层的皱褶中,存在于在权威叙事的压榨下冒跑滴漏的水分中。想要获得更完整的历史,只能通过丰富多样的故事去填充宏大历史叙事来获得,使历史重新充盈和丰润起来。

正是鉴于历史完整性的难以获得,历史才需要不断地进行重述。怀特认为叙事通过不断地情节建构赋予历史阐释性的意义,可以"通过把纯粹的编年史编成故事而获得部分的阐释效果"[1]。只有不断重新编织阐释,重述历史故事,才能更多地展现历史不同方面的风貌,才能发现在上一个故事中没有说出的部分,才能离完整更近一步。温特森也在不断重述的过程中获得了如利科所说的"延续的力量",通过一个过程将结局与起源连接起来,通过"回顾"去发现过程中间的意义,"在'重复'的作品中揭示生死之间'延续'的那股力量"[2]。

三 写出"她的故事"——女性对历史叙述权的争夺

温特森在改写历史故事的时候,特别重视女性对历史叙述权的争夺。历史从词源学上来说烙印着性别标记,历史(History)一词其实是"his story"的词意变体,顾名思义就是讲述关于"他"的故事。男人的故事在男权社会体系中是权威的历史,反之,"her story"却永远只能作为不上台面的闲言碎语的故事出现,温特森就是要在女性对故事重述的过程中,写出"Herstory"("她的故事",女性历史)。

---

[1] (美)海登·怀特:《后现代历史叙事学》,陈永国、张万娟译,第 175 页。
[2] (法)保罗·利科:《虚构叙事中时间的塑形:时间与叙事》卷 2,王文融译,北京:三联书店,2003 年,第 178—184 页。

温特森的小说《日光之门》用女性视角重新讲述了英国历史上臭名昭著的女巫捕杀运动——彭德尔女巫案。在这段血腥黑暗的历史里，人们凭借一个小贩捕风捉影的怀疑和一个孩子充满想象的证词，就处死了10位被指控为女巫的人。温特森以被诬陷为女巫的爱丽丝·纳特的口吻重新讲述了这段历史故事。事情的起因为一个小贩穿过潘德森林里代表着有限时间的"日光之门"时遇见了爱丽丝，爱丽丝向他借小钉子但是被拒绝了，小贩后来遭受了中风，并因此认为是女巫作的案，成为捕风捉影的开始。后来爱丽丝营救了被警员羞辱的"女巫"孙女萨拉，并参与了秘密集会讨论营救自己的同性密友——被以女巫罪名逮捕的伊丽莎白。但是为了防止革命者疯狂血腥的报复，爱丽丝谎称自己有魔法，控制住局面。解救行动失败之后，爱丽丝提供一切力量，帮助自己曾经的爱人，伊丽莎白的哥哥，"火药案"革命者克里斯多夫逃亡到伦敦，而她自己则被居心叵测的法官罗杰捕获。这个法官觊觎她的土地，欲除之而后快，于是网罗罪名，诱导其9岁的妹妹简妮特作证，"审判建立在检测的幻想之中，一个孩子的幻想，关于扫把，花花公子，球，机械的头"[1]。最终爱丽丝以女巫罪名被送上绞架。爱丽丝的叙事发掘出在男性记述的历史之下女性受压迫的事实，揭露了男性在形成和纪录历史上的欺骗，在"厌女症"控制下的历史歪曲。温特森通过人物之口，深深质疑："所有的历史，所有的真实，它们是什么？ 不过是偶然的机会？"[2]

对于温特森来说，这样一段充满神秘的历史事件是一个非常好

---

① Winterson, Jeanette. *The Daylight Gate*, London: Random House UK, 2012, p.169.

② Winterson, Jeanette. *The Daylight Gate*. p.138.

的故事素材。"爱丽丝变成了温特森的女英雄：一个身着洋红色骑装的气势非凡的女骑手，她用光艳照人的高贵气质，带领我们进入了伊丽莎白一世女王的时代。"①她非常诙谐，坚毅，性感，聪明并且果敢，敢于和法官、警察等强权对抗，勇于创造，善于思考，对于神秘感兴趣，追求有别于大一统历史话语的另一种叙事方式。在虚构的故事中爱丽丝还向御用占星家约翰·迪伊学习魔术的艺术，并和威廉·莎士比亚惺惺相惜。可以说这些性格和行为上的特质在当时社会规范眼中都是"男性气质"，而这些特质都成为最后控诉她的罪状。同样，她的同性爱人伊丽莎白被诬陷为女巫，很大的原因也是她身上的男性气质。这些男性气质是严格刻板的父权制社会急欲否定贬抑的，大话语用社会性别角色限制妇女，丑化那些积极寻找话语权利的女性为邪恶的"女巫"，把妇女限制在消极状态。波伏娃认为女性气质、男性气质都是被话语塑就的："女人是逐渐形成的。"②玛丽·戴利在《妇科/生态学》里从女巫的词典释义来进行探讨："女妖：……长有鸟身的女怪，邪恶或引起恐惧的精灵"，"噩梦：丑陋的和长得邪恶的老女人"③。她认为这是用厌女症的"美"的标准衡量的结果。强有力的、创造性的妇女的美就是"丑"的，在不认同女性的男性眼里就是"恶"。温特森和戴利一样，认为"女巫"为她们自己编码出新的、非传统的语言，并用这一语言重构新的女性自我，认为生机勃勃的野性的"女巫"体现了女性的力量、智慧和勇气。

---

① Shilling, Jane. 'Witching hour: Review of The Daylight Gate, by Jeanette Winterson'. *New Statesman*, 2012, Vol. 8, pp. 46-47, p. 46.
② (法)西蒙·波伏娃:《第二性》,李强译,北京:西苑出版社,2004年,第121页。
③ Daly, Mary. *Gyn/Ecology*: *The Metaethics of Radical Feminism*. Boston: Boston Press, 1978, pp. 14-15.

小说中的爱丽丝不仅重述了这段历史,她也是故事的信徒。温特森极为崇拜的莎士比亚在小说中作为故事信念的传播者、爱丽丝的精神导师出现。爱丽丝邂逅带着剧团来彭德尔表演的莎士比亚,他们在一起探讨了真实的有限性和故事的力量。莎士比亚宣称,他不能因为大话语统治下的生活像一只冷冰冰、不能活动的金属甲虫,就放弃戏剧,放弃杜撰故事,放弃私语性的叙事:

> 莎士比亚说:"我曾经写了足够多的关于其他世界的故事。我已经说了我所能说的,那里有各种各样的真实。这里的只不过是其中一种。"他指着墙、地毯、挂毯以及围绕在他身边的所有东西。"但是,小姐,你不能从对别人来说清清楚楚的事实那里迷失太远,不然你会因为对于自己来说清清楚楚的事实而被指控有罪。"①

莎士比亚劝告大家不能局限、"迷失"于别人的真实,公认的历史,要不停讲述"关于其他世界的故事",去遇见"各种各样的真实",坚持私语性的讲述,坚持"对于自己来说清清楚楚的事实"。莎士比亚还在整个小镇对爱丽丝审判前夕探望爱丽丝,告诉她:"留心你被告诉的",因为"日常生活劝诱我们以至伤害";"留心你所讲述的",因为"生活隐藏的幽暗面的乐器却对我们奏响各种真相,用诚实的细微琐事劝诱我们,并在最后的最后,由此带来反叛"。② 讲述隐藏在自己生活之下的故事成为反叛大话语的力量之源。莎士比亚铿锵有力的劝导帮助爱丽丝讲述出不同于男权历史纪录的自己的历史。

---

① Winterson, Jeanette. *The Daylight Gate*, London: Random House UK, 2012, pp. 91 - 92.
② Ibid. , 2012, p. 97.

后现代理论认为,我们应该承认我们的文化并非真如原来所设想的那样是一个庞大的同质板块(属于异性恋的西方白人中产阶级男性),讲述历史的方式也并非仅限一种,"从去除了中心的角度看,'中心之外'(无论是在阶级、种族、性别、性取向方面,还是在种族性方面)的事物就具有了新的意义"①。故事便是一种发散性的去中心的讲述。女性一直以来作为亚人类群体存在,处于中心之外,处于主流历史观照之外。女作家汤亭亭在一次会谈中说:"语言对我们心智健全有重大意义。你必须能够讲述出你的故事,你必须能够编造出你的故事,否则你会发疯的。"②这道出了一个主流话语的边缘人、异己者寻找自己语言传统的必要性。被排斥、被噤声的女性们需要讲述女性自己的故事,解构男权主义对历史的描述,创造女性自己的历史。

玛莎·塔克·萝赛特(Rozett)在研究温特森小说中的历史改写时将其归类为新历史主义者,她指出:

> 新历史主义小说不同于传统历史小说,却与后现代主义小说为伍——不愿意去老套地说一个事情确有其事,怎么发生,为什么发生;更愿意去承认内在于这些过去事件真相的主观性和多样性。常常让奇怪的人和多声部发声,进行一种分离性的、自我意识觉醒的叙事。③

---

① (加)琳达·哈琴:《后现代主义诗学:历史·理论·小说》,李杨译,第15页。
② Woo, Delborah. 'Maxine Hong Kingson: The Ethnic Writer and the Burden of Dual Authenticity', *Amerasia Journal*, 1990, Vol. 16 Issue 1, p. 187.
③ Rozett, Martha Tuck. 'Constructing a world: how postmodern historical fiction reimagines the past', *Clio (Fort Wayne, Ind.)*, Winter 1996, Vol. 25, pp. 145 - 164, p. 152.

温特森用故事重述的方法让小人物发声,让边缘人物发声,去解构宏大权威的历史叙事,促进非中心人们的"自我意识觉醒";让众声喧哗的历史合唱淹没在明朗洪亮的言之凿凿中,让历史存在于"主观性、多样性"之中。

第三节　经典童话重述

温特森的私语性讲述也明显体现在重述童话上。童话被认为是人类的原始情感和认知,早期童话也更多留存了民间和非官方的声音,温特森在论文集《艺术之物》中,承认自己"对于民间故事或童话故事特别感兴趣"[①],经常使用它们,并从一些故事中汲取灵感。她认为故事是传承非官方的叙事方式,能唤醒多元化的记忆,英国作家安吉拉·卡特在其民间童话集《精怪故事集》中给予精怪故事的定义也应和着温特森的理念:

> 精怪故事(fairy tale 也可翻译为童话,在这里译为童话的早期型态)传达给我们的历史、社会学和心理学都是非官方的——它们比简·奥斯汀的小说更不关心国家和国际大事。[②]

然而,在现代文明的进程中,童话越来越成为教化的手段,不断被"改良"或者"文学化",成为社会话语。童话好像是写给孩子们看的最温柔无害的文字,但其书写者、购买者和解读者往往都是成人,因此必然带有特定的文化视角。有学者曾说:"西方文化建立在一

---

① Winterson, Jeanette. *Art Objects: Essays on Ecstasy and Effrontery.* p. 188.
② (英)安吉拉·卡特:《安吉拉·卡特的精怪故事集》,郑冉然译,南京:南京大学出版社,2001 年,第 2 页。

些为数不多的人人熟知的书籍之上。童话正是其中之一。"①温特森认为在天真淳朴的外衣包裹下，现代童话往往从男性视角出发的讲述，也是一种宏大话语，特别是性别话语。在采访中她强调自己的创作理想：

> 要说出关于那个故事的另外一个故事……意图是让读者更清楚地看一看他们认为是老生常谈的事，从中发明出自己的故事。②

所以更多时候，温特森将童话进行重述，用私语性的讲述留存多元化的声音，从而解构男性中心逻各斯话语。

一　女性的私语性童话

重述童话在温特森的作品中比比皆是。在《给樱桃以性别》和《橘子不是唯一的水果》中，温特森接连改写了《小美人鱼》《跳舞公主》《莴苣姑娘》等童话故事，"重点说明了传统童话里隐藏的暴力"③。在这些改写的童话中，女性成为叙事者，揭露"王子们"对于"公主们"的追求，不是出于爱，而是为了炫耀权利和支配力量，"王子们"和"公主们"看似美满的结合中充满欺骗、控制和迫害。而公主们也一改顺从天使的面目，在独立思考后，选择自己别样的路径。

---

① Auden, W. H. *In Praise of the Brothers Grimm*. The New York Times Book Review, 1994(12). 转引自穆杨：《当代童话改写与后现代女性主义》，《外语与外语教学》2010 年第 2 期，第 93 页。

② Marvel, Mark. Cited in Rusk, *The Life Writing of Otherness*. see Em. McAvan. 'Ambiguity and Apophatic Bodies in Jeanette Winterson's Written on the Body', *Critique*. 2011, Vol. 52 Issue 4, pp. 434–443, p. 164.

③ Andermahr, Sonya. *Jeanette Winterson: New British Fiction*. p. 74.

在《橘子不是唯一的水果》里，温特森曾借人物珍妮特之口批判了童话故事《美女与野兽》里的男权谎言。她认为这个故事透露出美女的被逼无奈："一个美丽的年轻女孩因为父亲做了一笔糟糕的交易而眼看着自己成了牺牲品。结果她必须嫁给一个丑陋的野兽"，为了不让家族蒙羞，她照做了。当新婚之夜来临，"她看到一切是如此丑陋，不禁悲从中来，遗憾万分，就轻吻了它一下"，野兽变成英俊王子，"从此他俩幸福美满地生活在一起"。① 故事解读的重点从原先童话中所宣扬的"真爱无敌""真美在于心而不在外貌""美德的救赎"等角度转向了对父权制包办婚姻悲剧的诘问，口吻悲切、绝望，而最后的美好结局又是那么滑稽、突兀，对比之下呈现出父权制童话话语的虚假。珍妮特认为这则童话让自己"跌跌撞撞地走进一桩可怕的阴谋"：

> 如果你嫁给了一头野兽，该怎么办？
>
> 亲吻他们未必次次有效。而且野兽狡诈多端。它们会伪装自己，变得像你我一样。
>
> 就像《小红帽》里的狼外婆。②

温特森在这里揭露了父权制话语在童话里预设的"阴谋"：女人只需要逆来顺受，坚持美德，那么无论你嫁的是什么"野兽"般的男人，都能获得魔法般的转机、有重获幸福的可能。这种暗示性的训诫是个巨大的谎言，"野兽"就是"野兽"，戏剧性的转变都是童话编造出来的骗人把戏，用来麻醉生活在痛苦两性关系中的女性。温特

---

① （英）珍妮特·温特森：《橘子不是唯一的水果》，于是译，第97页。
② （英）珍妮特·温特森：《橘子不是唯一的水果》，于是译，第98页。

森甚至继续追问道："莫非整个地球上的女人们全都嫁给了野兽，而全不自知?"①这句话更是一针见血地道出男权话语的统治地位和统治效果。诺特博姆（Nooteboom）曾提醒过童话的欺骗性："童话就是真实的霉菌，歪曲、申辩、发霉、致病。"②温特森正是要揭露传统童话的粉饰太平，呈现长满"霉菌"的世界。

　　《橘子不是唯一的水果》一书中，还穿插了一个王子寻找"完美的王妃"的故事。王子或国王寻找"完美妻子"的桥段在无数的童话故事里出现过：《灰姑娘》里完美妻子的标准是能穿上水晶鞋;《豌豆公主》里完美妻子的标准是皮肤吹弹可破;《野天鹅》里完美妻子的标准是美丽顺从。意大利作家卡尔维诺认为，现代童话的说教功能不仅仅存在于故事内容中，更是"要到童话自身模式中以及讲童话和听童话的过程中去寻找"。这样的说教方式更为"谨慎而又实用"。③ 追寻"完美妻子"的童话模式也是典型的说教主题，有学者认为这象征着人类对"真、善、美"的追求。温特森的童话戏拟了这一主题，故事中的王子只是因为自己不能"掌管整个王国却没有妻子"，所以要找个配得上自己的特别的女子，于是颁布了寻找"完美无瑕的女人"的命令。④ 多年追寻无果后，他撰书宣布：找到无瑕的完美是不可能的。6 年后，他终于在森林里找到了一个美丽聪慧的女子，但她不愿嫁给王子，更质疑王子对于"完美无瑕"的定义，她认

① （英）珍妮特·温特森：《橘子不是唯一的水果》，于是译，第 99 页。

② Nooteboom, Cees. *In the Dutch Mountains* (1984), trans. Adrienne Dixon. London, Penguin, 1991.

③ （意）卡尔维诺：《意大利童话》，文铮等译，南京：译林出版社，2009 年，第 40 页。

④ （英）珍妮特·温特森：《橘子不是唯一的水果》，于是译，第 82—83 页。

为："对完美的追求其实就是对于平衡、和谐的追求。"①并坚持完美和毫无瑕疵是两回事，特别强调完美的关键在于"最初的、个人的平衡"②。王子意识到自己曾经的执念，准备向人民道歉，却被谋士阻拦，因为王子不应该认错。最后傲慢的王子在谋士的怂恿下诬陷女子为巫婆，将其砍了头。她的鲜血泛成了一片湖，淹死了谋士们和大部分的王国，王子爬上树才得以活命。

温特森的这个故事讽刺了以往童话里追求完美的虚伪和专制，所提倡的"完美"是疯狂的、排他的。从王子对完美的定义中可以看到一直以来现代人所追求的逻各斯完美的影子：唯一标准，男性中心，没有瑕疵，由社会话语塑造。尽管温特森的观点有些偏激，但的确也从某个角度解构了逻各斯中心主义，她借女子之口解构了对于"完美"的宏大叙事，她宣称：完美关乎个人的平衡和谐，是多元化标准，是允许包含缺点的。王子将这个绝顶聪慧的女子斩首则表现了男性逻各斯话语对于女性话语的暴力拒绝，专制话语制造者对于多元叙事、多元标准的恐惧，"砍头是对独立和好奇的女人的惩罚，没有了头，她们便成为最完美的父权社会欲望的对象化形象"③。这亦反讽了男权社会对所谓的完美女性的认识——没有智慧、不会发声、丧失自我意识的女性才是最完美的。

当然，这个重述的童话故事也反讽了宗教专制话语，宗教的"完美"标准也是逻各斯的，并且用这一理念禁锢人的精神自由。王子

---

① (英)珍妮特·温特森：《橘子不是唯一的水果》，于是译，第 87 页。
② (英)珍妮特·温特森：《橘子不是唯一的水果》，于是译，第 87 页。
③ Mónica Calvo Pascua. l 'A Feminine Subject in Postmodernist Chaos：Janette Wintersons'，Political Manifest in Oranges Are Not the Only Fruit'. *Revista Alicantina de Estudios Ingleses* 13，2000，p. 33.

撰写的书名叫《关于完美的神圣奥秘》，里面的三个章节分别为：意指圣洁和终极渴望的"完美的哲学"，意指圣心坚定、赎罪爱教的"完美的不可能性"，意指追求天堂极乐和忠贞不贰的"我们需要创建充满完美事物的世界"①。因此这本书也可以看作对于宗教信仰建立过程的半真半假的摹写。在童话中，聪慧女子揭露了追寻这种终极"完美"的无意义，她用私语性的叙述构建了自己的完美体系和定义。在聪慧女子被杀后，血淹王国的意象可以看成是对《圣经》中"大洪水"的戏拟。女人像上帝那样，用洪水给予不信自己话语的人仪式性的惩罚，反讽地彰显了女性话语和个人言辞的威力。故事最后，当王子从树上爬下来的时候，他从一个卖橘子的老人手里买走了一本内容为"教你如何塑造一个完美的人"的书。从老人的言语中，我们得到暗示，这本书是玛丽·雪莱的《弗兰肯斯坦》。这本书也是由女性作家撰写的，批判人类利用各种科学手段追求完美最后却造出了不为人类所容的怪物这样一幕悲剧，温特森后来也用女性视角改写了这部小说。温特森别具匠心的点睛之笔让故事里回荡交织着不同年代的女性叙事，对于逻各斯"完美"执念的质疑声音。

在《给樱桃以性别》中，温特森特地穿插了一段童话，也可以说是十二则童话故事。在约旦追寻福尔图纳达的过程中，他找到了她的十一个姐姐们，并且听取了她们自己讲述的 11 个婚姻生活的故事。从整体上看，温特森的故事戏仿了格林童话中的《十二个跳舞的公主》。原著中，十二位公主每晚偷偷从床下溜进魔幻森林和十二个王子幽会，跳上一夜舞直至鞋底磨破。国王很好奇，便通告全

① （英）珍妮特·温特森：《橘子不是唯一的水果》，于是译，第 89 页。

国,谁解开秘密就可以迎娶一位公主并继承王位。不少王子前赴后继,却被公主们在酒里下了药,查不出真相,都被砍了头。后来一位老兵在隐身斗篷的帮助下,成功尾随公主,破解秘密,最后继承王位,人财两得,可谓是大团圆结局。在原版童话中,公主们的行为被理解为放荡促狭的,士兵虽然也使用了诡计,但是他查明真相、拨乱反正,挽救公主们于荒诞糜烂的生活,因此得到奖赏。整个故事中,公主们是集体失声的,她们的所感所想,她们被强迫终止快乐、下嫁于人的感受完全被置于叙述之外、视野之外。

在温特森笔下,十二个公主终于开口说出了自己的故事:她们发现了一个飘浮在空中的城市,每晚会吸引她们飘向那里,在那里她们可以自由快乐地舞蹈。在她们决意离家出走,跟随这个即将启程的城市一起流浪时,被一位"聪明"的王子,像"瓢虫般"尾随。秘密被揭发,公主们遭到禁锢,"脚踝被锁住",接着被强迫嫁给王子和他的十一位兄弟,开始各自的浩劫。[1] 温特森用来形容王子行动的词汇尽显其狡诈和暴力的特质。在传统的童话里,王子往往是公主的拯救者,王子的介入是公主们通向幸福的钥匙,而在公主们的个人故事讲述中,王子的介入成为对自己原本幸福生活的入侵,他们的结合变成了压迫。

第一位公主爱上了一位美人鱼,她逃离了王子,与恋人自立门户,生活在"咸水极乐"[2]的深井里。这个故事里处处存在着对经典童话《小美人鱼》的解构,公主爱上美人鱼、舍弃了王子这样的三角关系,用故意错位的方式解构了原版童话中王子爱上公主、舍弃美

---

① (英)珍妮特·温特森:《橘子不是唯一的水果》,于是译,第128页。
② (英)珍妮特·温特森:《橘子不是唯一的水果》,于是译,第54页。

人鱼这样的三角关系。重述故事中被女性抛弃的正是在原来童话中争夺的中心——"王子"所代表的男性。另外,公主和美人鱼所追求的同性恋人间的"咸幸福",也驳斥了传统童话中所规定的幸福样板——公主嫁王子式的"甜蜜幸福"。有女性主义学者在分析小美人鱼的自我牺牲时指出:"在社会性别归置下,女性的情欲冲动被压制,传统女性受到婚姻约束,如果让她的伴侣来满足她,这个女人会为此感到羞愧……她宁可剥夺自己的性快感,也比受到良心谴责要更好些。"①在跳舞公主的叙述中,公主和美人鱼都突破了社会压制和宏大话语对性别的安排,可以随意支配自己的身体、意识和情感。

第五位公主的故事,是对格林童话《莴苣姑娘》的重述。在原著中,莴苣姑娘被巫婆用诡计从其父母手中骗夺走,并将其困在高塔之中。在温特森的小说中,莴苣姑娘拒绝了与王子的婚事,和年纪稍长的同性恋人相爱,为了躲避世人的攻击和诬陷,她们躲进高塔,通过彼此的头发进入高塔是恋人之间爱意的表达。在重述的故事中,王子是一个"爱偷穿母亲连衣裙"的狡猾、卑鄙、残忍的男人——是对"虚伪父权的刻画",他犯下了原来安置在巫婆身上的罪恶:潜入高塔,将莴苣姑娘和"巫婆"拆散,刺瞎"巫婆"的双眼。故事的最后,读者发现,原来被诬陷为巫婆的,正是无辜的五公主本人。而公主那平庸无聊的王子丈夫,在被亲吻后变成了青蛙,这又镶嵌进了"青蛙王子"童话,是对《青蛙王子》中青蛙被公主亲吻变成王子的情节反转。②

---

① Dinnerstein, Dorothy. *The Mermaid and the Minotaur*: *Sexual Arrangements and Human Malaise*. New York: Harper Colophon Books, 1977, pp. 59 - 66.
② 参见(英)珍妮特·温特森:《给樱桃以性别》,邹鹏译,第59—60页。

第八位公主的故事也有着童话重述的影子,她嫁给了一个贪得无厌的胖子,她每天的工作便是烹饪食物、服侍丈夫。她的丈夫"每天要吃一整头牛和一整头猪"①,这个滑稽的形象暗喻着父权制下的男人中心主义。而公主从卖梳子的小贩手里买来了毒药毒杀了丈夫,可理解为对《白雪公主》里皇后毒害白雪公主情节的戏仿。最后,丈夫的"身体就开始不断膨胀……几分钟内他就爆炸了。从他的肚子里跑出了一群牛和一群猪……"。② 这里温特森借用了一个"小红帽"童话的原型,狼吞下了小红帽和奶奶,最后她们被猎人从狼的肚子里给救了出来。童话批评家贝特尔海姆(Bettelheim)认为小红帽违背母命离开大路去林中采花,受到狼的诱惑与之搭讪和游戏,是屈从于自己的欲望的象征,被狼吞噬,是其获得的惩罚③,因此女性特别需要压抑自己的欲望。《小红帽》等童话是宏大话语的重要载体,"成为权力作用于身体的一种有效'示众'场所"④。而八公主在重述的故事中,成为惩罚者,她扮演了"猎人"这样一个最具有权力的强者角色,释放了被贪得无厌的丈夫占有的所有一切,回到了姐妹身边。

温特森重述童话的过程是充满解构的,她对童话中的叙述者、角色设定、情节发展和结局等都进行了颠覆式处理,归根结底,这些解构都起始于"换一个人来说故事"。童话的主角往往是女性,这和

---

① (英)珍妮特·温特森:《给樱桃以性别》,邹鹏译,第 66 页。

② (英)珍妮特·温特森:《给樱桃以性别》,邹鹏译,第 67 页。

③ Bettelheim, Bruno. *The Uses of Enchantment*: *The Meaning and Importance of Fairy Tales*. New York: Vintage Books, 1977, pp. 171 - 176.

④ 穆杨:《当代童话改写与后现代女性主义》,《外语与外语教学》2010 年第 2 期,第 93 页。

一直以来母亲或老婆婆经常担当童话主要叙事者有关,"在口头文化的传播上,女人所起的作用也绝不亚于男人"①。随着童话从口头传播进入书面印刷的时代之后,职业童话作家大多为男性,菲勒斯中心也悄然渗透进了童话里。传统童话多采用全知叙事,其中的女性往往是缄默不语的,除了发出"多美的花儿"这样的娇叹,基本上是不会说出评判思考的话语的。不仅如此,女性为了得到幸福必需三缄其口的意象比比皆是:在《海的女儿》中,小人鱼渴望被人类社会所接纳,获得王子的真爱,但这样就要失去甜美歌喉,成为哑巴;在安徒生童话《野天鹅》中,艾丽莎为救她那些变成天鹅的哥哥们,必需沉默着编织荆麻披风,就算面临火刑,也不能抗辩;在《十二兄弟》中,小女孩想要救回哥哥就不得不做"七年的哑巴"。这说明童话中也投射了菲勒斯中心主义,"妇女在父权制中是缺席的和缄默的"②。

温特森让故事中的所有女性成为叙事者,让童话中被割舌噤声的"菲勒美拉"们发出了声音。在她们的叙事中,女人们成为述说的能动者,掌握了话语权力。虽然故事情节的大体脉络没变,男性在重述故事中的行为依然循着传统童话里的路径:找妻子、杀敌人、展示英勇等。但借用弗莱的理论,故事类型从"罗曼斯"或"史诗"变成了"讽刺"式的,"调子"被改变了,因而男性成为被品头论足、被调笑、被嘲讽的叙事对象,父权中心观照下的"完美"标准成为被女性驳斥的标靶。温特森童话故事中互文和重写被用来挑战传统童话里家长式的叙述,"让人重新认识童话里人们认为理所当然的意识

---

① (英)安吉拉·卡特:《安吉拉·卡特的精怪故事集》,郑冉然译,第7页。
② 张京媛:《当代女性主义文学批评》,北京:北京大学出版社,1992年,第3页。

形态。透露性别是文化构建"①。

二　重述公主和巫婆的故事

桑德拉·吉尔伯特（Sandra Gilbert）与苏珊·古芭（Susan Gubar）曾提出父权制文学传统将女性形象固化为"屋中天使"和"阁楼上的疯女人"两类，传统童话中的女性角色设定也是如此，更多表现为公主和巫婆两种形象。波伏娃在《第二性》中这样评价传统童话里的公主形象："女人是睡美人、灰姑娘和白雪公主，她需要做的就是接受和屈服。在故事和歌谣中小伙子总是屠龙降魔、经历冒险；而姑娘们则被幽禁于深宫、塔楼、花园、洞穴，她只能充当锁链下的俘虏，沉睡、等待。"②在传统童话中，天真无害、弱不禁风是公主性格的标配，公主总是被动的，她们被欣赏、被追求、被迫害、被解救，她们的存在往往成为男人冒险的目标，或是英勇正义行为的奖赏，这样的形象设定完全是菲勒斯中心的。

在温特森的故事中，公主们具有了能动性和行动力，并且"十分聪慧"③。行动力的首要体现是"离开"，斩断对男性的依附，所有的公主"都以这样那样的方式，离开了荣耀的王子们，以各自的喜好，分散在各地生活着"④。特别是十二公主中最小的公主福尔图纳达，她的名字在西班牙语里的意思是"幸运"。福尔图纳达的幸运源于她无比强大的行动力，她比她的姐姐们更早逃离专制婚姻的枷

---

① Andermahr, Sonya. *Jeanette Winterson*：*New British Fiction*. p. 75.
② （法）西蒙·波伏娃：《第二性》，李强译，第 67 页。
③ （英）珍妮特·温特森：《橘子不是唯一的水果》，于是译，第 82 页。
④ （英）珍妮特·温特森：《给樱桃以性别》，邹鹏译，第 55 页。

锁,在和王子举行婚礼那天,"她像鸟儿飞离陷阱般飞离了圣坛"①。逃跑公主的情节在《灰姑娘》等童话故事里可以找到回响,王子总是追求得不到的东西,公主只是王子的欲望之物。福尔图纳达不仅逃离了王子,对于一直真诚追求她的约旦也是如此,每当约旦靠近她的时候,她便轻盈地逃走,追求无拘无束跳舞的生活。"她跳舞是为了愉悦",更是因为"任何其他的人生都是一种谎言"②。福尔图纳达无法生活在别人编撰的话语中,她逃离的行动表明了一种不认同,追求着一种"出离之外"。

公主们的行动力还包括对于男性的支配和处置。十二位公主中有5位杀死了自己的丈夫。第二位公主用裹尸布缠绕扼毙了阻止她收集宗教物品的丈夫;第三位公主一剑杀死了同性恋丈夫及其伴侣;第八位公主毒杀了自己贪得无厌的胖丈夫;第九位公主扯出了把自己当鹰一样豢养玩弄的丈夫的内脏;第十一位公主敲碎了活在自我孤独世界里的丈夫的头骨。公主的杀戮行为中充满了暴力,彻底反叛了"公主"这个性别角色所限定的女性气质,如爱心、亲善、顺从、赞许地回应、温柔等。这既可以隐约看出对《蓝胡子》之类黑暗童话里杀妻情节的互文及反转,也能感受出在压迫下感到绝望的女人们的歇斯底里。故事中对暴力的露骨展现可以解释为女人的行为能力到达极致后的过度滥用,也可以看成温特森对于女人话语权利的矫枉过正式的隐喻。

在温特森的童话重述中,巫婆形象也得到反转。雪登·凯许登(Sheldon Cashdan)在《巫婆一定得死——童话如何形塑我们的性

---

① (英)珍妮特·温特森:《给樱桃以性别》,邹鹏译,第74页。
② 同上。

格》中阐释道:"童话提供给内心冲突一个演练的舞台,而巫婆则在童话中担任黑暗的代言人,当孩子在阅读童话时会下意识将自己内心黑暗的部分投射到角色上去,这些黑暗面也会伴随着巫婆之死而削减。"①后现代文学批评中,很多学者认为,"巫婆"形象继承了父权制文学中厌女症的传统。在科学尚未发达、民智不开的早期欧洲社会,有一些掌握草药知识、替人治病的妇女被安上了女巫(wizard)的称号。从词根上看,这一名称恰恰是女智者(the wise woman)的演变,反映了男权社会对于女性拥有超常智慧和能力、掌握生死秘密的恐惧,因而造就了"文学中歪曲、贬低妇女的形象,把一切罪过都推到女人头上的情绪或主题"②。

在温特森笔下的五公主故事中,她只是因为和莴苣姑娘的恋情不被承认,就被"诋毁"③为巫婆。真善美的公主和邪恶的巫婆发生了身份重叠,这本身就是对于巫婆形象的解构。在《橘子不是唯一的水果》那"寻找完美王妃"的童话中,由于姑娘拥有王子所不能企及的聪慧,提出了不同于王子逻各斯中心"完美"的高明见解,并且有着特殊的医术,便被诬陷为拥有"异教徒的魔法","邪恶、邪恶",④甚至被砍头处死。温特森用故事新编的方法揭秘了"巫婆"这个词语中的陷害、谎言和暴力,给予巫婆辩诉的权利,还原了巫婆的善良面目。弗洛伊德认为,童话的作用和梦一样,可以宣泄潜意识,只是由于童话大多是男性作家撰写,因此宣泄的往往不是儿童

---

① (美)雪登·凯许登:《巫婆一定得死——童话如何形塑我们的性格》,李淑珺译,台北:台湾张老师文化事业股份有限公司,2001年。
② 参见康正果:《女权主义与文学》,北京:中国社会科学出版社,1994年。
③ (英)珍妮特·温特森:《给樱桃以性别》,邹鹏译,第59页。
④ (英)珍妮特·温特森:《橘子不是唯一的水果》,于是译,第89—90页。

的情感，而是男性对女性的不安、恐惧、仇恨等消极情感。而温特森却反其道而行之，用故事编织出女性自己的梦，宣泄出女性在父权专制压迫下的不安和恐惧。

三 "完满结局"之后的故事

温特森的重述童话还打破了经典童话中的惯例：完满结局（"happy ending"），开始追问"然后呢？"在小说《时间之间》里，温特森直接宣称"happy ending"的虚妄：

> 故事的结局当然要排除掉"从此以后他们幸福地生活在一起"，那不是结局，而是结尾的句子。①

在"十二跳舞公主"的故事里，温特森杂糅重写了多个童话，着重描写了十一位公主的婚后生活，借公主之口，反讽地道出不需要丈夫的完满结局："就像故事里所说的，永远幸福地生活在一起。我们的确如此，但不是和我们的丈夫。"②诺特博姆曾撰文说明现代童话的"happy ending"是其骗人骗己的毒瘤所在："童话是密闭的系统，这使它们显得如此恐怖。"③他精辟分析了神话、小说和童话的区别，认为：

> 在神话里，人们永生。在童话里，他们从此幸福地生活在一起。在小说中，在结束处"从此"后开始了不幸，而往往之前也是不幸的。……在神话里所有事情以这种或那种方式解决；在小说中

---

① （英）珍妮特·温特森：《时间之间》，于是译，第 277 页。
② （英）珍妮特·温特森：《给樱桃以性别》，邹鹏译，第 53 页。
③ Nooteboom, Cees. *In the Dutch Mountains*, trans. Adrienne Dixon. London, Penguin, 1991.

什么都解决不了;在童话中,解决问题被延期了,但是如果问题解决会发生的话,它也在童话的视野范围之外,那就是谎言。①

温特森正是打破了童话原有的封闭系统,她的故事重述取得了诺特博姆理论系统中"小说"的效果,因为新编童话变成了私语性的叙说,因此也补充了读者原先无法触及的视角,把延期了的问题暴露在人们的视野之中,展示"此后"的种种问题,从而也质疑"此前"的种种虚假。

本雅明曾道出童话和故事密不可分的关系:"童话隐秘地存活于故事中。第一位真正的讲故事者是童话讲述者,今后还会是这样。"他也说明了现代童话往往承载着教育训诫功能:"每当良言箴训急需之日,便是童话大力相助之时。"②温特森的童话重述让我们意识到,当童话关注个人声音,成为提供幻想和不同可能性的故事时,它是能让人解放的途径;当它成为肩负训诫要务的教科书时,它便是宏大话语的帮凶。

在温特森看来,重述童话真正的道德意义正在于此:讲故事的人摆脱了缺乏自由的社会传统,打破了人们只能重复别人的话语,重复陈词滥调的故事,而不能有真正"创作"这条不成文的规定。正如卡尔维诺所说,讲故事的人或许只是在原故事的基础上做了一些改动,一些增减和置换,"但实际上,他最终为我们道出了自己的心声"③。还是那句话,关键在于故事由谁来讲,怎么讲了。

———————————

① Nooteboom, Cees. *In the Dutch Mountains*, trans. Adrienne Dixon. London, Penguin, 1991.

② Benjamin, Walter. 'Storyteller', in *Illuminations*, ed. Hannah Arendt, trans. By Harry Zohn, New York: Harcourt, Brace & World, Inc, 1978, p. 42.

③ (意)卡尔维诺:《意大利童话》,文铮等译,第 40 页。

第四节　经典神话重述

神话和童话一样,也是温特森最钟情的题材之一,是其作品中不可或缺的元素。她在《泰晤士报》的访谈中肯定了神话延续传统的作用:"即便社会变迁……但关于人类生存和我们自身的永恒事实却无法轻易改变。神话将我们带入心中的深邃幽暗之地,重回想象空间。"①同时,她认为神话的叙述内容不应一成不变,它应该转变为个人化的故事,应该被不断重述,她相信重述神话是宣扬故事信仰的重要途径:

> 神话丛书是叙述故事最绝妙的方式之一。为了故事自身而重述神话,并在其中寻求人性的真相。我们能做的一切就是把故事讲下去,并期望有人倾听。②

可见,温特森认为重述神话既能在互文中和人类最原始的情感产生共鸣,又可以通过私语性的述说去诠释对这些原始情感、人性的理解。重述神话不是为了重现神话时代,而是因为"故事自身",因为故事不能成为固有表达,有着被不断重述的本质需要。如同"神话重述"系列的另一位参与作者阿姆斯特朗所说:"从现代意义上讲,神话并非神学,它关注的是人类体验。"③现代人不应屈服于

---

① 转引自侯毅凌:《珍奈特·温特森:灯塔守望者之歌》,《外国文学》2006 年第 1 期,第 6 页。

② (英)简妮特·温特森:《重量》,胡亚逦译,前言Ⅲ。

③ Armstrong, Karen. *A Short History of Myth. Edinburgh*, New York, Melbourne: Canongate, 2005, p. 5.

神话的宏大叙事模式,将其奉为圣典,膜拜其中的神祇,而应对其进行解构,从其中汲取由古至今一脉相承的人们的生命体验,并且在故事私语性的重述中融入并传递自己的生命体验。

一 成为"人话"的神话

温特森最具代表性的神话重述作品是《重量》。这部作品是英国坎农格特出版社所发起的"神话重述"计划系列作品之一。作品脱胎于希腊神话中的阿特拉斯背负苍天等经典神话,通过对于神话的重述,关注现代人个体的生命体验,"试图诠释孤独、孤立、责任、重负和自由"①。温特森在前言里旗帜鲜明地说明《重量》是一个私语性的"故事新编":

> 这本书是一次"故事新编"。
> ……
> 《重量》是一个个人化的故事,打破了神话的庞大叙事风格,也不同于我曾经一再聆听的任何神话。我用第一人称来写作这个故事……②

的确,正如温特森自己承认的那样,几乎所有她的作品都采用了第一人称叙事。和第三人称叙事不同,温特森摒弃了全能全知的叙事视角,即抛弃了描述确定之物的宏大叙事的上帝视角,讲述神话不是告之已发生之事,而是创造新建,个人的口吻同时也意味着新异的、私语性的诠释。

①(英)简妮特·温特森:《重量》,胡亚圙译,前言Ⅱ。
②(英)简妮特·温特森:《重量》,胡亚圙译,前言Ⅱ。

《重量》是个全新的故事，其中包含着三个世界：现代科学的逻各斯世界，远古的神话世界，个人的自传性文学现实。① 其中有两个主要叙事者，其一为阿特拉斯，他讲述自己的出生以及被罚背天的缘由经过。温特森不按神话记述，而是创造性地将阿特拉斯描写为大地女神泰坦和海神波塞冬之子（希腊传说中阿特拉斯是古代巨人，和波塞冬为一个辈分），用作为大地和大海之神的父母身份进行暗示，以突出跨越界限的主题。阿特拉斯被逼造反，失败之后，被宙斯惩罚，背负苍天。接着阿特拉斯又讲述了著名的"换负苍天的故事"：赫拉克勒斯央求阿特拉斯帮自己偷取赫拉的金苹果，主动接过背天重任；阿特拉斯享受片刻自由之后，赫拉克勒斯又以诡计将天放回到阿特拉斯肩上；阿特拉斯明知被骗，却接受了自己的命运，而重获自由的赫拉克勒斯却深感虚无。最后阿特拉斯讲述了负天的所感所思，并和一只被苏联航空局送入太空的实验品——小狗莱卡成为朋友。第二个叙述者是"我"，是一个讲述了阿特拉斯故事的作家，是一个有着温特森影子的虚构人物，她是一个弃儿，也拥有着和阿特拉斯一样的苦恼，对于社会规范压力重负进行思考，借由阿特拉斯的故事放下"重量"。

三个故事世界在交织中不断互相影响，持续彼此消弭，最终阿特拉斯从神话世界的角色、从小说的世界角色中逃脱，也象征着温特森从自己自传式的世界中逃脱。阿特拉斯的神话故事与当代人"我"的故事并置，在神话叙事与当代叙事两个平行无干的叙事时空

---

① Staels，Hilde. 'The Penelopiad and Weight：Contemporary Parodic and Burlesque Transformations of Classical Myths'，*College Literature*，Fall 2009，Vol. 36 Issue 4，pp. 100 - 118，p. 107.

之间实现了蒙太奇似的切换,他们的叙事也在如何能摆脱束缚、说出自己的私语性的故事这一点上,形成呼应,形成交集,发出从古至今的追问。温特森在前言中毫不讳言:"《重量》不断重复的题旨就是'我想把这个故事再从头说起'。"①

温特森的神话重述打破了传统神话的宏大悲怆感,处处透露着质疑和滑稽。在温特森的笔下,以赫拉克勒斯为代表的人物们虽然贵为神明,但其一言一行都解构着传统神话的严肃感。赫拉克勒斯粗鄙不堪,喜欢炫耀自己的生殖器,自大地宣称要"让整个大陆都在胯下噼啪作响……",并用精液"给喜马拉雅或是阿尔卑斯披覆一层积雪"。② 他称守卫金苹果园的蛇怪为"旅游观光景点"③,当他遇见仇恨自己的后母赫拉,脑海里浮现出来的却是色情描写。研究者们认为温特森的故事中融入了梅尼普讽刺体的元素。巴赫金提出这种去神话色彩的改写策略,能将神话和当今现实世界的距离消除,打破了神话的历史距离,让神话英雄现世化。④ 凡人化了的神"在一个和开放结局、未完成的现代紧密联系着的区域里演着,说着"。⑤ 温特森用低俗的、肉体的叙事降格神性和崇高,通过狂欢式的笑解体神话的严肃性。

在温特森改写的神话中,赫拉克勒斯具有了人类个体的特征,

① (英)简妮特·温特森:《重量》,胡亚敏译,前言Ⅰ—Ⅱ。
② (英)简妮特·温特森:《重量》,胡亚敏译,第49页。
③ (英)简妮特·温特森:《重量》,胡亚敏译,第32页。
④ Bakhtin, Mikhail. *The Dialogic Imagination. Four Essays*. Ed. Michael Holquist. Trans. Caryl Emerson and Michael. Holquist. Austin: University of Texas Press. 1981, p. 38.
⑤ Bakhtin, Mikhail. *Problems of Dostoevsky's Poetics*. Ed. and trans. Caryl Emerson. Mineapolis: The University of Minnesota Press. 1984, p. 108.

温特森借阿特拉斯之口颇具深意地总结评价了赫拉克勒斯:"他会是一个笑话还是一个神话？在他身上具有力量和毁灭的双重矛盾,他既是笑话,同时也是神话。"[1]这一评价也一语双关地点出了滑稽戏仿的"笑话"对于神话的解构作用,一语道破赫拉克勒斯身上那种由重述神话小叙事塑造出的特征:既延续传统又矛盾地从内部拆解毁灭。笑话和神话共存于故事讲述中,这说明温特森的神话重述是一种讽刺戏仿(parody),而不是简单的滑稽模仿(travesty)。如热奈特所言:"滑稽模仿修改风格,而不修改主题,而戏仿修改主题不修改风格。"[2]温特森正是修改了宏大的主题,阐述重点从宣扬神的赏罚权威、解释世界存在状态转移到了宣扬个体的自由思想、表现个人的生存状态,而对宏大主题的修改也是一种有效解构。

赫拉克勒斯像普尤之如银儿一样,是阿特拉斯的思想导师、点化者。在赫拉克勒斯出现之前,阿特拉斯认为,自己战败被罚、人类历经磨难是按照神的意志书写明确了的命运:"没有为什么。这是神的意志,这就是人的命运。"[3]因而他甘心屈服于神的权威话语,然而赫拉克勒斯一出现,就开始引诱其思考和追问"为什么":

> 老兄,我们为什么要干这些事?
>
> 干哪些事?
>
> 你在这里力撑苍天,而我浪费了 12 年的时间去抓巨蛇偷

---

① (英)简妮特·温特森:《重量》,胡亚敏译,第 33—34 页。

② Genette, Gérard. *Palimpsestes: la littérature au second degré*. Paris: Seuil. 1982 p. 29. see Staels, Hilde. 'The Penelopiad and Weight: Contemporary Parodic and Burlesque Transformations of Classical Myths', *College Literature*, Fall 2009, Vol. 36 Issue 4.

③ (英)简妮特·温特森:《重量》,胡亚敏译,第 48 页。

果子……

总是有一个"为什么",不是在这,就是在那,或者在那……①

赫拉克勒斯问出的"为什么",其实不是希求答案的疑问句,而是带有批判的反问句,质疑宙斯、赫拉等主神的权威。这些充满质疑的小叙事,被描写为"像大黄蜂一样嗡嗡作响的思想"②,先是在赫拉克勒斯的耳边萦绕,后来更在阿特拉斯脑袋里不断聒噪,"嗡嗡不休地像在问'为什么? 为什么? 为什么?'"③这些"嗡嗡作响"的声音形象地表现出小叙事的窃窃私语性,以及其如何作用于个人。它们从细微处穿透撕裂,不断干扰、解构着原本固若金汤的宏大话语。

阿特拉斯在重新背负了地球之后,"以现代人的视角注视着原本代表战神马尔斯的火星"④,并思考弥漫在整个小说中的核心问题:"界限。欲望。"这意味着阿特拉斯学会了用个人的角度去思考、去叙述。在凝视思辨的过程中,他对于权威话语有了更深的体悟:

他翻转着这些言词如翻转石头。言词就是石头,像火星上的风化层那么干枯而荒凉。从那些言词里,万物无法生长。这些就是他欲奋力砸开之物,并将它们碾碎为沃土;这些就是他将引水灌溉之物……期待生命最初的迹象。⑤

阿特拉斯做的事情,正是温特森身体力行的事情,她将这些大

---

① (英)简妮特·温特森:《重量》,胡亚幽译,第46—47页。
② (英)简妮特·温特森:《重量》,胡亚幽译,第46页。
③ (英)简妮特·温特森:《重量》,胡亚幽译,第63页。
④ (英)简妮特·温特森:《重量》,胡亚幽译,第97页。
⑤ (英)简妮特·温特森:《重量》,胡亚幽译,第101页。

话语"碾碎为沃土",引入个体声音之水"灌溉",通过播种故事,去寻找到"活生生"的新词句,培育出可变的、自由的人的发展和未来。

　　小说中温特森不断强调这是"关于界限和欲望的故事"。阿特拉斯个人化的故事讲述使我们看到了世界之重只是编造出来吓唬人的谎言。阿特拉斯原来以为世界之重是他必然承担的苦难和惩罚,但是当他关注每一个个体的生命,倾听地球上每一个微小的声音的时候,发现"每一个声音都变成了一种意义",于是他用新鲜个体的小叙事、小故事"为这世界重新编码"。① 在重新认知世界之后,他领悟到重量是由界限和欲望产生的,而界限和欲望正是由社会规范(宙斯、赫拉是专制话语的代表)定义的,开始质疑自己身份、责任、命运的确定性。原先以为无法摆脱的规范束缚实际上是虚妄的,用来压制人的重量是生活规范话语制造的假象。

　　正如某些学者指出的那样,温特森"能够真正创造属于自己的神话",她的神话故事就像一个"特洛伊木马"②,表面上向古典神话致敬,实则"包藏"了用私语性故事将经典神话叙事摧毁、解构的"祸心"。温特森在《重量》的最后,用阿特拉斯的口吻表明:

　　　　科学是一个故事。历史是一个故事。这些是我们讲给自己听的故事,以便让我们自己成为真实的存在。③

---

① (英)简妮特・温特森:《重量》,胡亚敏译,第 21 页。

② Antakyalioglu, Zekiye. ' *Telling the Temporary as Permanent*: *Jeanette Winterson's Re-Working of Autobiography in Oranges Are Not the Only Fruit and Weight*: *The Myth of Atlas and Heracles*. ' *Winterson Narrating Time and Space*. Eds. Sonmez, Margaret J-M and Mine Ozyurt Kilic. Newcastle upon Tyne: Cambridge Scholars Publishing, 2009, pp. 2 – 15, p. 15.

③ (英)简妮特・温特森:《重量》,胡亚敏译,第 142 页。

所有的神话最终也只是故事,温特森强调每个人应该将自己的故事"从头讲起",她将阿特拉斯的神话与赫拉克勒斯的神话私语化的同时也将其"私有化"了。有细心的研究者发现《重量》的第六章到第八章的三个标题暗藏玄机,串联起了核心的一句话:"唯有依赖我自身的局限才有出路"(No Way Out-/But Through/Leaning on the Limits of Myself)①。正是无数个"自我"才能汇聚成多元的精神维度,只有承认"局限"才不会被统一的精神维度束缚,才能民主地讲述故事,使个人找到出路。

二 女性神话重述

传统神话中的女神、仙女形象也往往包含有菲勒斯中心思想,她们一般是男神们追求的猎物,就连赫拉等少数几个拥有权力的女神,也经常被宙斯背叛和欺骗。温特森的短篇小说《猎户座》便试图让女神们开口说话,重述故事。这篇改编自猎户座奥利安和狩猎女神阿尔忒弥斯的神话故事被收录在温特森的故事集《世界和其他地方》中。这部短篇小说同时也作为子故事完整地出现在《给樱桃以性别》中,当乔丹苦苦追逐福尔图纳达而触不可及时,福尔图纳达向他讲述了这个故事,宣告了自己追求女性真正自由自主的愿望,加倍强化了这则重述故事的题旨。

经典神话中歌颂的尽是猎户座奥利安的英雄事迹,猎户座和阿尔忒弥斯兴趣相投,都是"神中猎手",同样"放荡不羁"。一年中,两个天神如牛郎织女般短暂几天的相会,使得猎户座"全力放射出光

---

① 宋艳芳:《放下重负:〈重量〉异质化叙述中的存在主义思考》,《当代外国文学》2014年第1期,第63页。

芒,统治着天际"①,这样的诠释让人们相信这是一则颂扬爱情和神力的神话。温特森在小说中直接宣称了重述的意图:"我要讲的猎户座的故事可不是这样……那些照本宣科的故事,一点儿都不可信。"②

在故事中,阿尔忒弥斯以一种颠覆性的沉思者、行动者形象出现,而这类形象在经典神话中往往是被赋予男性的。故事一开始阿尔忒弥斯便沉浸在反思中,质疑传统女性身份定义:"她不想嫁人,也不想生孩子。她喜欢狩猎……。"③并且阿尔忒弥斯也不认同男权主义话语下女性和男性的社会角色分工:男人可以自由自在探索世界,满载而归,"而妻子们能做的只有等待"。她希望能"享受那原本只属于另一个性别的自由"④,希望改变被动的身份而扮演更加积极的角色。然而,自大粗鲁的猎户座却因为她"名声在外,多么般配",便将她视为囊中猎物,闯入她的帐篷,在炫耀过自己的丰功伟绩后,二话不说强奸了她。阿尔忒弥斯并没有屈服,并没有如经典神话中描写的那样成为猎户座的情人,而是用一个毒蝎子轻巧地完成了复仇。⑤

温特森认为故事能描述出"以不同的面貌出现的旧东西"⑥。从而赋予故事在延续中改变包括神话在内传统叙事的能力,突出故事之于梦想的承载意义:

---

① (英)珍妮特·温特森:《世界和其他地方》,虹影等译,第58页。
② (英)珍妮特·温特森:《世界和其他地方》,虹影等译,第58页。
③ (英)珍妮特·温特森:《给樱桃以性别》,邹鹏译,第170页。
④ (英)珍妮特·温特森:《世界和其他地方》,虹影等译,第59页。
⑤ (英)珍妮特·温特森:《世界和其他地方》,虹影等译,第62页。
⑥ (英)珍妮特·温特森:《给樱桃以性别》,邹鹏译,第170页。

我们的故事，无非是历史与家园之间的陈旧碰撞。换句话说，这个故事划分了寻梦者与固守家园者之间的边界，他们之间的距离太大了，大到无边无际，难以度量。故事是这样的。①

　　故事讲述的本质目的便是在碰撞纠缠中突破陈旧，突破界限，寻求梦想，特别是实现女性突破自我的梦想。阿尔忒弥斯在自己不断突破、不断转变的身份重塑中发现："真正值得的战争是与自己进行的艰苦卓绝的一役。其余不过是消遣。她的狩猎生涯就是她真正的家。"②温特森赋予阿尔忒弥斯一个现代女性的意识，她在追问主体性的过程中，重构了自我。

　　温特森神话里的神已成为人，并且是有缺点、会追问的现代人。她在神话叙事中融入了现代人的困惑和焦虑，让原本处在失语状态下的那些人或神讲述出了被禁言的那部分故事。神话就是代代相传、深入人心的故事，人们往往以为它表现并塑造了我们的生活，它还探究我们的渴求、我们的恐惧和我们的期待，人们坚信它所讲述的故事提醒着我们，什么才是人性的真谛。温特森通过故事去解构经典神话的宏大叙事，她总想提醒人们人性是复杂的，没有唯一的真谛，提醒人们在总结文化传统传承的过程中，在不断精炼、不断简单化的过程中，可能忽略掉的那些文化文明的多样性、多元性，这些文明也是应该被传承、被体验的。

---

① (英)珍妮特·温特森:《世界和其他地方》，虹影等译，第58—59页。
② (英)珍妮特·温特森:《世界和其他地方》，虹影等译，第60页。

第五节　宗教经典重述

　　温特森自小浸淫在宗教氛围浓厚的家庭中,养母希望能把她培养成一位传教士,因此温特森从小对于《圣经》故事耳熟能详,甚至还为教堂写过布道词。然而温特森由于自己的离经叛道和同性恋经历,被养母及其他教徒压抑迫害,所以深深质疑着传统基督教教义的经典阐释,她借同名主人公之口表达:"上帝又在哪里? 我想念上帝。……我始终不认为上帝背叛了我。是上帝的仆人们(背叛)"①。温特森也许从来没有否认过心中那种让她感动崇拜的力量,但她一直想解构宗教真理的唯一解释。在《橘子不是唯一的水果》中,她用帕西法尔与圣杯的故事去说明,对于所谓的终极真理,哪怕是宗教真理也应该是千人千面的:"就像圣杯,我们是听着它的故事长大的。圣杯的确存在,我们很确定这一点,而每个人对于它到底在哪里都有自己的看法。"②她还借珍妮特的朋友艾尔西的话来说:"上帝在万事万物之中……所以,总是一码事。"③因此对上帝的爱绝不应该是对于集权话语或者偶像的崇拜,而是对万事万物的爱,甚至对于"不正常"事物的爱。在温特森眼里,宗教经典是那些想要规范人们思想行为的权力阶层借上帝之口说出的权力话语,是虚伪谎言。于是温特森用戏仿、讽刺的手法,重写和解构了各种宗教经典。戏仿是带有批判性差异的重复,温特森用戏仿的方法讲故

---

① (英)珍妮特・温特森:《橘子不是唯一的水果》,于是译,第234页。
② (英)珍妮特・温特森:《橘子不是唯一的水果》,于是译,第213页。
③ (英)珍妮特・温特森:《橘子不是唯一的水果》,于是译,第41页。

事便是对差异性的个体教义进行宣扬，对宗教权威话语进行解构。

一 故事对宗教圣典和宗教话语的解构

温特森的故事首先解构的是宗教圣典和宗教话语。《橘子不是唯一的水果》带有半自传性质，写了一个在宗教家庭成长的女孩珍妮特和教会权威话语抗争的故事。整本书的框架结构雄心壮志地戏仿了圣经，小说的章节命名直接套用了《圣经·旧约》的前八章章节名，并和其文本内容有着明显的互文关系。

小说第一章取名为"创世纪"，和上帝创造人类的故事互文，这部分文本讲述了珍妮特的孤儿身世，童年所接受的宗教教育，写出了主人公对于身份的迷惑。第二章"出埃及记"，和摩西带领教徒反抗暴政从埃及出走的故事互文，描写了珍妮特离开家庭到学校的生活经历，并且就像摩西接受上帝召唤一样，珍妮特遇到了后来的精神导师艾尔西和身体导师裘波莉小姐，对于宗教话语产生了疑问。第三章章名"利未记"，在《圣经》里的意思为"先知法典"，耶和华要以色列人在迦南地（应许之地）建立国家，并赐下律法，反复叮嘱说你们要圣洁，因为我是圣洁的；而在这一章节里，温特森则写出了王子追求完美女人的故事，以此来质疑"圣洁"即是完美，也戏仿地制定了自己"追求个人的平衡、和谐即是完美"的"法典"。第四章"民数记"，在《圣经》中记载的是以色列人在摩西带领下在旷野流浪生活四十年的故事；与此互文，小说描写了珍妮特在各种兼职和宗教活动中的所见所感，并且爱上了同性恋人梅兰达。第五章"申命记"，在《圣经》中意指"重申法律"，在小说中这短短两页的内容可以看成温特森重申了自己的律法，是全书的精髓所在，探讨了现实、讲故事和历史的本质。温特森打破了对故事（主观的不连贯的）和历史（客观的有逻辑的）的固有认识，指出西方的历史实际上是强权意识的表达，抹杀了丰富多元的故事，强调要说出自己的故事，并"在那些故事里面，能够找到一种秩序和一种平衡"①。第六章"约书亚记"，在《圣经》中记载了以色列人由约书亚带领着进入应许之地的过程，在小说中反讽地写成珍妮特找到了自己的"应许之地"——和梅兰妮的甜蜜同性爱情，却被宗教势力破坏禁锢。第七章"大审判"，在《圣经》里本应是世界末日之前的公正审判；但在小说里，教会和养母对珍妮特的审判是反人性的，他们判决同性恋情是"魔鬼"、有罪的、病态的，举行了冷酷的驱魔仪式，对主人公进行精神迫害，并将其扫地出门。珍妮特愤而出走，嘲讽地说道："那不是大审判日，只不过是另一个清晨罢了。"②第八章"路德记"，和《圣经》一样强调归家的主题，离家出走后的珍妮特，在经历了梅兰妮的背叛、艾尔西之死之后，最终选择回到母亲身边，那不是妥协，而是做回明白透彻的全新的自己。当然母亲也在多年坚持"橘子是唯一水果"③之后，终于承认"橘子不是唯一的水果"④，这可视为母亲在对"异己者"的容忍上作出了一丁点的妥协。

温特森并非简单利用圣经故事追求博人眼球的文学效果，她有着更大的抱负，希望模仿《圣经》，写出女性的圣典。《圣经》主要叙述的是上帝如何规训子民，建立律令，并在恩威并施中带给信徒幸福，而在《橘子不是唯一的水果》里，上帝的话语在教众的曲解中倒

---

① （英）珍妮特·温特森：《橘子不是唯一的水果》，于是译，第130页。
② （英）珍妮特·温特森：《橘子不是唯一的水果》，于是译，第189页。
③ （英）珍妮特·温特森：《橘子不是唯一的水果》，于是译，第39页。
④ （英）珍妮特·温特森：《橘子不是唯一的水果》，于是译，第237页。

置为压迫人的一方，成为罪恶的根源，珍妮特在编织自己故事的过程中赋予自我话语权，用来建立自己的律令。

　　在整部小说中，相较于宗教话语的大行其道，故事话语是草蛇灰线般的存在，这些故事正是珍妮特用来解构宗教话语的小叙事，有学者称之为带有复调意味的"双链"（double strand）①结构。珍妮特的母亲以及牧师、教众等在她小的时候用宗教话语解释一切生活现象：敌人是魔鬼、隔壁邻居、性……；朋友是上帝、勃朗蒂的小说……；为了配合"牺牲的羔羊"寓意，天天吃羊羔肉配土豆②；用上帝的恩赐解释下雨和干旱③；用七天创世、七封印、七烛台等宗教隐喻去阐释珍妮特的 7 岁年龄④；用《申命记》里的动物洁与不洁的概念教授动物知识⑤；用上帝的孩子解释珍妮特无父无母的孤儿身世，并模拟上帝授信于摩西的场景，在山顶上赋予小珍妮特"改变罪恶世界"的传教使命⑥……事与愿违，这些训诫并没有让珍妮特了解生活，释去疑惑，而是强加给她一个终极所指限制自由的世界，这让她觉得很滑稽。小珍妮特所感兴趣的一直是那些有趣的宗教故事，以及故事中的浪漫气息和奇幻想象，比如"皈依的清扫工"故事中滑稽的狂喜，以及"哈利路亚巨人"故事中随意变化的身高。⑦ 珍妮特并没有通过宗教故事去膜拜其隐喻终极所指——宗教信仰，而

---

① Noakes, Jonathan and Margaret Reynolds. *Jeanette Winterson* (*Vintage Living Texts*). London：Vintage Press，2003，p. 24.

② （英）珍妮特·温特森：《橘子不是唯一的水果》，于是译，第 3—4 页。

③ （英）珍妮特·温特森：《橘子不是唯一的水果》，于是译，第 21 页。

④ （英）珍妮特·温特森：《橘子不是唯一的水果》，于是译，第 15 页。

⑤ （英）珍妮特·温特森：《橘子不是唯一的水果》，于是译，第 57 页。

⑥ （英）珍妮特·温特森：《橘子不是唯一的水果》，于是译，第 14 页。

⑦ （英）珍妮特·温特森：《橘子不是唯一的水果》，于是译，第 9—10 页。

是更愿意凭自己的理解来阐释这些故事,用其构建自己丰富多元的精神世界。正如福柯所提倡的那样,珍妮特在大话语的字里行间里偷偷运回并保留自己的小叙事。

在小说中"讲故事的人"再次成为主人公的精神引路人,喜欢用自己独特理念去解释教义的艾尔西和珍妮特成为忘年交,她喜欢为珍妮特讲奇奇怪怪的故事,并送给她《妖魔集市》等故事书,她帮助珍妮特理解了"两个世界",特别是和自己充满联系的自己眼中的世界:

> 世界包罗万象,肉眼所见只是一小部分。
>
> "有这个世界,"她敲敲墙壁,活灵活现,"还有这个世界",又砰砰地拍了拍胸膛。
>
> "如果两个世界你都想搞明白,你就必须留意两个世界。"①

两个世界的寓意可以看成是两个语言系统构建的世界,前者是所谓的现实世界,实际上是存在主义理论体系里的"存在物"的世界、象征系统的世界,是由各种统治性的权利话语构建的,是简单固定的;而后者是本真存在的世界,存在人们内心和个人感受密切相关,是拉康所说的"现世界",由小叙事构建,是丰富多变的。艾尔西想告诫珍妮特的核心理念一如海德格尔对世人的告诫:我们忘掉了存在而执着于存在物。因此,艾尔西一再向珍妮特强调故事的重要性:"故事能帮助我理解世界"②,并帮助珍妮特找到自己的语言,说出自己的故事。

---

① (英)珍妮特·温特森:《橘子不是唯一的水果》,于是译,第44页。
② (英)珍妮特·温特森:《橘子不是唯一的水果》,于是译,第39页。

在小说的每一个章节中温特森都插入不少寓言、童话故事,这些故事可以看成是珍妮特内心的声音,是她的小叙事。这些叙事和宗教话语主导的主线情节形成交叉并置,就像另一个声部与合唱团唱着对台戏。这个声部一开始零零碎碎、偷偷摸摸,散见于对于日常生活的描述中,接着在文本中占的比重越来越大,在最后一章"路德记"中插入的故事占了70%的篇幅。同时,质疑的声音也随之越来越强烈,解构了宏大宗教话语。

"完美女人"的故事就是用来解构宗教对于"完美"的宏大话语建构,前文有详述。小说中珍妮特所生活小镇的牧师在布道时说:"完美……是人心希冀之事。那是神性之态,那时人堕落前的状态……就是毫无瑕疵。"[1]温特森通过完美女人的故事质疑"毫无瑕疵"的完美,质疑终极追求导致的话语暴力,以及这个追求的虚伪和无意义。

"四面体国王"的故事解构了宗教认识现实的唯一视角。自出生以来,由于对宗教话语耳濡目染,珍妮特"总以为世界是以简单明了的规则运行的,是一个放大版的我们镇的教堂"[2]。然而有一天她发现"四面体"是可以由"橡皮筋在指尖绕出来的",可以把人们所认为的事实真相"翻来覆去地组合搭配"[3],呈现任意形状。珍妮特将四面体想象成一个国王。在得到很多"故事礼物"之后,在观看过众多不断旋转、同时表演的悲喜剧之后,"四面体国王"终于明白,真理是"悲喜交替,没有终点"[4]。这个寓言从某种层面上说,也可以

---

① (英)珍妮特·温特森:《橘子不是唯一的水果》,于是译,第82页。
② (英)珍妮特·温特森:《橘子不是唯一的水果》,于是译,第35—36页。
③ (英)珍妮特·温特森:《橘子不是唯一的水果》,于是译,第67页。
④ (英)珍妮特·温特森:《橘子不是唯一的水果》,于是译,第68页。

看成是肯定了无限延异的人生状态，不断变形的几何体以及悲喜共存的隐喻，蕴含着温特森对于简单规则的突破，对于宗教话语唯一阐释和终极所指的质疑。

"秘密花园"的故事是对于逻各斯中心的公开否定。在这个花园里，"每株植物都长出靶心般的圆环套"。"靶心的正中央是一棵橘子树。""所有真正的追寻都在这座花园里终结。"①圈圈相套指向中心的标靶非常形象地描写出了人们对于终极之道和世界本源的孜孜以求，"橘子"也由此在这个小故事里确立了辐射全文的寓意——排他性的所谓终极真实。然而在这则小故事中，历经磨难的旅人和朝圣者在吃过橘子之后"就意味着离开花园"，"因为果实讲述了别的事情，别的渴望"。② 以物质现实为中心的本体论在此处垮塌，人们追求的存在、本质、本源、真理、绝对的那个东西实际上是指向别处和他者的，终极本身特别是宗教话语所构建出来的终极世界是虚妄的。不断回响的点题之句"橘子不是唯一的水果"也在这个故事中得到了进一步的阐释。

"寻找圣杯"的故事在小说中通过 4 个片段呈现，③质疑了宗教话语对终极幸福的设定。故事改写了亚瑟王传奇，讲述披挂着白色锦缎的圣杯在亚瑟王的宴会上闪亮骤现，于是所有的骑士摒弃了幸福的世俗生活、抛弃了友情和爱情前去追寻，"不彻底看遍圣杯就誓死不归"④，于是家园崩坏，国破人亡。故事中的"圣杯"依然代表着

---

① (英)珍妮特·温特森：《橘子不是唯一的水果》，于是译，第 170 页。

② (英)珍妮特·温特森：《橘子不是唯一的水果》，于是译，第 170 页。

③ 参见(英)珍妮特·温特森：《橘子不是唯一的水果》，于是译，第 178、186、229、239 页。

④ (英)珍妮特·温特森：《橘子不是唯一的水果》，于是译，第 229 页。

终极渴望。柏士浮(帕西法尔)骑士在追寻的过程当中越来越感受到"圣杯"是幻象,追寻是虚妄,而盲从于宗教话语必然导致失望。正如主人公珍妮特所说:"掀翻雪白锦缎,却发现下面只是一碗汤。"[①]这说明心之所系的"圣杯"只是幻象,含有逻各斯理念的存在物是谎言。

"魔法女孩温妮特"的故事是小说中插入的最后一个故事。"温妮特"的名字显然是用文字游戏的方法取自于作家本人姓名"珍妮特·温特森",温妮特也是这本小说所有插入的私语性故事中唯一拥有姓名的主人公,机巧用心可以看出这个故事是对于温特森本人经历以及小说主人公珍妮特故事的全面隐喻和改写,是这一嵌套式故事的第三层,也是构成这一俄罗斯套娃式的层叠叙事模型中最里面那个小木人。

温妮特的故事和珍妮特的故事形成相互呼应,讲的是魔法女孩温妮特被男巫用诡计获知了名字,而"名字,意味着权利"[②],于是她像被命名的野兽必须听命于亚当一样听命于男巫,成为其养女。这个男巫统治着山下村民的精神世界,如教皇般接受人们"心甘情愿奉献出自己的一切",却在发现温妮特喜欢上一个小男孩之后,宣布他为"毁灭的力量",带领民众进行迫害,并将养女赶出家门。这里隐射了小说中珍妮特和养母,以及温特森本人和养母的关系。故事中,温妮特天赋异禀的"魔法"实际上可以理解为自我检视、自我理解的能力,魔法师们修炼的方式是画出一个魔圈,在里面修炼,"拥有个人空间总是金科玉律",完全地控制自己,才能"改变万物",魔法象征着个人获得的自然恩赐的能力,也就是本真存在的能力。然而男巫的出现打破了魔圈的保护,他的一系列话语构建制造了庞大

---

① (英)珍妮特·温特森:《橘子不是唯一的水果》,于是译,第235页。
② (英)珍妮特·温特森:《橘子不是唯一的水果》,于是译,第194页。

的符号象征体系,制约了温妮特的魔法。当温妮特从男巫的城堡出走后,来到了一个不愿意"谈论世界本质"的村庄,并学会了那里的"语言"。这意味着她学会了和宗教教义不同的、新的思考方式,也意味着温妮特从被命名的客体,成为掌握语言的一方。① 在村庄里,温妮特再一次拥有了自我理解的"魔法",她以自己的眉毛为桥,以双眼之间的刺孔为入口,"一路向下绕到自己的肚子里",逡巡自己的身体,去探究"自己的地界有多深多广"。② 在后现代的语境中,身体是一个本真的存在,是未被规训的自然野性的地方,也是用来解构话语罗网的根据地。温妮特在自己的身体中发现:"每逛完一圈……同样的东西变得不一样了。"③这个情节让人联想到埃涅阿斯纪等英雄经历地下旅程之后获得智慧的故事,温妮特在自我的解构和重构中获得了新的经验解释,并出发寻找象征着追寻终极自由的空中之城。

正如布莱恩·麦克海尔(Brian Mchale)所说,这类俄罗斯套娃般的文本递归结构(recursive structure)形成了"在自我擦抹和自我建构之间的功能对等",这种策略"有着中断和复杂化本体的小说的'视野',倍增它的世界的效果,并且能够揭露世界建构的进程"④。这篇故事中的故事投射了一个次故事,形成了一个将其自己嵌入自己的"内窥镜"结构(structure en abyme)⑤,在对结构话语的深层观

① 参见(英)珍妮特·温特森:《橘子不是唯一的水果》,于是译,第 194—211 页。
② (英)珍妮特·温特森:《橘子不是唯一的水果》,于是译,第 220 页。
③ (英)珍妮特·温特森:《橘子不是唯一的水果》,于是译,第 220 页。
④ McHale, Brian. *Postmodernist Fiction*. London and New York: Routledge Press, 2004, p. 112.
⑤ Ibid. , p. 114.

察中偷偷揭露、悄悄解构，将珍妮特甚至是温特森本人从宗教话语的压抑中解救出来。

除了《橘子不是唯一的水果》之外，《守望灯塔》《激情》等作品中充满了大量用戏仿和互文写就的故事，解构了宗教经典和宗教话语。《守望灯塔》中，银儿让普尤讲述达克的故事，普尤却从《圣经》中参孙的故事讲起，参孙的故事也是小说人物发展的结构性隐喻之一。参孙本是《圣经·士师记》中的人物，他获得上帝所赐巨力，成为英雄。敌人非利士人让参孙的妻子大利拉（也是非利士人）套出参孙神力出自其毛发的秘密，接着剃其毛发，挖其双眼，囚禁侮辱他。后来，参孙向上帝忏悔，上帝再次赐予其力量，参孙推倒神庙支柱，与敌同归于尽。《圣经》传递的宗教信息是：对上帝虔诚，才能获得神力，同时要警惕异教徒和女人的欺骗。温特森却在其中看出了基督教的"厌女症"："基督教把欲望看作通往肉体罪恶之路，看作对神的分心……在犹太教的传统里，欲望毁灭了大卫王和参孙。"①

在《守望灯塔》里，牧师达克的故事和参孙的故事形成互文，形成解构性的戏仿。达克对于肉体欢愉的追求，对于异教女子莫莉的追求，虽然仿佛和参孙一样，也间接毁灭了他，但正是这些经历使达克获得了真正的生活，激发出自己光明的一面，甚至可以说阶段性拯救了达克的灵魂。让达克困惑、压抑的反而是自己的牧师身份和对宗教经典话语的盲从，最后他在宗教信仰彻底破灭之后投水自杀，这可以看成传统参孙的毁灭。普尤的盲人身份，以及他每天喝"大力士参孙茶"的描写，也可以解释为普尤这个人物是参孙的现代

---

① Winterson, Jeanette. *Desire.* from http://www.jeanettewinterson.com/pages/journalism_01/journalism_01_item.asp? journalism_01ID=226.

隐喻。而普尤的"神力"来自故事,他必定是一边喝着"大力士参孙茶",一边给银儿讲故事,这两件事的同步性隐喻了普尤的推倒现实世界知识体系"圣殿"的"神力"来自故事讲述。

《激情》中不少情节是对圣经故事的戏仿,如维拉内拉和威尼斯的船夫们长了蹼足,可以在水上行走的情节,戏仿了《圣经》里基督及使徒们经常展现的神迹。戏仿的最终目的是反讽和消解,"戏仿是后现代主义一个完美的表现形式,因为它自相矛盾,既包含又质疑了其所戏仿的事物"[①]。这一描写将圣徒们的神圣行为变成了带有异域风情的特异功能。另外,牧师帕特里克迷恋小妖精的把戏,以此表达了对于《圣经》的解构,他满嘴胡言,说着天方夜谭般的讽刺宗教的故事,却总是对亨利说"相信我",有学者认为这是戏仿了上帝在洞穴中为摩西命名,并让其追随自己,让其带领子民摆脱暴政这么个圣经故事。事实上,亨利的确成为帕特里克的信徒,开始怀疑宗教和集权话语的可信度。小说结尾,亨利总结了自己的一生,称自己所拥有的"全部财产"为"圣母像,我的笔记本,这个故事……"。[②]故事话语和宗教话语成为两种解释生命经验存在,宗教的叙事也变形为不同讲述版本的故事。

有学者认为,《激情》中的第三部分"零度寒天"是对《启示录》里"末日审判"的戏拟和重写。[③] 俄军在撤退的时候,为了不给法国人留下物资,放火烧掉了莫斯科的村子,而村民则被赶到室外活活冻

---

① (加)琳达·哈琴:《后现代主义诗学:历史·理论·小说》,李杨译,第14页。
② (英)珍妮特·温特森:《激情》,李玉瑶译,第211页。
③ Green, Brutus. 'In Between Sex and the Sacred: The Articulation of an Erotic Theology in Jeanette Winterson's The Passion', *Tlieology & Sexuality*, 2007, Vol. 13 Issue 2, pp. 196–210, p. 199.

死,"进入零度寒天,进入他们的死亡"①。法军士兵也成批成批被冻死,不少士兵脚冻在马的内脏里死掉,连帕特里克都没有幸免。这些场景都是对于《启示录》里火海和冰雹之罚的场景戏拟。另外,多米诺被炸得面目全非而死②,木匠、石匠在战斗中身首异处③,这些骇人情境再现了《圣经》中城毁人灭、人类遭受肢解的末日场景。《启示录》里的大审判本应是公正的,烈火带有"烧掉罪恶和错误,使人新生"的寓意④,给予奸邪之人惩罚,给予善良好人幸福。然而在《激情》里,虔诚老实的士兵和俄罗斯百姓并没有得到救赎。讽刺的是,正是由于憧憬天堂极乐,他们反而遭受打着宗教旗号的"神圣"战争的摧残。他们饱受炼狱般的苦难,就连幸存者也在目睹同伴和百姓的毁灭后崩溃,"火葬了自己的心"⑤。这里说明了迷信权威话语并不能获得拯救,反而导致个体的毁灭。

温特森的儿童文学作品《新手的划艇》(*Boating For Beginners*)也可以视为对诺亚方舟故事的戏拟和调侃。诺亚成为一个娱乐船业公司的老板,被"唯一的真的上帝选中",致力于把信仰带回世界,把"女人们赶回厨房"。⑥温特森用半真半假的道学腔调调侃了圣经故事,诺亚对于上帝的遵从是毫无逻辑的、无谓的,上帝发洪水淹没世界也仅仅是为了娱乐。这解构了宗教中"罪与罚"思维模式的

① (英)珍妮特·温特森:《激情》,李玉瑶译,第 114 页。

② 参见(英)珍妮特·温特森:《激情》,李玉瑶译,第 119 页。

③ 参见(英)珍妮特·温特森:《激情》,李玉瑶译,131,150 页。

④ Green, Brutus. 'In Between Sex and the Sacred: The Articulation of an Erotic Theology in Jeanette Winterson's The Passion', *Tlieology & Sexuality*, 2007, Vol. 13 Issue 2, pp. 196 – 210, p. 202.

⑤ (英)珍妮特·温特森:《激情》,李玉瑶译,第 115 页。

⑥ See Winterson, Jeanette. *Boating For Beginners*, London: Vintage Press, 1990.

可笑性,将偶像拉下神坛。

互文和戏仿"既有保守性又有革命性"的特点使它们成为"形式上的自我指涉性所特有的表达方式"[①],带有天生的解构性。温特森将自己的故事置于克里斯蒂娃和哈琴所描述的向外扩张的、无限连接的"互文网络之中","这一网络嘲讽单一始源或者简单因果关系的概念"[②]。因此,温特森通过戏仿和互文为故事注入颠覆经典的力量,作为"中心之外的人"的"故意使用和误用",对宗教经典进行解构,反抗集权话语。

二 故事对于宗教形象的解构

宗教形象寄托着宗教故事的教义指引和价值导向。特别在宗教故事中,上帝、牧师、圣徒与魔鬼对立,是善恶的两极代表,而在温特森的故事改写中,这些形象被一再颠覆,被解构倒置。

首当其冲的是上帝的形象,这个威严至上、神秘莫测的神在小说《写在身体上》里显示出"多面性",在温特森的戏谑下威权全无,甚至有点下流滑稽:

> "上帝会打败你。"一个牧师喊。(上帝是摔跤手?)
>
> "上帝会找到进入你的途径!"(上帝是强奸犯?)
>
> "上帝能从一种力量变为另外一种力量!"(上帝是营养液?)[③]

---

① (加)琳达·哈琴:《后现代主义诗学:历史·理论·小说》,李杨译,第49页。
② (加)琳达·哈琴:《后现代主义诗学:历史·理论·小说》,李杨译,第129页。
③ (英)珍妮特·温特森:《写在身体上》,周嘉宁译,北京:新星出版社,2011年,第168页。

括弧里的每一句话都用滑稽低俗的语言降格了前一句宏大庄严的宗教话语,使神圣的谶语变成了一句笑话。同样在《激情》里,帕特里克以上帝的过失来解释天主教和圣母教派的冲突。他认为上帝让玛丽亚处子怀胎是"不恰当"的,"不该连一句'请原谅'都没有就派来了他的天使,接着按他的方式为所欲为,连让她梳梳头发的时间都没给"①。温特森用民间黄色小段子的故事讲述方式描写了上帝的神迹,崇高的上帝有了那么一丝无赖气息,从最高处被拉往最低处。温特森用普通人的思维嫁接到宗教话语上,让人觉得一直信奉遵从的那些人和事是荒谬的。

　　牧师和教徒的宗教形象也是温特森想要解构的对象。《橘子不是唯一的水果》中的牧师满口虚伪的道德戒律,却利用神学话语迫害人,将同性恋的珍妮特指为魔鬼附身,最后收敛教徒钱财并席卷逃走,是个表里不一的人。《给樱桃以性别》里清教徒、牧师思克罗格斯,也是一个不折不扣的伪君子,他满嘴道德,号称"害怕情欲",奉行"圣人的法则",②致力于推翻王权、拯救大众的崇高事业。他视狗妇为怪物,鼓动大众和她针锋相对。而他在卸去道貌岸然的面具后,私底下却沉溺于鸡奸,做着怪物般的行径,做着腐败堕落的罪恶之事,最后在妓院里被为国王报仇的狗妇砍了头。复仇杀人的过程中充满了讽刺性的角色扮演和黑色幽默,杀完牧师的狗妇却被赋予了"天使"的神圣形象,"有工作要做的时候,可以像天使一样隐身"③,形成反讽。《给樱桃以性别》还借乔丹之口讲述了一个在黑

---

① (英)珍妮特·温特森:《激情》,李玉瑶译,第59页。
② (英)珍妮特·温特森:《给樱桃以性别》,邹鹏译,第26页。
③ (英)珍妮特·温特森:《给樱桃以性别》,邹鹏译,第115页。

死病笼罩下的城市的故事,由于恶病侵袭,最后城市只剩一个僧侣和一个妓女。他们通过交配繁衍后代,否定爱情,并且建立了禁止爱情和情欲的律令,认为这是罪恶源头,最后处死了全城反对他们的所有人,又成为孤家寡人。[①] 这些故事形象的塑造揭发了"上帝仆人"的虚伪和专制。

《激情》里也有个极具解构性的牧师形象帕特里克,他由于性开放的问题被逐出教会,参加了拿破仑军队。帕特里克可以看见千里之外,满嘴荒唐故事,有学者认为,温特森赋予了帕特里克《圣经》中魔怪妖精的魔法功能。[②] 帕特里克忏悔的场景,戏仿了上帝给摩西命名并交给他解放以色列人的计划这么个圣经故事,只是上帝的角色和小妖精的角色发生了重合,以此表达对于《圣经》的怀疑。帕特里克是亨利的精神导师,经常给他讲述各种各样的故事。他总是戏仿上帝的口吻说:"我在说一个故事,相信我",在强调上帝的权威的同时,又存在着一个深深的质疑,"就好像相信上帝就跟相信淘气的小妖精一个样"。[③]

温特森对于教士的批判,更是由于教士是维系宗教话语权威、巩固传统话语权势的帮凶,她在《橘子不是唯一的水果》中深刻地揭露了教士话语的训诫性:

> 教士的书里,所有的词语都已确凿。古老的词语、俗知的词语、有权有势的词语。总是浮现在水面上的语词。适用于每

① (英)珍妮特·温特森:《给樱桃以性别》,邹鹏译,第93—96页。
② Green, Brutus. 'In Between Sex and the Sacred: The Articulation of an Erotic Theology in Jeanette Winterson's The Passion', *Tlieology & Sexuality*, 2007, Vol. 13 Issue 2, pp. 196-210, p. 200.
③ Ibid. , p. 198.

一种场合的语词。语词有效力,理应起到什么效果,它们就生出什么效果。或慰藉,或规训。①

相较于教士的"有权优势"的宏大话语,温特森更提倡对于生命奥秘的"先知"式的讲述。"先知没有书。先知是在狂野中呼喊的声音,充满了玄妙高深不可言喻的声音。"这是一种依靠听众能动体悟的、充满隐喻性的、没有固定能指和所指联系的讲述方式,是可以不断进行再创作的,这恰恰也是故事的讲述方式。不仅如此,先知式的讲述是能够接收到"魔鬼的困扰"的,由于温特森笔下的魔鬼并不是负面形象,可以理解为先知式讲述是一种杂音性的讲述、包容多元性的讲述。

魔鬼在《圣经》中是被贬抑的,在宗教经典中魔鬼引诱人堕落。而在《橘子不是唯一的水果》中,在珍妮特思想发生转变的关键时刻,总有一个橘色魔鬼适时出现。这个橘色魔鬼解构宗教权威,诱导珍妮特摆脱束缚,取得了先知的地位。特别是当牧师和教众认定坦陈同性恋情的珍妮特魔鬼附身,强制举行驱魔仪式之前,橘色的魔鬼突然出现,这个油腔滑调的魔鬼让珍妮特明白了"每个人都有自己的魔鬼,就像猫都有跳蚤"②,魔鬼并不等同于"邪恶","魔鬼只是与众不同"③。换句话说,魔鬼就是差异性的象征。

在温特森笔下,"魔鬼"的到来不是作恶而是拯救,是为了在宗教话语的拉扯下,"保你身心完整而来"。如此一来,"魔鬼"成为被宗教话语排斥压抑的它者,正是每个人外在于同质性中心的特点所

---

① (英)珍妮特·温特森:《橘子不是唯一的水果》,于是译,第222页。
② (英)珍妮特·温特森:《橘子不是唯一的水果》,于是译,第148页。
③ (英)珍妮特·温特森:《橘子不是唯一的水果》,于是译,第149页。

在,是让人得以经历"与众不同时日"的秘诀。① 如果驱除了魔鬼,"就必须放弃自己发现的一切"②,同时意味着对独立思考的摒弃,对自我差异性的驱逐,对大一统话语的屈从。在"魔鬼"的劝导下,珍妮特使用权宜之计,假装顺从地完成了驱魔仪式,在内心中却坚定地保留了自己的"魔鬼"③,也就是自己的差异性。橘色魔鬼在消失之前给了珍妮特一块"粗粝的褐色鹅卵石"④,可以视为"魔鬼"赠予的信物,鼓励珍妮特坚持个性私我的象征。每次当珍妮特遭受宗教话语的排斥打压时,她的口袋和掌心中都会出现这颗"粗粝的褐色鹅卵石"⑤。鼓励魔法女孩温妮特勇敢摆脱男巫控制的也是这块"褐色鹅卵石",这犹如魔鬼化身的存在,是主人公对于个性化自己的偷偷留存。

三 故事宣扬"情色神学",解构宗教之爱

从创作《橘子不是唯一的水果》一书时开始,基督教象征体系、福音主题、"超凡的爱"的比喻和基督人物就几乎出现在温特森所有的作品里。尤其是在《激情》里,其标题直指基督之爱的救赎力量。⑥ 温特森的故事讲述为歌颂"爱"的合唱加入了另一个声部。克里斯蒂娃在《爱的故事》中将爱区分为基督教义的超越之爱(a-

---

① (英)珍妮特·温特森:《橘子不是唯一的水果》,于是译,第 150 页。
② (英)珍妮特·温特森:《橘子不是唯一的水果》,于是译,第 149 页。
③ (英)珍妮特·温特森:《橘子不是唯一的水果》,于是译,第 151 页。
④ (英)珍妮特·温特森:《橘子不是唯一的水果》,于是译,第 157 页。
⑤ (英)珍妮特·温特森:《橘子不是唯一的水果》,于是译,第 180 页。
⑥ See Denby, M. 'Religion and spirituality', in S. Andermahr (ed.) *Jeanette Winterson: A Contemporary Critical Guide*. London: Continuum, 2007, pp. 100 – 113.

gape love)与希腊情欲之爱（Greek eros）①，温特森正是希望通过个人叙事消弭其界限，将两者融合，认为情欲之爱即超越之爱。

神学经典认为肉体欲望和圣爱是二元对立的，所以认为性爱（特别是同性恋等"错误的性"）、肉体欢娱是有罪的，并采取了种种惩罚和训诫措施进行压抑。但是在温特森的故事中，她用非常神圣、虔诚的口吻描述性关系，和圣经中描绘对上帝之爱的语句形成互文，很多性爱场景戏拟了宗教仪式。如《橘子不是唯一的水果》里珍妮特和梅兰达在沉入爱河之前，一起仪式般地读了《圣经》后拥抱在一起时，好像经受洗礼一样，"感觉像是在水里沉溺"②。在《激情》中，温特森在描写情欲的场景时强调："可是基督说'跟随我。'一切就如他所愿了。"③以此显示身体托付的神圣性。在《写在身体上》中，"我"与同性恋人露易斯的激情之爱的过程被比喻为朝圣，"我"呐喊道："让我在你的身体里航行，穿越巨大的风浪。我拥有独木舟里圣人般的信仰。"④温特森的身体情欲之旅成为圣人约拿的神圣海上旅程。

另外，故事中多对爱人的关系中也有上帝和教徒的召唤—流放—召唤模式的隐喻。例如《给樱桃以性别》中的福尔图纳达之于乔丹，《激情》中黑桃皇后之于维拉内拉、维拉内拉之于亨利，《苹果笔记本》里阿里之于"我"，《宇宙平衡》中斯黛拉之于爱丽丝，都是如此，后者对于前者上下求索而又求之不得。在故事中，爱情、情欲，

---

① See Kristeva, J. *Tales of Love*, trans. Leon S. Roudiez New York: Columbia University Press, 1987, p. 140.
② （英）珍妮特·温特森：《橘子不是唯一的水果》，于是译，第 121 页。
③ （英）珍妮特·温特森：《激情》，李玉瑶译，第 90 页。
④ （英）珍妮特·温特森：《写在身体上》，周嘉宁译，第 84 页。

这些曾被基督教边缘化或者排斥的事物成为真正的宗教,神秘上帝般的爱人,成为主人公既渴望追寻又求之不得之物。

温特森还用情爱的"激情"(passion)去解构狂热宗教的"激情"。"激情"本是一个宗教词汇,经常用来形容强烈极致的宗教感情,往往用火的意象来表达。在 12 世纪,激情指的是基督背负十字架受难,而且经常被解读为上帝对世界之爱,直到 16 世纪,激情一词才和性爱联系在了一起。因此"激情"这个词,很好地代表了温特森所要表达的双重意义:"如是之爱和自我毁灭(extatic'(sic)love and self-destruction)。"①温特森认为:"介于恐惧和性欲之间的是激情","把激情转化为神圣的东西……我不再感到害怕"②。温特森的重述故事和《启示录》等宗教经典发生互文,从而将基督的"激情"和色情的叙述联系在一起,将对于上帝、对于宗教的激情改写为个人化的,甚至肉欲的:

> 像激情与狂喜这样的词,我们认识它们,而它们仍然扁平地躺在纸页上。有时我们试着把它们翻过来,看看反面有什么,于是每个人都有一个故事可以说,关于女人,关于妓院,关于鸦片之夜,关于战争。③

经由"女人""妓院""鸦片之夜"这些充满个人记忆同时又代表着尘世生活的词汇,温特森将基督的"激情"和色情的故事叙述联系

---

① Green, Brutus. 'In Between Sex and the Sacred: The Articulation of an Erotic Theology in Jeanette Winterson's The Passion', *Tlieology & Sexuality*, 2007, Vol. 13 Issue 2, pp. 196 - 210, p. 203.
② (英)珍妮特·温特森:《激情》,李玉瑶译,第88—89 页。
③ (英)珍妮特·温特森:《激情》,李玉瑶译,第215 页。

在一起，使"激情"一词获得不同于原先偏执于"扁平"宗教意义的"另一面"的意义，"使得色情之爱有了一个神圣叙述的口吻，使性爱神圣化，变成传播欲望的训诫"。① 可以看到从《激情》到《苹果笔记本》《守望灯塔》等作品，温特森没有抛弃人间欢愉，而且她对于性的几近粗秽的描写语言与圣奥古斯丁对禁欲之爱的要求也格格不入，这些都昭示了她解构宗教话语的意图。应该说，是宗教故事或基督教美学，"而非其禁欲主义"，给予温特森不少创作灵感，"激起了温特森的'激情'"。②

有学者认为这一系列对"情色神学"(erotic theology)的处理，是用故事反讽的方式宣传肉欲，"从而重申女性权利"。温特森的情爱描写将"被认为是有罪的肉体行为进行圣洁化"，她用巴赫金所说"降格"的方式"打乱了神学的稳定性，颠覆了对正确、纯洁、爱的定义"。学者格林认为通过将神圣和世俗颠倒，温特森开发了新的神学阐释学：

> 这种方法在强调神圣，让人感知家长制权威的同时，又催生出一个取而代之的复调，能够突破超越原始文本的界限之外，能够对于宗教话语进行新的阐释，可以称为更加异端的有创造力的阐释学。③

温特森的情爱故事"模拟宗教隐喻式的说和做"④，来创造新的

---

① Green, Brutus. 'In Between Sex and the Sacred: The Articulation of an Erotic Theology in Jeanette Winterson's The Passion', *Tlieology & Sexuality*, 2007, Vol. 13 Issue 2, pp. 196 - 210, p. 197.

② Andermahr, Sonya. *Jeanette Winterson: New British Fiction*. p. 68.

③ Green, Brutus. 'In Between Sex and the Sacred: The Articulation of an Erotic Theology in Jeanette Winterson's The Passion', *Tlieology & Sexuality*, 2007, Vol. 13 Issue 2, pp. 196 - 210, pp. 195 - 205.

④ Ibid. p. 198.

预言,挑战传统叙事。

温特森对宗教故事的重述,如同对历史、童话、神话的重述一样,是后现代式的,是哈罗德·布鲁姆(Harold Bloom)所说的处于"影响焦虑"(anxiety of influence)重压下的"处心积虑的误读"。[①]尤其是宗教权威,是温特森一生受其影响最深,同时也最想反抗的话语,对其又爱又恨。温特森通过故事,重新探求那些权威话语被言说时的发生机制,"以便发现哪些事物允许、形成、生成了'被言说'的事情"[②],从而进一步探讨那些被言说的事情是否是天然性的、正当性的,是否具有可替代性,以此来寻找属于个人的言说机制。

第六节　故事的私语性空间叙事对权力话语的挑战[③]

温特森故事中表达私语性话语时,经常会运用空间叙事,并以此来表现对权力话语的挑战。温特森始终热衷于构造"空间",空间作为典型的意象,隐喻着话语权及男权,展现着她对权力的思考。在被《纽约时报》评价为"将历史、童话故事和元小说融合进了一种水果里"[④]的《给樱桃以性别》中,温特森构建的各类空间就有20余个,特别是大量私语性的空间建构使作品整体呈现出一种立体式的结构,同时不断加强空间作为温特森"叙事武器"的威力,彰显着温

---

① (美)哈罗德·布鲁姆:《影响的焦虑:一种诗歌理论》,徐文博译,南京:江苏教育出版社,2006年,第5页。
② Russell, Charles. 'The Context of the Concept', Garvin. 1980, pp. 181 - 193, p. 186.
③ 本节相关内容由冯雨欣参与撰写。
④ Michael Gorra. Gender Games In Restoration London. *New York Times*. 1990 - 4 - 29(07).

特森伸张个体权力及女性权力的强烈愿景,同时使其构建的空间成为研究的焦点。

一 权力表演的"表征性空间"

温特森在小说中构建了许多具有典型特征的权力空间,用来表征权力对个体的支配和约束。空间具有生产性,能生产出权力关系,同时权力关系以空间为自身运作的基础。列斐伏尔认为:"表征性空间(representational spaces)是直接经历(lived space)的空间,这是一种被支配的、消极体验的空间。"[1]温特森将文本中具体的空间编码为与权力相关联的表征性空间,使权力关系被纳入建筑物等空间中,让权力在空间中恣意展示其直接而残暴的统治手段,于是,空间成为权力表演的表征性空间。

(一)幽闭所——限制自由的空间

温特森构建的幽闭所是文本中构建的权力表演的表征性空间,禁锢之塔、公主卧室都体现了权力对个体的控制。

温特森将禁锢之塔定义为"死亡之塔"[2],那里囚禁着因禁忌之爱败坏伦理道德的年轻女孩。塔处于被孤立的空间位置,"高塔……无所依傍……海岸线上一片荒凉,没有人烟……这儿什么都没有"[3]。身体的自由是"人的权利和财产"[4],但塔内的女孩完全失去自由。禁锢之塔具有幽闭所的特质,世俗权力监视、控制塔内个

---

① Lefebvre Herry. *The production of space*. Oxford: Blackwell, 1991, p. 39.
② (英)珍妮特・温特森:《给樱桃以性别》,邹鹏译,第47页。
③ (英)珍妮特・温特森:《给樱桃以性别》,邹鹏译,第46页。
④ (法)米歇尔・福柯:《规训与惩罚》,刘北成、杨远婴译,北京:生活・读书・新知三联书店,2019年,第11页。

体的身体,肆无忌惮地侵犯个体权利。

主人公约旦被"鸟"带来了"禁锢之塔"。鸟是在空间中位于高处的生物,和权力一样都"来自高处"[①]。温特森以此暗示塔中的女孩受到来自"高处"权力的监视。不仅禁锢之塔这个建筑空间本身表征着权力,塔外空间与塔内空间还构成了双重的监视空间。塔外的村民们站在道德的制高点,与塔中的年轻女孩形成了一种监视与被监视的关系,而他们凝视禁锢之塔时,也在心中建造了一座"塔"囚禁自己的内心。世俗权力定义了他们各自的行为,塔内女孩的行为被视作"非理性的"和"疯癫的",而塔外的村民们则是"理性的"。义愤具有儆戒的力量,村民们的义愤使塔外空间中的世俗权力拥有牢固的统治基础。村民们将女孩视作败坏道德的罪恶主体,认为这种罪恶具有传染性,甚至"具有制造丑闻的力量"[②]。将女孩禁锢于塔中,是世俗权力努力切断罪恶丑闻的传播链条、严防社会秩序被扰乱,从而巩固其统治的手段。

一方面禁锢之塔将女孩的"非理性"行为隐匿起来;另一方面禁锢之塔又把"理性"人群的注意力公开地引向所谓的疯癫,并"集中于疯癫",形成了真正意义上的疯癫。疯癫是一种权力的话语建构,用于控制空间及空间中的个体,是一种压迫机制。权力将中性的空间转化为惩罚的空间,同时,空间表征着权力。权力是双向的,塔在禁锢女孩自由的同时,也在禁锢监视者的行为。当塔外村民知道约旦来自塔中时,他们的反应是跪倒在地,在胸口画十字等,行为变得

---

① (英)杰里米·克莱普顿、斯图亚特·埃尔顿:《空间、知识与权力——福柯与地理学》,莫伟民译,北京:商务印书馆,2021 年,第 209 页。
② (法)米歇尔·福柯:《疯癫与文明》,刘北成、杨远婴译,北京:生活·读书·新知三联书店,2019 年,第 65 页。

疯癫。村民们认同权力的压迫行为,并将世俗权力制定的规则内化为自己的行为规范,于是,他们由行使世俗权力的主体,转变为同样受世俗权力控制的对象。当村民的注意力集中于塔中女孩的"疯癫"时,疯癫的凝视行为将囚禁的空间由塔内转到塔外。

类似空间在文本中还有一处。温特森改写了十二个跳舞公主的故事,她这样介绍国王为公主们安排的生活空间:"十二个公主都睡在同一个房间里,那间房比新辟的河流还要窄,但比先知的胡子还要长。"①父权对公主们的生活实施了全方位监视和控制,狭长的空间使公主们的行动一览无余。逼仄、狭窄的私密空间表征着公主们在父权主导的空间中只拥有微乎其微的自由,即使对卧室这样的私密空间也没有主导权。

温特森构建的幽闭所式空间,是世俗权力和父系权力表演的场所,也是女性个体受到权力监视和控制的表征性空间。温特森通过书写权力操控下的女性命运,揭示了女性在以男性为主导的现代社会的生存困境。

(二)刑场——权力更迭的演绎场

温特森经常借人物之口言及空间,甚至"使人物明确地谈论空间的性质"②。在《给樱桃以性别》中,温特森透过普通底层民众狗妇之眼观察描述着权力在空间中的表征性。温特森将"刑场"置于17世纪处于宗教混乱中的伦敦城,"那些清教徒想要圣人统治,只

---

① (英)珍妮特·温特森:《给樱桃以性别》,邹鹏译,第63页。
② MARGARET J-M Sönmez, Mine Özyurt Kılıç: *Winterson Narrating Time and Space*. Newcastle upon Tyne:Cambridge Scholars Publishing,2009,p. 13

要耶稣,不要国王"①。这场战争实际上是国王势力与清教徒势力斗争的产物,两股势力在战争中两次交锋:第一次权力的交锋以国王被处死而结束,清教徒获胜;第二次交锋的结果则是清教徒领袖们被国王的拥趸处死,这宣告了清教徒丧失统治权,查理二世复辟成功。

刑场是处罚行刑的场所,温特森在文本中构建了两个刑场空间。第一个刑场空间呈半开放结构,"行刑台在火光重重中被建造成型,刽子手站在墙上的火炬下"②,刽子手的身后有墙体作为依靠,墙上的火炬为刑场增威造势。刽子手需要由空间中的实物作为支撑,暗示清教徒势力掌权的内在空虚性。"断头台"是刑场空间的公共表演区域,国王的身体是权力表演的道具,生命变成了权力的对象:"片刻之后,他的头被包裹在一块白布里,身体被抬走了。"③国王的统治被推翻,清教徒们用公开处决国王的仪式建立起他们的权威,以此威慑警示潜在的异教徒。第二个刑场空间则是完全开放的,在空间中国王势力无须支撑或依傍,由此可见查理二世行使权力时的肆无忌惮。"成千上万的人涌来观看三人(清教徒领袖)残留的在风中飘荡的尸骸"④,普通民众是"看"的主体,当普通民众观看国王或清教徒领袖的生命权被践踏的同时,他们也在被权力所注视,即"凝视的前存在"(the preexistence of a gaze)⑤,普通民众始终

① (英)珍妮特·温特森:《给樱桃以性别》,邹鹏译,第99页。
② (英)珍妮特·温特森:《给樱桃以性别》,邹鹏译,第104页。
③ (英)珍妮特·温特森:《给樱桃以性别》,邹鹏译,第104页。
④ (英)珍妮特·温特森:《给樱桃以性别》,邹鹏译,第162页。
⑤ 吴琼:《他者的凝视——拉康的"凝视"理论》,《文艺研究》2010年第4期,第33—42页。

处于权力的凝视之下。"一些人甚至在白骨下摆起了摊子。"①温特森以此暗示普通民众在权力的控制下变得麻木,甚至利用权力更迭的时机谋取自身利益,附庸权力的"盛会",响应权力的统治。"参与处决查理一世的九人被吊死……挖出肚肠,肢体四分。"②通过对清教徒领袖等反叛势力的处决,查理二世颠覆了清教徒的统治,重新建立起国王权威。公开处决成为查理二世"重建受到伤害的君权的仪式"③,普通民众观看血腥暴力的权力表演并在心中形成对权力的敬畏,君权宣扬暴力统治并向群体告知权力的更迭。

在分析温特森所构建的处于权力监视下的生存空间时,林少晶强调"身体是最小的空间单位,对自己的身体拥有何种权力也就意味着对最基本的生存空间拥有多少话语权"④。清教徒审判员宣告国王将被斩首,国王无法掌握自身生与死的最高权力,其生存空间就被清教徒势力完全掌控。清教徒领袖的身体成为被剥去了意义和人性的"动物性的身体"⑤。这种原始的"动物性身体"被查理二世毫无顾忌地当作权力的战利品,是对清教徒个体权利彻底的剥夺。

温特森构建的两个刑场,是君权与宗教权力激烈碰撞的表征性空间,是权力更迭的演绎场。在刑场中,这两种权力为了排除异己、树立权威都采用了血腥的手段:通过对生命的扼杀和对身体的惩罚

---

① (英)珍妮特·温特森:《给樱桃以性别》,邹鹏译,第162页。
② (英)珍妮特·温特森:《给樱桃以性别》,邹鹏译,第164页。
③ (法)米歇尔·福柯:《规训与惩罚》,刘北成、杨远婴译,第51页。
④ 林少晶:《温特森的真实空间:权力下的生存空间》,《当代外国文学》2015年第36卷第3期,第106—112页。
⑤ 汪民安:《身体、空间与后现代性》,南京:江苏人民出版社,2006年,第24页。

向公众展示权力,并以此威慑群众、巩固权力。

(三)"爱疫之城"——话语集权的"空间表象"

除了故事中的禁锢之塔、刑场等实体空间,温特森还构建了符号性的空间。温特森构建的符号性空间是话语集权的空间表象,触及人们的身体及精神领域。列斐伏尔提出:"空间表象(conceptualized space)是被概念化的空间……倾向于一种语言(因此是作为知识而创造出来的)符号的体系。"[1]"空间表象与生产关系以及这些关系施行的'秩序'捆绑在一起,与符号、代码等关系相关联",[2]与认识和意识形态的混合物相结合,因而空间表象是强势群体。换言之,"空间表象"是拥有权力的群体所构想的空间秩序。遍布于空间的权力已然扩展到了个体意识与思考的领域,"扩展到了隐匿在主体性的褶皱下的'特殊空间'里"[3]。

"爱疫之城",是一个高度话语集权的空间。这座城市禁止爱的种种行为,强化了话语集权的空间表象,规训了空间秩序,使权力对个体的压迫得以实现。这座城市的居民在经历了三次爱的瘟疫侵袭之后,几乎全部灭亡了。僧侣和妓女是仅有的幸存者,成为空间重建后的统治者。"在重建的国度里,爱应是非法的。"[4]作为统治者,僧侣和妓女将重建的空间定义为"国度",由此确定了重建空间的性质。空间表象被认识和意识形态的混合物所充满,国家是需要

---

① (法)亨利·列斐伏尔:《空间的生产》,刘怀玉等译,北京:商务印书馆,2021年,第59页。

② (法)亨利·列斐伏尔:《空间的生产》,刘怀玉等译,第51页。

③ E. W. 索杰:《第三空间:去往洛杉矶和其他真实和想象地方的旅程》,上海:上海教育出版社,2005年,第39页。

④ (英)珍妮特·温特森:《给樱桃以性别》,邹鹏译,第112页。

规则的空间,统治者将他们对爱的恐惧与这一社会空间的法律和制度相结合,将他们的意识形态强加给居民,对整个空间的秩序做出规定,让这个空间的所有居民小心地隔绝爱。

权力策略都有一个空间维度,"权力也有与其相应的空间统治实践"①。知识规训便是"爱疫之城"中统治者为维护自己的统治而采用的手段。僧侣和妓女统治下的城市,居民们被禁止爱别人,也不允许被爱,他们接受的是"禁爱教育"。"孩子从小被教导'爱'会带来可怕后果。"②城市禁止微笑,禁止吉他和曼陀林。权力制造知识,同时,权力关系也对知识进行管理。爱的博物馆是权力对知识进行管控的重要抓手,也是"知识转化为实际权力的关键空间"③。"博物馆"作为安置文物典籍的陈列馆,是实体化知识的集中存放地。这座爱的博物馆晦暗而庞大,象征着在僧侣和妓女统治下的城市暗淡且无趣。被爱人出卖的参孙的塑像被放置在主厅,醒目地警示人们爱的危险;吉他和曼陀林是"色欲与暴怒的乐器"④;玫瑰、毛绒狗等都被视作爱的禁品。博物馆作为特殊的建筑空间,原本承担着记录和传播知识的责任,而权力将爱的博物馆改造为"知识禁令"的展览场地。统治者即创造知识的人,他们将所有有关爱的知识和细节都汇编成书,分门别类地列出来,如微笑被放在书目的"S"条目下,注释是"微笑,最早的示爱征兆之一"⑤。规训悄无声息地进入

---

① (英)杰里米·克莱普顿、斯图亚特·埃尔顿:《空间、知识与权力——福柯与地理学》,莫伟民译,第33页。
② (英)珍妮特·温特森:《给樱桃以性别》,邹鹏译,第112页。
③ 袁超:《城市空间正义论》,北京:中国社会科学出版社,2020年,第44页。
④ (英)珍妮特·温特森:《给樱桃以性别》,邹鹏译,第116页。
⑤ (英)珍妮特·温特森:《给樱桃以性别》,邹鹏译,第115页。

人们的行为规范,权力为民众划定了活动的范围,从而达到控制个体的统治目的。创造知识的人将知识传递作为权力施展身手的渠道,通过控制知识内容的传授,与接受知识的人之间形成权力关系。由此,知识不仅是"强大统治力对个人的投射",更是统治权力"赖以扎根的土壤",①使得统治权力能够发挥其功能。

爱疫之城是温特森构建出来的空间表象。在爱疫之城中,强势群体借助知识、禁令和法律等规训手段实现其统治,使居民们为象征符号所控制,接受强加于他们的意识形态。爱疫之城体现了强势群体对弱势群体的控制,他们制定了空间秩序,书写了权力规训的空间表象。爱疫之城反映了弱势群体的生存困境,他们被迫接受强势群体的话语规训,并将强势群体制定的规则内化为自己的行为规范。

二 故事构建异托邦:挑战性的"空间实践"

温特森将对社会秩序的挑战写进故事里,她解构性的故事观发出了对现代主义的真实观念、话语方式、逻各斯中心理念的质疑。根据列斐伏尔提出的"三位一体"②的空间理论,空间实践主要在于把社会实践的各个方面、要素和阶段投射到一个空间的场域。在空间表象的影响下,有些个体内化了空间表象,其空间实践顺从空间表象,是为"顺应性的空间实践"③;而有些个体意识到社会空间秩

---

① (法)米歇尔·福柯:《权力的眼睛——福柯访谈录》,严锋译,上海:上海人民出版社,2021年,第149页。
② (法)亨利·列斐伏尔:《空间的生产》,刘怀玉等译,第60页。
③ 王桃花、罗海燕:《温特森〈正常就好,何必快乐〉的空间解读》,《湖南科技大学学报(社会科学版)》2020年第23卷第6期,第49—55页。

序的虚构性以及社会的构建性,他们采取不同的空间实践策略挑战既定的空间秩序,即"挑战性的空间实践"①。温特森的空间实践是"挑战性的",她积极地寻找一个不受权力控制和规训的空间。温特森以构建异托邦为空间实践策略,打破权力的表征性空间及空间表象的制约,从而完成对权力的解构。

(一)空中之城——对现实规则的颠覆

福柯在《不同的空间》中为"异托邦"(heterotopias,又译为异位)作了定义和分类。"'幻觉性异托邦'公然排斥所有真实的空间和人类在其中的真实位所,即否定真实空间的秩序,'补偿性异托邦'创造了一个与真实空间不同,但同样完善、严密的空间,这种异托邦反映了人们对完美世界的愿望和理想。"②温特森在《给樱桃以性别》中所构建的空中之城就是"幻觉性异托邦"和"补偿性异托邦"的结合,是个性化私语性的空间构建。

空中之城否定了现实空间中的规则,温特森通过颠覆规则突破现实权力的桎梏。首先,温特森否定了"下"的必要性,"房子没有地板,下面只有无底深渊"③。房子内部的一切都是悬空的,人们依托绳索在内部移动。其次,她一反常识,抛弃了屋顶,房屋内部不断上升且没有尽头。再次,温特森构建的空中之城是一个抛弃了重力的空间。城市是漂浮的,居民们悬空生活,从空中跌落的女孩反而会

① 王桃花、罗海燕:《温特森〈正常就好,何必快乐〉的空间解读》,《湖南科技大学学报(社会科学版)》,2020 年第 23 卷第 6 期,第 49—55 页。
② (法)福柯等著:《激进的美学锋芒》,周宪译,北京:中国人民大学出版社,2003 年,第 26—27 页。
③ (英)珍妮特·温特森:《给樱桃以性别》,邹鹏译,第 19—20 页。

飘浮起来。"抛弃地心引力的人也会被地心引力抛弃"①,整个空间甚至漂浮出了地球。"下","房顶","重力",都是现实空间的规则,温特森以重力隐喻权力掌控下人们感受到的压力。温特森将"重"颠倒为"轻",在小说中"把等级秩序颠倒过来"②,解构权力在现实社会中的中心地位,温特森所构建的幻觉性异托邦是否定现实权力的空间。

"空中之城"排斥现实世界的父系权力。温特森将十二个跳舞的公主的故事纳入自己的叙事逻辑。十二个公主被漂浮的空中之城的巨大力量所吸引,加入了这座没有重力与规则的城市。空中之城仅对受国王监视、控制的公主们有影响,而且只有当国王沉睡时,公主们才能脱离重力,温特森借此暗示父系权力强大无比。"我父亲宣布任何一个找到我们晚上行径的人都可以娶走我们中的一个","他们锁住了我们的脚踝,为了控制我们"。③ 父亲将公主们的婚姻、人身自由作为父系权力的筹码和附庸,对女性个体的控制手段已昭然若揭。原本童话世界是一种逻各斯中心主义的空间表征,而温特森构建的空中之城是公主们逃离父系权力控制的异托邦,是对逻各斯中心主义的解构。公主们的身体摆脱了重力,心灵挣脱了桎梏,空中之城是公主们理想中的完美世界,也是与现实世界完全不同的补偿性的异托邦。

(二)"领域外之地"——对现实社会权力的解构

福柯认为,异托邦与异时相关联,异时堆积的异托邦打破了线

---

① (英)珍妮特·温特森:《给樱桃以性别》,邹鹏译,第 149 页。
② 乔纳森·卡勒:《论解构——结构主义之后的理论与批评(25 周年版)》,北京:中国人民大学出版社,2018 年,第 47 页。
③ (英)珍妮特·温特森:《给樱桃以性别》,邹鹏译,第 152—153 页。

第三章　私语性话语 | 173

性时间。"异托邦在处于与传统时间断裂的状态下形成有效。"①温特森在《给樱桃以性别》中依据的是"异于传统时空观念或者说人类时空经验的时空观",小说建立起悖论式的时空叙事话语,"时空的确定性和不确定性、时空的有序性和无序性是其遵循的叙事原则"。②而通过故事建立起的处于时空不确定性和时空无序性原则下的"领域外之地"便是温特森构建的另一异托邦。

领域外之地是逃离现实权力的异托邦,温特森笔下的伦敦是符合时空确定性和有序性的社会空间,内战持续了八年,清教徒和国王的权力之争让社会变得混乱。"伦敦……到处都是瘟疫和腐败。"③泰晤士河也变成散发着恶臭、盛满垃圾和污泥的水域,自然空间的污浊暗喻社会现实社会的动荡不安。约旦随园艺师特拉德斯坎特出海航行,同时也讲述了航行中所历经的故事,建构了逃离污浊现实的领域外之地:海洋空间。"海洋之中,灰色的水面上不断翻卷起白色的浪花……太阳从水面上升起。"④海洋空间与受权力斗争影响的"伦敦"形成对比,"太阳升起"代表希望和光亮,温特森暗指在远离了权力的异托邦才能看到希望。"海峡和运河将我引向开阔的大海时,我便意识到心灵的世界是多么浩瀚无边。"⑤宽广的海洋拓宽了人的胸襟,净化了人的心灵。福柯认为:"水是最简单最原始的液体,属于自然中最纯洁的事物。……在清澈的冷水中,人

---

① (法)福柯等著:《激进的美学锋芒》,周宪译,第 25 页。

② 阳利、骆文琳:《论〈给樱桃以性别〉中的时空叙事话语与主题叙事》,《当代外国文学》2014 年第 35 卷第 3 期,第 98—109 页。

③ (英)珍妮特·温特森:《给樱桃以性别》,邹鹏译,第 8 页。

④ (英)珍妮特·温特森:《给樱桃以性别》,邹鹏译,第 13 页。

⑤ (英)珍妮特·温特森:《给樱桃以性别》,邹鹏译,第 158 页。

就会恢复其最初的纯洁性。"①作为领域外之地的海洋空间,排除了现实世界的污浊,成为逃离现实权力的异托邦。

领域外之地是反抗现实权力的异托邦,温特森借领域外之地中主人公对权力近乎偏执和疯狂的抵抗,表达她对于现实权力的不满。《给樱桃以性别》第三部分标题为"数年之后",是 20 世纪的女科学家与 17 世纪狗妇、20 世纪的尼古拉斯·约旦和 17 世纪约旦超越时空的对话和交替叙事。异时使异托邦敞开大门,20 世纪的女科学家认为自己的身体里住了一个高大粗壮的巨人,正是 17 世纪狗妇的形象,温特森更是将 20 世纪的尼古拉斯·约旦以"幻觉和心病"的名义置于线性时间之外的"时间 1"的片段中,与 17 世纪的约翰·特拉德斯坎面对面,设置了跨越时空的形象交互和对应。因此,20 世纪的空间便是领域外之地。而这一域外之地,是由狗妇、约旦的私语性讲述构成的。

温特森笔下的人物多数是变革的象征,"他们占据或寻找与他们的思想相协调的空间"②。女科学家作为"高学历的化学家和男人乐于共事、有魅力的女性"③,本可以从事轻松体面的工作,跻身上层社会。她却住在河边的小屋,亲近自然,脱离传统的居住空间,远离人群,孤身一人抗议污染、抗议寡头对污染的放任、抗议民众对污染的漠视。她偏离了当权者所定义的"理性",不追求高薪、高地位、舒适的生活,却苦苦追寻着自己心中的"理性",努力阻止水银污染河流,环境被破坏。报纸是权力控制的舆论机器,它将女科学家

---

① (法)米歇尔·福柯:《疯癫与文明》,刘北成、杨远婴译,第 155 页。
② MARGARET J-M Sönmez, Mine Özyurt Kılıç: Winterson Narrating Time and Space. Newcastle upon Tyne: Cambridge Scholars Publishing, 2009, p13.
③ (英)珍妮特·温特森:《给樱桃以性别》,邹鹏译,第 194 页。

的形象描述为"疯癫的",表明个体一旦违反了当权者所制定的规则,就会受到舆论机器无情的诋毁和抨击。女科学家对权力的抵抗,是17世纪狗妇反抗清教徒权力的映射。她在想象中拥有狗妇的能力,闯进世界银行、五角大楼,试图从源头终结污染和腐败。狗妇和女科学家拥有坚定的信念并为之奋斗,在断裂时空的交错处,她们达成了意向上的一致。女科学家和尼古拉斯·约旦放火烧了污染环境的工厂,狗妇和约旦烧了污浊的伦敦城,领域外之地是她们反抗现实权力的异托邦。

领域外之地是找寻自我的异托邦,是温特森构建的抵抗性的、个性化的空间,是故事赋予个人的避难所。约旦在污秽的伦敦里失去了自我,内心一片荒芜。他在空中之城偶遇的舞者成为他剩余旅途追寻的目标。"我是在寻找一位连名字都不知道的舞者,还是在寻找那一部分舞动着的自己?"[1]舞者所代表的不仅是一个形象,更是约旦正在找寻的舞动的自我。舞者福尔图纳达所处的孤岛,是约旦心灵之旅中的异托邦,那里"时间没有意义,空间和地点也没有意义"[2]。温特森认为岛屿是心的隐喻,福尔图纳达在这个孤岛空间处于支配地位,为自己而舞,意味着她可以掌控自己的心,即找寻到了自我,不再受外在权力的控制。

温特森在作品中用故事的空间叙事挑战权力话语,体现了她对权力失衡的思考,反映了她对个体特别是女性个体能否说出自己的小叙事,掌握自己命运的关切。温特森主张公认的真理也可以被讨论,她在文本中用个性化的小故事重构童话和历史,解构社会默认

---

① (英)珍妮特·温特森:《给樱桃以性别》,邹鹏译,第51页。
② (英)珍妮特·温特森:《给樱桃以性别》,邹鹏译,第121页。

的规则,构建出不受权力约束的"替代空间"。她希望读者避免陷入权力构造的谎言陷阱,不为谎言所操纵,她巧妙地将官方话语比作现成的食物,方便快捷,然而,为了保持健康,每个人都需要"做一个自己的三明治"①,即建立自我权威。在个体失语、弱者失语的现状下,她鼓励个体为自己发声,争取一个相对平等的环境。

综上所述,温特森的故事讲述是解构性的,其第一个突出标志便是用私我细小的话语解构公众性宏大话语。"说"在某种意义上是一种公众活动②,而故事讲述又有其特殊性,故事的内容以及输入和输出两个终端,即"创作"和"读"却是私语性的,因此可以看成是个人留存多元差异性,参与多元话语建设的一种方式。无论是自己的编纂创造,还是对于历史、宗教、童话、神话等经典的改写,温特森将故事看成每个人向外部世界释放的信息,对自己和世界施加影响的方式。故事不是真理,不止一个;讲故事的人也不是神祇,而是千千万万;就算同一个故事,在不同人的口中被重新诉说的过程中也会呈现不同的形态。因此,通过每个故事的释放,个体化的故事真实形成了,又是由于故事不断被讲述,被传播,被重新解读理解,各个故事真实联系在了一起,并且不断地运动变化。私语性的故事成为阻止大一统话语固定成形和进行统治的抗凝剂,保证着多元话语机制的活力,保护着小话语的存在和自由流动,也为世界带来更多后现代意义上的可能性。

---

① MARGARET J-M Sönmez, Mine Özyurt Kılıç: *Winterson Narrating Time and Space*. Newcastle upon Tyne: Cambridge Scholars Publishing, 2009, p. 14.
② 参见(美)理查德·鲍曼:《作为表演的口头艺术》,杨利慧、安德明译,桂林:广西师范大学出版社,2008年,第77页。

第四章 擦抹性叙事

有评论家认为，对于温特森来说，"男权、基督教、通俗文化、人民大众、现代化社会，这些都是她反抗的对象。她划分一条条截然的界限，将他们驱逐在外。……一直以来，温特森都在用排除和否定的方式来表达自我"①。这句话一语中的地指出了温特森故事讲述的表现形式：擦抹性叙事。这也表现出温特森故事及其解构性的第二个方面的特征：用擦抹性的叙事解构确定性的规范和界限。温特森的否定并不是要排斥异类，享受孤独，而是致力于通过否定的表达方式抹除这些概念、主义、认知所设定的各自界限。在她看来，这些概念无一不是建立在逻各斯基础上，要想解构它们，并不能再去树立一个作为对立面的、明确无疑的主义、话语，而必须从擦抹性叙事入手。

擦抹性叙事即是一种否定前文式的讲述，是对既成叙事的不断涂改重写，延缓叙事表意的完成。在阿多诺（Theodor Wiesengrund

---

① 张悦然：前言，参见（英）珍妮特·温特森：《橘子不是唯一的水果》，于是译。

Adorno)的理论体系中,是抵制压抑人类思维的同一性,呈现思想"星丛"(star cluster)的否定性批判;在德里达的理论体系中,是语言在延异过程中不断擦抹自身,在词语上画叉(sous rapture);温特森则是通过故事对于各种经典、历史、现实涂抹重写,并坦言要通过故事书写"创造一个想象的现实,和我们日常生活现实充分相异,以使我们惊奇,跳出日常生活的藩篱"①。而"惊奇地跳出"就是对于现实生活中种种界限的擦抹。在作品中,温特森不断重新编码历史事件和传统文学的片段,制造惊奇的、迥异的阅读效果,也制造惊奇的、迥异的反权威认知。温特森在作品中这样形象地总结故事擦抹性叙事的后果:"故事在支支吾吾,坚实的表象消散。"②

第一节 故事的"防御机制"

故事是一种特别的话语形式,由于话语内容的私语性,使其在讲述时失去了统一的指向和约束,其本身就是悖论自反的,内部矛盾开裂的。温特的作品中经常会出现一种"防御机制"(mechanisms of defense)③:通过片段式的、互相矛盾的故事建构进行文本的自我拆解。故事既不接受,也不驱逐,只是让所有一切置于擦抹之下(under erasure)。在《守望灯塔》《苹果笔记本》等作品中,温特森的故事讲述中体现出了后现代元叙事(meta narrative)特征,小说文本的基本框架的基础往往是一个故事讲述者开启故事讲述的话匣子,

---

① Winterson, Jeanette. *Art Objects: Essays on Ecstasy and Effrontery*. p. 188.
② Winterson, Jeanette. *Gut Symmetries*. London: Vintage International Press, 1997, p. 21.
③ Andermahr, Sonya. *Jeanette Winterson: New British Fiction*. p. 67.

或是一个作家开始不断编纂新的故事，使整部小说成为"关于虚构的虚构"（meta fiction 的字面意义），成为"关于故事的故事"。无论是作为小说作者的温特森，还是作为小说人物的讲故事者，都兼备了作者和评论者的双重身份，他们"清楚怎样讲故事，但叙事却在自我意识、自觉和反讽的自我疏离等不同的层面上返回叙事行为本身"①。故事和自我的不同关系层面进而带来故事的不同讲述路径。

一 用叙事擦抹为故事"画×"

温特森经常开启"如何讲故事"的话题，讨论"故事应该这样讲"。她一边创作，一边评论创作，这两种过程的并置"消解了'创作'和'评论'之间的差异，并将两者融合为'阐释'和'解构'的概念"②。一边叙事一边批判的评论，使故事取得了双重效果："建造这个映射的世界的本质，同时揭露世界构建的过程。"③新的建构同时解构了之前的叙事，而故事正是在擦抹性的、否定性的叙事中才充沛了巨大的张力。温特森认为文学故事应该是说真话的地方，但她又强调"没有唯一的真实……要避免作品被自传、流言、理论和政治替代，成为一种谎言——对自己撒谎，为作品撒谎"④。她认为故事最要紧的就是要道出"没有唯一真实"这一真话，因此必须启动

---

① （英）马克·柯里：《后现代叙事理论》，宁一中译，北京：北京大学出版社，2005 年，第 70 页。

② Waugh, Patricia. *Metafiction: The Theory and Practice of Self-Conscious Fiction*（*New Accents*）. London: Routledge Press, 1984. p. 6.

③ McHale, Brian. *Postmodernist Fiction*. London and New York: Routledge Press, 2004, p. 101.

④ Andermahr, Sonya. *Jeanette Winterson: New British Fiction*. p. 40.

"防御机制",时不时提醒读者对于叙事的质疑,以免陷进另一个"主叙事"中去。这种"防御机制"不但针对作品中的讲故事的人,甚至针对温特森本人。温特森的意识在文本中分成多面,形成对自己叙事权威的否定,"像对决的部队,一边拥护,一边反对"①。温特森认为故事不能成为一个固定的模板、一个封闭的圆圈,不能因为讲故事的人具有叙事权就完全认可和接受这样的叙事,这和故事的本质不相符合,就连她自己讲的故事也不例外,所以她在小说《艺术与谎言》中提醒读者"故事比我告诉你的更为丰富"②。

温特森认为我们之所以要进行不断擦抹的故事讲述,是因为我们所处的宇宙现状和生存现状本来就是无序的、不确定的,她在作品中将后现代故事讲述和现实主义小说进行了对比:

> 这就是为什么 19 世纪的作家喜欢如此之冗长而又有圆满情节的小说的原因。他们中的一些人——像乔治·艾略特——真的相信有一些事情应该被讲述,并且我们有能力讲述。狄更斯们非常清楚我们不能够讲述,但是他不管如何还是讲述了故事,金光闪闪而且雄心勃勃。这是一个反抗混沌的方法——这种混沌(CHAOs),有一个大写的首字母 C,这是无法逃避的。这繁盛的,延展的,无法预测的宇宙,当它应该被束缚的时候四处延伸,让"有所是"变得大之又大,它已经不是"有所是"而是"无所是"。黑暗能量,反物质。③

---

① (英)珍妮特·温特森:《橘子不是唯一的水果》,于是译,前言。
② Winterson, Jeanette. *Art and Lies*. New York:Vintage Press, 1996, p. 42.
③ Winterson, Jeanette. *The Stone Gods*. Boston and New York:Mariner Books, 2009,p. 156.

温特森不无讽刺地用了"金光闪闪、雄心勃勃",即一种非故事的方式来形容现实主义的封闭确定而又宏大规范性的叙事话语,形容 19 世纪小说。认为这些现代主义作家有的天真无知(如艾略特),有的明知不可为而为之(如狄更斯们),妄图用确定的叙事给予我们现在的"混沌"状态以规范和定型,给予明确的意义。然而"混沌"和宇宙初源同义,意味着无法避免的不确定。温特森认为在这样的世界里,一切都是趋向于"无所是"的"有所是",是解构主义理论体系中趋向"无"的"隐"。要能表现这样的状态,19 世纪现实主义小说展现一切、穷究一切的雄心壮志实际上是痴人说梦。所以温特森狡黠地声称"我所讲述的故事中设置了障碍"——爱默生所说的"真正的个人化的行为"①,也即擦抹性叙事的"防御机制"。

　　在故事讲述的擦抹中,边界被不断消解。在小说《石神》中,温特森将地球毁灭归罪于没有用故事去擦抹边界:

> 　　星球有着他们自己的错误——故事开始并且跟跄前行。故事在远远不该结束时结束。……真实的故事是开敞地躺在边界上的那些,允许跨界,允许朝向更远的边界。最终的边界仅仅是科幻虚构——不要相信它。就像是宇宙,是没有尽头的。②

　　故事的存在应该跨立于界限之上,是超越边界式的存在,是不断模糊限制,没有意指尽头的存在。温特森认为人类最大的错误就是放弃对故事的追求,反而去设立边界,固守界限,她寄希望于说不

---

① Winterson, Jeanette. *The Stone Gods*. Boston and New York: Mariner Books, 2009, p. 156.
② Winterson, Jeanette. *The Stone Gods*. p. 87.

出明确结论的"支支吾吾"的故事,在自证和自反中,使所有二元制界限和坚实表象"烟消云散"。

温特森的故事呈现的是一种临时不定的真理,它用自反式的叙事告诉我们,没有天然的"主"叙事,用后现代式的擦抹叙事,用牵连自身的质疑去解构权威话语,她的思想在哈琴、罗蒂(Rorty)、鲍德里亚、福柯、利奥塔那里都得到了即证:

> 罗蒂、鲍德里亚、福柯、利奥塔等都似乎暗示,一切知识均无法逃脱与元叙事、虚构串通一气的命运,正是这些虚构使得人们可以宣称拥有了"真理",不管这种"真理"有多么临时不定。不过,他们又说,没有哪一种叙事是天然的"主"叙事:不存在天然的等级制度;现存的等级只不过是我们人为建构的。这种牵连自身的质疑应该能使后现代主义的理论化去质问那些假定占据"主"位的叙事,而其自身却又未必设想要拥有这一地位。①

我们可用"画×"(sous rature)去探究温特森"防御机制"的原动力,这是德里达反形而上学的一个主要术语,意为"涂改、划掉、抹去"②,这样只留下"隐",这是所有事物延异过程中留下的痕迹。故事一旦被置于擦抹状态下,便同时进行着陈述和解陈述。与此同时,"言辞所投射'存在物'——地点,对象,角色等等——便以能够被取消的形式存在"③。德里达为了跳出概念的固化,特地使用了

---

① (加)琳达·哈琴:《后现代主义诗学:历史·理论·小说》,李杨译,第17页。
② Derrida, Jacques. *De la grammatologie*. Paris:Minuit, 1967, see Brian McHale. *Postmodernist Fiction*.
③ McHale, Brian. *Postmodernist Fiction*. London and New York:Routledge Press, 2004, p. 103.

在词语上画×来表现这一理念,他企图用这种文字排版上的技法提醒我们形而上学的核心概念,防止"主"叙事的出现,破除叙事等级,用相同话语证明自己的非法性。

在现代主义世界里,强调理性科学的同时,也会带来非此即彼,非黑即白,不是肯定就是否定的二元对立的思考方式:"任何真实和虚假,存在和不存在的两极之间的第三个选项是不存在的。"①而擦抹可以在滑动的过程中呈现变化的中间状态,呈现既非"有",又非"无"的"隐"的状态。在温特森看来,打破某个逻各斯概念,首先要依靠擦抹性叙事,打破二元制强权,防止另一极"主"叙事的渗入。这一过程并不是拥抱"绝望"的虚无,而是揭发建构事物和世界的过程。②

二 擦抹性叙事的三种表现形式

在温特森的作品中,擦抹往往呈现为三种形式。首先,打断叙事是擦抹性叙事的最基础的一步。温特森在作品中借人物之口明确指出,打断叙事并用多元的叙事方式、风格、内容进行擦抹的目的:

> 打断叙事。拒绝目前为止所有已被告知的故事(因为这正是叙事冲动的本质),试着以不同的方式讲述——有着不同的风格,不同的重量——给使用了几个世纪而被阻塞的元素中加入一些空气,给这个浮动的世界加入一些物质。③

———————————

① McHale, Brian. *Postmodernist Fiction*. p. 106.
② Ibid. p. 100.
③ (英)珍妮特·温特森:《苹果笔记本》,余西译,第54页。

温特森在接受《卫报》读书版访谈时，更是强调打断叙事的重要性，能弱化人们对语言所承载意义的追求，激发人们对于文学本体世界的关注的作用：

> 我总是打断自己的叙事。没什么比看到一页纸太满更让我沮丧了，我喜欢有空档，有破，有立，有停顿。我认为强迫性地打断读者的注意力很重要，因为人们总想跳过源源不断的叙事。我们都一样。我们要看故事，语言的意义就会下降，仅仅为了表达意义。而我相信语言本身另有深意，即便你不追着看下面的情节也一样。①

打断叙事还意味着破坏刚刚建立起来的自己的叙事，给读者建立自己的反思以空间，对此，温特森说：

> 我不停地破坏自己的叙事。我认为这些有力地打断读者集中精力的阅读过程的策略是非常重要的。所以我一直以来努力所做的就是不停地提醒读者你们是在阅读。②

提醒阅读的状态，实际上是打断读者对于故事的真实依赖，中断确信过程，提醒故事讲述是擦抹性的，不要信以为真。由此可见，温特森采取擦抹性的故事讲述，使得所有的故事成为一个过程，一个可选择的方向，而不是盖棺定论的记录，言之凿凿的真相，从表达方法的层面，反驳了逻各斯中心主义对于连续的推崇。这可以让叙

---

① （英）珍妮特·温特森：2002 年 9 月 14 日 www.jeanettewinterson.com 上的访谈，和 2010 年 2 月 22 日《卫报》读书版访谈。转引自（英）珍妮特·温特森：《橘子不是唯一的水果》，于是译，译后记。

② Noakes, Jonathan and Margaret Reynolds. *Jeanette Winterson* (*Vintage Living Texts*). London：Vintage Press, 2003, p. 24.

事流动起来,让语言符号构建起来的世界多样化,让原本确定固化的现实世界在一个无限延异的过程中呈现。

第二种擦抹性叙事表现为后文对前文的否定或覆盖。在小说的主体框架中,故事被叙述,然后通过嵌入的故事情节呼应地重新讲一遍,在过程中针对前文的故事互补或撤销。正像有些学者所评论的,温特森"从来不会好好地说一个完整的故事。相反的,她说了很多故事,在每一行文字里,她都试图邀请一个新的故事加入"①。《橘子不是唯一的水果》中嵌套进入的魔法女孩温妮特的故事是对小说主人公珍妮特的映射补充,更加可以理解为对现实生活的抹除和改写,温妮特在故事中找到了对抗环境恶的"魔法",学会了"特别"的语言,象征性地改变珍妮特的命运。在《给樱桃以性别》的最后,温特森插入了一个现代故事,约旦成为海军新兵,憧憬追寻无限的生活;狗妇则是一个女化学家、环保主义者,成为不懈对抗政府的斗士,成为现代女性公知。小说里的人物设置在现代社会再现了,成为一个既熟悉又陌生的故事,正如17世纪的狗妇在逃离伦敦大火时对约旦说的那样"我们该跟这个时代和这个地方道别了"②。他们又在新的时空相遇,并擦抹了前面叙述的故事。20世纪的故事道出了解构的力量,这一力量在17世纪的约旦和狗妇心中只是模糊的下意识追求,在20世纪时却指导着自己的自觉行为,解构冲动在更广阔的时间空间上形成了呼应。

第三种擦抹性叙事表现为竞争性的矛盾故事讲述。温特森称这种用多版本故事的插入涂抹来制造矛盾的做法叫作"双重叙事"

---

① (英)珍妮特·温特森:《橘子不是唯一的水果》,于是译,前言。
② (英)珍妮特·温特森:《给樱桃以性别》,邹鹏译,第185页。

(double narrative)①。这种擦抹方式更加含蓄,作品中会呈现两个或是更多的相互排斥、相互矛盾的故事,这些故事形成竞争着的情势和状态,没有一个被明确,也没有一个被彻底抹除,全部被置于擦抹之下。这样一来,"拒绝中间状态的律令被打破"②。在《守望灯塔》中普尤、银儿所分别讲述的故事,以及银儿从普尤留下的盒子里所发现的线索暗示的故事,相互交织,呈现一个融合混沌的中间状态。根据普尤述述的故事推断,达克应已成为传奇故事中近100年前的人物,普尤讲述了这个早已作古的先人的爱情、信仰故事;而银儿发现普尤毕生珍藏的盒子里呈现的竟然是达克的笔记、信件和疑似莫莉的神秘女人的画像,暗示着普尤和达克的身份交集,达克也有可能就是普尤本人,是他深藏的"黑暗"面(Dark);而在银儿所讲述的关于普尤的故事中,达克和普尤又成为同时代的人,成为促膝而谈的好友,一起讨论着达尔文的"进化论",以及《化身博士》中人性多样性和人生多重性的主题③;在银儿所讲述的另外一个关于普尤的故事中,莫莉和达克的盲眼女儿嫁给了看守灯塔的普尤,渐渐普尤也变瞎了,成为第一代瞎眼普尤。④ 细观这些故事,无论从时间顺序上,还是从人物关系上,都是既存在联系,又存在矛盾的,既相互证明又相互戳穿。多版本的故事冲突拉扯,其目的不是为了证明哪一个片段是真实的,哪一个片段是杜撰的,而是要说明,普尤是

---

① Noakes,Jonathan and Margaret Reynolds. *Jeanette Winterson* (*Vintage Living Texts*). p. 28.

② McHale,Brian. *Postmodernist Fiction*. London and New York:Routledge Press,2004,p. 101.

③ 参见(英)珍奈特·温特森:《守望灯塔》,侯毅凌译,第159—161页。

④ 参见(英)珍奈特·温特森:《守望灯塔》,侯毅凌译,第176—179页。

"普尤们"①,普尤就是既存在于故事中,又创造着故事的灯塔守护者,普尤成为一个泛指的代名词,成为一个擦抹融合中的"中间状态"。正如小说文本借银儿之口所表达的那样:"我的生活。他的生活。普尤。巴比·达克。我们都被结合到一起……过去、现在和未来涌动在波涛的起伏中。"②

《苹果笔记本》里的故事自我抹除方式基本也属于第三种。"我"(阿里)是一个网络小说家,他/她为自己的网络恋人撰写了一个个"有关创造、爱情、恐惧、犯罪的故事"③。其中包括女孩阿里将郁金香带到荷兰,并爱上公主的故事;成长于垃圾之家的孤儿阿历克斯(简称阿里)的故事;在巴黎、开普敦、伦敦相恋直至分手的恋人(其中一位叫作阿里)的故事;改编自历史及文学中的著名恋人的故事,比如《神曲》中弗兰切西卡和保罗的爱情故事,《亚瑟王》中皇后奎尼维尔与骑士兰斯洛特之间的爱情故事,遇难于珠穆朗玛峰的攀登者马洛里的故事,等等。最特别的是,这些天马行空、纵横捭阖的故事虽然情节各异、人物多样,但据阿里自己强调,都是"关于你和我的离奇故事"。在开启这些故事之前,阿里也在感叹:"这是怎样的故事,我不得不一遍遍地讲述给自己听?"④每一个"关于你和我的故事"只有开头没有结尾,在中间部分戛然而止,"我"以网络作家的身份对自己创造的故事进行评论,接着引入另一个故事,后面的故事从某种意义上说,宣告了前面故事的非法性,而前面故事的铺陈又昭示着后面故事的可疑。这些故事形成竞争,相互拆解,呈现

---

① (英)珍奈特·温特森:《守望灯塔》,侯毅凌译,第176页。
② (英)珍奈特·温特森:《守望灯塔》,侯毅凌译,第117页。
③ (英)珍妮特·温特森:《苹果笔记本》,余西译,第3页。
④ (英)珍妮特·温特森:《苹果笔记本》,余西译,第3页。

多样性的可能。

三 "闪烁不定"的"不可靠"故事

马泰·卡林内斯库认为,在后现代小说中,"由于故事讲述是战略性的虚构,因而构建出的这些故事并不都是'好故事',也不都是'可靠的故事'"[1]。讲述者的闪烁其词、针对不同受述者的选择性叙事,以及故事内容元素的模糊不确定,都向我们宣告了故事的"不可靠"。在《宇宙平衡》中,爱丽丝思考着在面向不同对象讲述时故事的变异:

> 我的那些日子的故事,我生活的故事,如何遇见我的故事,在我们遇见之后的故事。每一个我开始讲述的故事都交织着一个我没能讲述的故事。而且如果我不在向你而是向别的什么人讲述这个故事,那么讲的还会是同一个故事吗?[2]

故事总是说给人听的,也包含了叙事者和受叙者的相互作用,包含了一定程度的有目标性的解构意图。我们会选择讲述哪些故事,讲述不同变化的版本,而我们在选择故事和版本的时候会存在倾向性的选择标准,这会造成差异。并且,这个选择标准往往对于故事的开放性和可阐释性有所觊觎,总是暗暗渴望从一个故事中产生出别的故事。叙事者的讲述不会依照"客观"标准,但是故事会强

---

[1] Calinescu, Matei. 'Introductory Remarks: Postmodernism, the Mimetic and Theatrical Fallacies', in *Exploring Postmodernism*. Amsterdam and Philadelphia: John Benjamins Press, 1987, p. 7.

[2] Winterson, Jeanette. *Gut Symmetries*. London: Vintage International Press, 1997, p. 28.

调这是真实的,那个不能信,因而"体现出的'客体'能被其话语自身构建起来"①。

温特森小说中的一切故事元素都在和确定性唱反调,"似乎一直在寻找和表现一种中间状态,介乎两个极端之间,充满了各种暧昧与可能"②。首先,不像传统作家用想象填补空白,温特森笔下的故事人物性格暧昧不清,在她看来,这些空白和神秘就是人物本身的性格。③ 其次,几乎所有的故事都没有结尾,没有结尾意味着没有确定结论和终极指向,这是擦抹性表达的特殊形式,本文将在下一节中详细说明。

更有甚者,人物性别和人物特征往往也晦暗不明,新闻记者纳塔沙·沃尔特(Natasha Walter)曾准确道出了温特森对人物性别和特征的处理方法:"她省略对性别的详述,也模糊了叙述者其他所有品质的轮廓。叙述者没有童年,没有色彩,没有利益,没有阶级,也没有地位,只有一个接一个的情人。"④如《写在身体上》自始至终都没有明确主人公"我"和路易斯的性别是男是女;《艺术与谎言》中例如毕加索等诸多人物的性别也是一片模糊;《苹果笔记本》中阿里是诸多嵌入故事的同名主人公,他/她时男时女,甚至通过将郁金香作为合二为一的男性、女性生殖器象征(郁金香的球根和花茎象征男性生殖器,花苞象征女性生殖器)绑在身上,具有了雌雄同体性质。

---

① McHale, Brian. 'Telling Postmodernist Stories', *Poetics Today*, 1988, vol. 9 Issue 3, pp. 545 – 571, p. 552.

② 陈嫣婧:《总像缺了些什么的温特森》,《书城》2012 年第 1 期,第 26 页。

③ Garrett, George P. 'Dreaming with Adam: Notes on Imaginary History'. in *The Sorrows of Fat City: A Selection of Literary Essays and Reviews*. Columbia: University of South Carolina Press, 1992, pp. 25 – 27.

④ Walter, N. *The Independent*, 19 September, 1992.

温特森认为"性别身份是永恒变形的,不能成为一个确定不变的发现",如巴特勒所说,性别不明同时也意味着"熟悉的他异性与我同在。私己是模糊不清的。自身内部存在他异性"[①]。温特森通过不确定性别的方式把角色当成一个多重化的"人"来描写,而不是集权式的"男人"或"女人"的范式,突破了二元对立的樊篱。

这些林林总总的擦抹式的讲述方式和故事元素使得故事呈现"复数世界""复数真实"成为可能。复数世界相互冲突,交替呈现,造成了"闪烁不定"(flickering)的效果。不仅故事呈现(presented)的事物如此,故事的本体世界本身更是"闪烁不定"的。英伽登认为,被这些自我抹除的策略方法所投射出的世界显然恰恰就是如此一个闪烁不定的世界。[②] 这也是后现代小说中经常呈现的文本状态,渗透进了文学本体的价值追求。

这样一种擦抹式的故事讲述不仅体现了解构意识,也增加了故事讲述的张力。温特森的小说行文时而紧张刺激,时而魔幻绚丽,时不时启用性、暴力、悬疑的描写方式,这些都能引起读者们的阅读焦虑、对禁忌的痴迷,或是情色兴致,能够让读者被深深吸引。然而这一切的目的是为迎接这一段故事的戛然而止做好铺垫,以此"来引诱读者在紧接而来的擦抹之下的感情投资"。当读者渐渐"陷入"这些文学表征时,一旦表征被禁止呈现,被抹除,读者们便会感到愤懑。"而读者想要坚持得到被抹除的后续事件的冲动就会加剧(渴望的)在场和(厌恶的)不在场之间的张力,从而放缓并加剧慢镜头

---

① Butler, Judith. *Gender Trouble*. New York: Routledge Press, 1990, p. 83.
② Ingarden, Roman. *The Literary Work of Art*, Evanston: Northwestern University Press, 1973, p. 218.

似的闪烁不定。"①读者因而加深了对于"复数世界"的认识。

　　除了受到解构思想的影响,有学者认为,温特森用擦抹否定性的方式写作故事,也有一部分原因是受到了"否定神学"(Negative Theology)的影响,这一神学体系追求宗教教义不可言明的神圣性,信奉"明确说出的即是谎言"②。德里达也曾经考察过"否定神学",认为其基本运行机制和解构主义类似,推崇晦暗不清,以超本质的运用为特征,是一种超越存在的存在,是某种可能的不可能性,是用不在场呈现在场,用否定来呈现意义,由此"每个人都是无限的他者"③,从而获得超越和自由。温特森的这一写作特质既和她从小生长在基督教家庭,接受并反思神学文化不无关系,也和她一直坚持的解构主义精神十分契合。

　　此外,故事本就是一种陈述,不是宏大话语,也不是物质化的书写,正如福柯所说,陈述"不是一经说出就一成不变的东西——而且,或像某战斗的决定、某地质灾害,或某个国王的驾崩那样,消失在过去"。因此,故事也带着某种结构出现,它跻身于各个网络之中,寄寓于一些意义范围中,"把自己奉献给可能的转化和变化,被纳入在某些操作和某些策略中"④。福柯所归纳的陈述的特点——"适应和竞争的主题"同样可以用来作为故事表达特征的关键词。

---

① McHale, Brian. *Postmodernist Fiction*. London and New York: Routledge Press, 2004, p. 102.

② McAvan, Em. 'Ambiguity and Apophatic Bodies in Jeanette Winterson's Written on the Body', *Critique*. 2011, Vol. 52 Issue 4, pp. 434 - 443, p. 439.

③ Derrida, Jacques. 'The Gift of Death'. Trans. David Wills. '*How to Avoid Speaking*: Denials.' *Derrida and Negative Theology*. Ed. Harold Coward and Toby Foshay. Albany: State University of New York Press, 1992, p. 42.

④ (法)米歇尔·福柯:《知识考古学》,谢强、马月译,第116页。

在这个擦抹否定的过程中,故事讲述一边传承,保持部分同一性(特别是对经典故事的传承改写);一边在已经说出的老故事上画叉,将其他的统一性消灭殆尽,永远投身于质疑和斗争之中。因此,和陈述类似,故事"是流动的、有用的和逃逸的"①。在温特森的作品中,它帮助实现某种欲望,又或者阻碍其最终实现;它顺从某些目的,同时又背道而驰,这有助于恢复作家品钦所提出的,在现代主义世界里"被排除的中间物"②,呈现后现代主义里"真实的复数",解构一成不变的宏大话语。

第二节　不确定的结尾和叙事绵延

后现代作家以及文学批评家非常重视创作的结尾,作为解构性的写作形式特征——"擦抹"除了贯穿文本之外,"尤其在文本中的一个特别的敏感点发生时刻特别重要,这个敏感点叫作'结尾'。"由于结尾在文本中占据了最特殊、最突出的位置,自然决定其"包含了一个自我擦抹的后续事件的特别情况"③。只有开头、没有结尾的策略是温特森有意设置的,用来打断讲述,促成叙事绵延的机关。

一　"生成中的故事"

一般说来,维多利亚时期的小说和现代小说、后现代小说有一

---

① (法)米歇尔·福柯:《知识考古学》,谢强、马月译,第 116 页。
② See McHale, Brian. 'Telling Postmodernist Stories', *Poetics Today*, 1988, vol. 9 Issue 3, pp. 545 – 571.
③ McHale, Brian. *Postmodernist Fiction*. London and New York: Routledge Press, 2004, p. 101.

个重要区别——结尾是封闭的,"维多利亚小说都必须标签似的以死亡或是婚姻收场"①。巴赫金也曾突出传统小说对于结尾的执着:"那种特有的'对延续的兴趣'(后来怎么样了?)和'对结尾的兴趣'(结局如何?),对小说来说是典型的东西。"作为对比,巴赫金认为史诗故事"绝对不存在那种特殊的'对结尾的兴趣'"②。我们可以认为后现代故事风潮的兴起在某种意义上是对于史诗时代讲故事传统的回望,对于口语叙事时代的深情拥抱,在温特森等当代作家的故事讲述中,结尾成了问题。本雅明也曾说,小说以"剧终"二字完结,致力于让读者"领会生活意义这一极限,没有希望越雷池一步"。而故事绝对不会期盼结尾,"对于任何故事,继续讲述下去是个合情合理的问题",故事处于不断生成的过程中。③

在现代主义小说中,这些结尾也会呈现为开放式。以故事拼接而成的后现代文本看起来既开放又关闭,有的时候安之于两种情况之间,后现代小说开放式结尾,不同于现代主义小说开放式结尾的最重要一点在于,它并不是调动读者胃口、给予回味空间的"未完待续"的入口;而在结尾处醒目打出"此处不存在"的字样,是旨在提醒读者身在文学"本体星球"的重要提示。被这些自我抹除的策略方法所建设出的世界当然恰恰是这样一个闪烁不定的世界(flickering worlds)。不确定的结尾能够带来故事发展和真实构建的"多样化"

---

① McHale, Brian. *Postmodernist fiction*. London and New York: Routledge Press, 2004, p. 109.

② (俄)巴赫金:《小说理论》,白春仁、晓河译,石家庄:河北教育出版社,1998 年,第536 页。

③ Benjamin, Walter. 'storyteller', in *Illuminations*, ed. Hannah Arendt, trans. By Harry Zohn, New York: Harcourt, Brace & World, Inc, 1978, p. 101.

和"无限循环"。①

　　温特森的故事理论里,对故事结尾的处置也占重要一席。在她的笔下,几乎所有的故事都没有封闭性的结尾,在《给樱桃以性别》《苹果笔记本》等作品里甚至直接摆出几个结尾的可能性,"宽宏大量"地为我们提供了"对结尾的选择"。②《苹果笔记本》里就有两个可选择的结尾,阿里既可能与情人就此别过,也可能破镜重圆。这"将阿里对整体统一的渴望拖到过度意义的泥潭中",并证明在后现代主义世界里的行为也好,文本也罢,是可以成为离散性的,"结尾暧昧不明,但却肯定明确了对不同可能性追求的意义"。③ 在故事的世界里,没有命中注定,也没有必然的结局,就像弗兰克·克默德(Frank Kermode)在他的专论文章《对结尾的感觉》中所暗示的那样,所有天启注定的事情也在解构性的后现代故事中被否定了:

> 当天启的一刻在这个离散的世界开始显现的时候,可能会展示所有消退和改变的迹象,展示出接近结尾的诸多恐惧,但是当结尾到来时,它并不是一个结束。④

　　《写在身体上》也有两个不同的结尾,"我"一直寻找得了绝症的同性恋人露易丝,当"我"回到爱巢约克郡小屋时,看见灯亮着,里面的人有可能是盖尔,即可能接下来成为"我"的真命天子的人,也有

---

① McHale, Brian. *Postmodernist Fiction*. London and New York: Routledge Press, 2004, p. 109.

② Johnson, B. S. 'Broad Thoughts from a Home,' in *Aren't You Rather Young to be Writing Your Memoirs?* London: Hutchinson Press, 1973, p. 110.

③ Andermahr, Sonya. *Jeanette Winterson: New British Fiction*. pp. 118 – 119.

④ Kermode, Frank. *The Sense of an Ending: studies in the theory of fiction*. New York and Oxford: Oxford University Press, 1968, p. 82.

可能是露易丝回来了。前一个结局使用了平常的陈述语言,后者使用了诗性语言。不仅如此,在小说结尾,温特森写到"这就是故事开始的地方"①,将文本纳入了无限循环的螺旋结构。开放性的结尾"意味着作者不愿意去限制意义","要让'单纯的'读者自己去确定有限的真相"。②

没有结尾,同时意味着每个故事只拥有开头,文本中针对开头和结尾的元叙事也多不胜数:

故事里总有一个新的开头,和不同的结尾。(《苹果笔记本》)③

我回头看你。这些犹如护身符和珍宝一般的时刻。……它们是一个故事的开头,一个我们将会永远讲述的故事。(《苹果笔记本》)④

总是这样,书本必须被重新书写。有时候,一封接一封书信便是我们能做的全部。(《苹果笔记本》)⑤

他所不知道的,他确实不知道的,是他从哪里开始,而故事又将从哪里结束。(《苹果笔记本》)⑥

这是个说来话长的故事,就像世界上大多数故事一样,没有结局。它也有结局——一直如此,但故事会穿过结局持续下

① (英)珍妮特·温特森:《写在身体上》,周嘉宁译,第 212 页。
② Cokal, Susann. 'Expression in a Diffuse Landscape: Contexts for Jeanette Winterson's Lyricism'. *Style*, Spring 2004, Vol. 38 Issue 1, pp. 16 - 37.
③ (英)珍妮特·温特森:《苹果笔记本》,余西译,第 3 页。
④ (英)珍妮特·温特森:《苹果笔记本》,余西译,第 185 页。
⑤ (英)珍妮特·温特森:《苹果笔记本》,余西译,第 74 页。
⑥ (英)珍妮特·温特森:《苹果笔记本》,余西译,第 194 页。

去——一直如此。(《守望灯塔》)①

讲故事的方式一般都是有开头,有中间,有结尾,可这种方式在我这儿成了问题。(《守望灯塔》)②

给我讲个故事吧,普尤。

哪个故事,孩子?

有个好结局的故事。

天底下没有这种事。

好结局?

结局?(《守望灯塔》)③

有一个故事:莫莉·欧卢尔克和巴比·达克的故事,有开头,有中间,有结局。可这样的故事不存在,至少没法讲。(《守望灯塔》)④

我以最快的速度抄写书里的故事,可到现在,我在图书馆抄下的全是一个个开头。(《守望灯塔》)⑤

一部分破碎一部分完好,你重新开始。(《守望灯塔》)⑥

事情都明摆着,但很难找到开头,也不可能搞清楚何谓结尾。(《橘子不是唯一的水果》)⑦

现在终于快到终点了,所有的碎片都已经拼好,最后时刻即将到来。我并非首次抵达这个时刻,在我的全部生命里,我

① (英)珍奈特·温特森:《守望灯塔》,侯毅凌译,第 13 页。
② (英)珍奈特·温特森:《守望灯塔》,侯毅凌译,第 20 页。
③ (英)珍奈特·温特森:《守望灯塔》,侯毅凌译,第 44 页。
④ (英)珍奈特·温特森:《守望灯塔》,侯毅凌译,第 91 页。
⑤ (英)珍奈特·温特森:《守望灯塔》,侯毅凌译,第 122 页。
⑥ (英)珍奈特·温特森:《守望灯塔》,侯毅凌译,第 196 页。
⑦ (英)珍妮特·温特森:《橘子不是唯一的水果》,于是译,第 127 页。

似乎一次又一次地抵达着"最后时刻",然而,我发觉那里并没有最后的裁决。

我想把这个故事再从头说起。(《重量》)①

温特森自己曾评论过《守望灯塔》:"这是一个关于开始的故事网。……她(银儿)必须一次次地重新开始她自己的生活,她选择讲述的是关于开始的时刻而不是它们的结果。"②小说文本中多次展现出对缺失的开始之渴望,对结尾之排斥,这当然和温特森本人的孤儿身份有关,但抛却情结因素,这更是温特森极具解构性的后现代理念的文学体现。温特森的笔法让人感受到她的叙事仿佛准确无误,但却又把一切置于不确切中。根据卡尔维诺所言:"每一次开始都是这样一个抛弃众多可能性的时刻:对讲故事的人来说,就是要抛弃众多可能讲述的故事。"③所以,温特森尽量多地拾起一个又一个的开始,拾起一个又一个可能性的时刻,拾起一个又一个可能在叙述者嘴边漏掉的故事,这样做是为了确保呈现尽可能多的多元世界。

温特森借灯塔看守人普尤之口提出了对结局的三个层次的反驳:"没有好结局的故事,好结局? 结局?"这一表述深深质疑了结尾/结局的存在,这和后现代评论家所描述的"一种(非)结尾的感觉"④理念相近,所有的结尾只能是接近"最后时刻",然后旋即回

---

① (英)简妮特·温特森:《重量》,胡亚敏译,第 128 页。
② Winterson, Jeanette. *"Endless Possibilities" in Lighthousekeeping*. New York: Harper Perennial Press, 2005, pp. 21 - 22.
③ (意大利)伊塔洛·卡尔维诺:《美国讲稿》,萧天佑译,第 112 页。
④ McHale, Brian. *Postmodernist Fiction*. London and New York: Routledge Press, 2004, p. 109.

身,"把故事从头说起"。结尾既是文本的最后部分,又否定着故事的结局,指向新故事的开端。温特森不愿意将故事置于一个封闭的、自足的叙事结构中,小说成为"生成中的故事"(tale of becoming)①,不断地生长着,变化着,孕育着无数的可能。正如博尔赫斯笔下的小径分叉的花园,不仅指向了无尽的分叉,无尽的循环,还指向了无尽的绵延。

二 故事网络中的叙事绵延

温特森的故事处于开始的网络中,是因为她的每一个故事是处于众多故事的网络中的。温特森小说中的小故事的结束部分往往套叠和交错在别的故事里,有时候这个故事的结尾是那个故事的开头,如《苹果笔记本》里的小故事往往呈现头尾相接的状态。这也意味着"一个故事有能力'产生'其他的故事"②。温特森很多作品中都存在故事中衍生出故事,故事中套故事的迹象,比如前文提到的《橘子不是唯一的水果》里的"珍妮特"的三层故事;《给樱桃以性别》中的不同时空中的乔丹和狗妇的故事;《苹果笔记本》中的诸多阿里的故事。这些没有结尾的故事层层套叠,复杂性不断增加,直到所有层次倒塌瓦解的那个点,好像是因为自己的重量压塌似的,进入了单一的叙事层次,回到小说的主线叙事。③ 这类小故事的结尾呈

---

① López, Gemma. *Seductions in Narrative: Subjectivity and Desire in the Works of Angela Carter and Jeanette Winterson*. New York: Cambria Press, 2007, p. 273.
② Goodman, Nelson. *Ways of Worldmaking*. Indianapolis and Cambridge: Hackett Press, 1978, p. 129.
③ McHale, Brian. *Postmodernist Fiction*. London and New York: Routledge Press, 2004, p115.

现了螺旋形态,使叙事提升到一个元语言的更高层次。

本雅明也指出过故事往往存在于一个故事连接另一个故事的叙事绵延之中的传统:

> 一个故事连着下 个故事,如伟大的故事家,尤其是东方的讲故事者,总喜欢这么做。他们每个人的身体里都住着一个山鲁佐德,她讲故事的时候能够在任何一个故事终了之时想出一个崭新故事来。①

传统小说拥有结尾,因为它们要传达的信息已经完整并完结,而每一个故事讲述的世界只是浩瀚无垠的可能性中的一个,每一个故事都处在不断绵延变化的故事网络之中,完整存在于网络中,某一个故事不可能以独立完整状态出现。卡尔维诺也持有同样观点:

> 怎么能够把一个故事与它所包含的、与它相互交叉(并限制着)的那些故事分离开来呢? 而那些故事为数众多,涉及整个宇宙啊! 假如宇宙不可能包含在一个故事之中,那么这个不可能从其他故事中分离出来的故事,怎么可能有个完整的意义呢?②

所以代表着和众多可能性的广袤宇宙进行告别的结尾是必然会被温特森舍弃的,不断绵延、指向它处的故事必然是开放性、擦抹性的,它使得通常安置在结尾的句号变成了意犹未尽的省略号。

---

① Benjamin, Walter. 'storyteller', in *Illuminations*, ed. Hannah Arendt, trans. By Harry Zohn, New York: Harcourt, Brace & World, Inc, 1978, p. 107.
② (意大利)伊塔洛·卡尔维诺:《美国讲稿》,萧天佑译,第 139 页。

三　避免叙事死亡的故事拓扑学

故事长久以来以特别的方式表达着擦抹和延异的观念,死亡经常作为终结的典型表征,而"故事讲述有避免死亡的传统"①。叙事的宿命往往以话语的终结死亡为结尾,而唯独擦抹性的叙事可以不仅表达对结尾的否定,也表达对这种死亡的否定。拜厄特对比小说和故事的区别时认为,力求概括总结,追求逻各斯形而上的传统小说指向干枯和封闭,形成一潭死水,而擦抹性的故事则可以对抗死亡,因为在她看来,故事满足叙事好奇,可以戏弄时间,对抗终极事物,乃至死亡:

> 高雅的现代主义(小说)用永恒瞬间的顿悟幻觉逃出时间的桎梏,想象出的时间在我看来总是勉强的,最后不能提供任何足以对抗恐惧和死亡的东西。而优雅精巧的小古董(故事),对叙事好奇心的粗俗满足,却可以帮助对抗死亡。②

温特森用来对抗叙事死亡的方式主要是启用了恩岑斯贝格尔(H. M. Enzensberger)提出的文学拓扑结构(topological structure),在擦抹交错中,让死亡变为一个临界状态,迷失在不断滋长的叙事里。劳伦斯·斯特恩(Laurence Sterne)曾论述过:

> 如果不断插入叙事变得十分复杂,十分曲折,相互缠绕在一起并迅速更迭,让人看不清它们的踪迹,那么死亡也许不会找到我们,时间也许会迷失方向,我们也许会被这些不断变换

---

① Byatt, A. S. *On Histories and Stories : Selected Essays*. p. 135.
② Ibid. p. 170.

的掩体保护下来。①

温特森作品中故事衍生出故事，形成一种拓扑形态。拓扑学（topology）是一种研究几何图形或是空间在连续改变形状之后还能保持部分性向不变的学科，强调的是研究事物之间的关联，在计算机网络技术中有充分的使用。在《苹果笔记本》里温特森紧扣时代脉搏而又别出心裁地使用计算机网络拓扑的概念隐射故事的文学拓扑形态。在温特森看来，互联网很好地代表了后现代的概念，网络小说家阿里每一次重述的故事就像新打开的一系列"窗口"程序。"意义会在事实中消解，关掉一个窗口，你能看到另外一个视野"，每个窗口都为叙述加一个层次，关掉一个窗口就是一次否定性叙事，"读故事就像上网冲浪"②。故事的叙事就在这些窗口不断的打开和关闭中被延异下去。温特森甚至自己在日常生活中也尝试在互联网络中探寻叙事的拓扑形态。她创办了以自己名字命名域名的网络主页"http://www.Jeanettewinterson.com"，并在上面和读者互动，讨论自己的文学作品，并在网络上不断阐释着自己发明的新故事，仿若温特森自己就化身为在网络上延展叙事的阿里。

温特森使用文学拓扑结构并不是为了在写作方法上标新立异，而是为了表达对无限的崇拜，对终极的摒弃。正是故事的这种枝桠蔓生、往复回环的状态，打破了线性发展直至终极或死亡的格局，"无限性的拓扑结构在他们自身死亡意象内推进"③。死亡被看成

① 转引自（意大利）伊塔洛·卡尔维诺：《美国讲稿》，萧天佑译，第 48 页。
② （英）珍妮特·温特森：《苹果笔记本》，余西译，第 页。
③ the *Buenos Aires magazine Sur*. May June 1966. see A. S. Byatt. *On Histories and Stories: Selected Essays*. Cambridge, Mass.: Harvard University Press, 2000, p. 150.

是一种延异中的动态过程,这一观念呈现了故事擦抹性叙事的高级形式。在《守望灯塔》中温特森通过普尤之口讲述了鬼船"麦克科劳德"号的故事,"悬着破帆毁了架子的老'麦克科劳德'从新的船体里冒了出来……就像俄罗斯木娃娃那样"①。这个传说在拥有故事信仰的普尤嘴里充满了隐喻,新船既有旧船的影子,又破坏着旧船的存在,通过自我否定、自我更新的方式挽救了它的死亡,形成了一个同心圆,一个纹心结构(pattern structure),"每一次的重述都在原始的叙述和它的前辈们里面"②。这正如新的故事不断在重述、改写、自身擦抹中避免死亡,在互文网络和文本延异中获得永久的新生。

第三节　"骗子"的故事

故事,如卡尔维诺所言,"每讲一遍就要经历一次再创造,因此讲故事的人就成为讲故事这一传统习俗的核心,在每一座村镇中,他们都是显赫的人物……都有着自己独特的风格和魅力"③。在温特森笔下,讲故事的人也"独具魅力",他们以"骗子"(trickster)的形象示人,往往给人以满口谎言的骗子和油嘴滑舌的恶作剧者之印象。这一形象改头换面地在温特森的众多作品中出现,《激情》里的帕特里克、《守望灯塔》里的普尤、《重量》里的赫拉克勒斯、《苹果笔记本》里的阿里等角色身上,都可以找到"骗子"的影子。一方面,这些讲故事的人严肃郑重地声称:"我在给你讲故事,相信我。"④另一

---

① (英)珍奈特·温特森:《守望灯塔》,侯毅凌译,第41页。
② Byatt, A. S. *On Histories and Stories : Selected Essays.* p. 150.
③ (意)卡尔维诺:《意大利童话》,文铮等译,第21页。
④ (英)珍妮特·温特森:《激情》,李玉瑶译,第7、19、58页。

方面,又嬉笑着将自己说的故事拆解,"永远不透露太多,永远不说出完整的故事"①,提醒作者和故事的可信度的问题。将讲故事的人的身份设定为满嘴跑火车的骗子,就已经自相矛盾地将一个对立者设立在自己的结构之中,并将这种自相矛盾视为天经地义。这可以视为擦抹性叙事"防御机制"的总开关:启用骗子这样一个人物设定从根本上否定擦抹了随之而来的叙事,用潜台词的方式强调故事就是说明真相的谎言,不能不信,也不能全信,从而将"?"和"×"悬置在所讲故事的每一个词句之上。

一 "门槛之神"——自带讽喻的讲故事者

"trickster"和"liar"虽然都有说谎的骗子之意,也包含着玩弄语言花招的隐语,但是后者带有坑蒙拐骗的贬义倾向,其目的是希望掩盖真相。"trickster"则有恶作剧者的意思,包含更多的讽喻和戏谑意指,表现出不把大话语和固定真实当一回事的玩世不恭的态度;"trickster"还有一个释义是善于制造幻象的魔术师,说明他能用自己语言技巧的"魔力"制造自己的真实。美国学者 D. 卡尔在论文《叙事与真实的世界》中谈到,故事中的叙事语气除了权威语气之外,还有"一种反讽语气,至少潜在的是这样"。这种反讽则体现在讲故事者和主人公之间的关系中,故事呈现的真相处于随时被戳破的状态,"讲故事的人的反讽姿态可被看成是他或她与故事中的事件相关的临时性立场的一种功能"。②"骗子"正是利用自己的讽喻

---

① (英)珍妮特·温特森:《写在身体上》,周嘉宁译,第 94 页。
② (美)D. 卡尔:《叙事与真实的世界:为连续性辩护》,王利红译,《世界哲学》2003 年第 4 期,第 85—86 页。

定位,不断否定自己说出的字面故事,并会在不断的叙事擦抹中将不一样的、不确定的真理调侃似地编织在故事里,将偶然性、创造性、矛盾性放进断裂的叙事中。正如英国作家卡特所言:"我们会对撒谎的孩子说:'别编故事了!'可是……孩童的谎话往往道出大把的真理,一点儿也不吝惜。"①

温特森喜欢使用并非常推崇"骗子"形象,这在两个人物身上可见一斑。在《日光之门》里,她甚至让自己崇拜的故事之神——莎士比亚作为喜好戏法、相信魔法、口灿莲花的人物登场,身上带着浓浓的"骗子"气息。不仅针对人物,温特森也视她本人为自己笔下那个一边眨着鬼眼,一边贩卖真实的爱讲故事的骗子。在论文集《艺术之物》中,她称自己"像小贩一样,知道怎样叫观众围拢过来,东买一个西买一个"②。所卖之货物当然是故事以及其中包含的不确定的真实。温特森还将自己和莎士比亚戏剧《冬天里的童话》里的著名骗子奥托吕科斯③作类比,说自己和他一样喜欢"将闪亮的事物打包成页。喜欢用故事交织套叠、恣意呈现"④。正如奥托吕科斯所做的,温特森用说故事的方式解构了人们对于现实、真相的固有认识(揭示误会),成为解决真相问题的关键。真相悬系在一个本身不靠谱的骗子的故事之上,形成了独特的否定擦抹式述事艺术。

温特森非常喜爱奥托吕科斯这一"骗子"形象,甚至在最新力作,改写自莎士比亚作品《冬天的故事》的长篇小说《时间之间》里,

---

① (英)安吉拉·卡特:《安吉拉·卡特的精怪故事集》,郑冉然译,第 6 页。
② Winterson, Jeanette. *Art Objects : Essays on Ecstasy and Effrontery.* p. 188.
③ 奥托吕科斯(Autolycus),莎士比亚戏剧《冬天里的童话》中的角色,是个小偷、骗子,但揭示了误会,帮助珀迪塔和弗洛里扎尔逃走并终成眷属。
④ Winterson, Jeanette. *Art Objects : Essays on Ecstasy and Effrontery.* p. 188.

也赋予他浓墨重彩的一笔。小说讲述了富翁利奥(莎翁原作里对应的角色是波希米亚王波利克赛尼斯),因怀疑自己的年少时的同性恋人和朋友赛诺(列昂特斯)与自己的妻子咪咪(赫美温妮)有私情,而拒不承认其新生女儿帕蒂塔是亲生的骨肉,并且派亲信将女婴送还其所谓的亲生父亲。谁知突生变故,帕蒂塔被牧羊人谢普(黑人)和儿子科洛救起并抚养长大。这一切都被汽车商奥托吕科斯(骗子、小偷奥托吕科斯)看在眼里。十六年之后,阴差阳错的故事发生了,失落的真相被奥托吕科斯说出,孩子被找回,上一辈冰释前嫌,在"时间的契阔"①中面向未知的未来。在这部小说中,奥托吕科斯依然是故事产出者和掌握着秘密真相的关键人,他脑洞大开地重述着俄狄浦斯和海明威的故事,是别人眼中的"口吐莲花的哲理贩卖者"②,自己也欲盖弥彰地自嘲:"我太实诚了……我是个老实巴交的骗子。"③更重要的是,他很乐于炫耀自己编故事的能力:"因为肚子里有料,编故事就会更容易。"④

温特森专门撰写了一段文字来突出"既是骗子,又是智者"的奥托吕科斯的形象:

> 奥托吕科斯是个经销商。精明的商人。卖车的高手。巧舌如簧也敢吆喝的卖家。
>
> 奥托吕科斯:既是布达佩斯人,也是新泽西人。厚颜无耻的旧欧洲在厚颜无耻的新世界。

---

① "the gap of time"即书名《时间之间》的由来,见朱生豪译本《冬天的故事》最后一句话"一路上我们大家可以互相畅述这许多年来的契阔"。
② (英)珍妮特·温特森:《时间之间》,于是译,第164页。
③ (英)珍妮特·温特森:《时间之间》,于是译,第147页。
④ (英)珍妮特·温特森:《时间之间》,于是译,第147页。

奥托吕科斯：马尾辫，山羊胡，牛仔靴，蝴蝶领结。既是骗子，又是智者。[1]

然而正是这样一个油嘴滑舌的人用他零碎无序的故事，揭开了帕蒂塔的身世之谜。这隐喻着讲故事的骗子比别人更接近真相，因为他不会拘泥于显而易见的、固定的事实，他们随时擦抹别人的叙事，也随时擦抹自己的叙事。他们是叙事秩序的捣乱者，亦是防止形成大一统话语的破坏分子，"他们比原以为的自己本身更有价值"[2]。所有的主要角色，不论是利奥、赛诺、还是谢普，他们所掌握的是误会重重的局部真相，获得地图的一角，只有小角色骗子奥托吕科斯才能够将整个地图拼接并打开。

《激情》里的帕特里克同样是个酒鬼和故事大王，他用恶作剧似的口吻声称自己有双能看见千里之外东西的魔眼，并喜欢讲述魔眼看见的故事，他"曾宣称自己看到圣母玛利亚坐着一头镀金的驴子在天堂游玩"[3]。并且绘声绘色地描写自己如何发现爱尔兰小精灵偷藏宝藏，自己尾随窃取，却被小精灵戏弄的故事。讲述公主的眼泪串成了象征不幸福的项链的故事。在他嬉笑嘲讽，似是而非的讲述中，自己的讲述被自己否定了，宗教的神圣性被彻底瓦解，由权威话语导致的战争也变得滑稽可笑。骗子身上的矛盾性构成了其故事话语存在的法则：故事产生于矛盾，故事话语正是为表现和克服矛盾才开始讲述的，正是为了呈现它然后擦抹它才开始讲述的，正如福柯所说："话语正是当矛盾不断地通过它再生出来，为了逃避矛

---

① （英）珍妮特·温特森：《时间之间》，于是译，第141页。
② Winterson, Jeanette. *Art Objects：Essays on Ecstasy and Effrontery*. p. 188.
③ （英）珍妮特·温特森：《激情》，李玉瑶译，第149页。

盾才继续下去并无限地重新开始。"①在"骗子"的讲述下,故事话语在变化、变形,自动地逃避它的连续性。

《重量》里的赫拉克勒斯也是典型的骗子之一,温特森很好地塑造了这样一个特别的叙事者。第三人称的叙述者说赫拉克勒斯"没脑子,但大大的狡猾"②,他通过各种花言巧语诱骗阿特拉斯放下重量替他完成危险的任务,又耍了欺诈手段将地球重新放回阿特拉斯的身上。他和阿特拉斯同时都是"重量"故事的叙事者,轮流讲述关于阿特拉斯背负苍天以及其他古希腊神话故事,但和阿特拉斯史诗般的、悲天悯人的叙述口吻不同。他用油嘴滑舌、玩世不恭的态度讲述了"金苹果"和"赫拉克勒斯十二大功"等故事,解构了各种神话。有学者认为"希腊人喜欢充满智慧的恶作剧。所以他们的神话传说的民族遗产中有很多这种恶作剧者和骗子"③。赫拉克勒斯这种"骗子"的演变原型,"继承了古希腊戏剧羊人剧的传统,既是骗子也是救星,体现了扮严肃的喜剧形式(seriocomic form)"④。赫拉克勒斯的叙事帮助阿特拉斯走出笼罩在其身上的阴影,让他学会质疑,坦然接受了身上的重量,他的骗局和玩笑反而成为阿特拉斯精神解放的契机。

作为骗子的故事叙事者,一边一本正经地说着谎言,一边又忙不迭地呈现故事的编造性,是一个不折不扣的元叙事者。哈琴说:

---

① (法)米歇尔·福柯:《知识考古学》,谢强、马月译,第 167 页。

② (英)简妮特·温特森:《重量》,胡亚豳译,第 83 页。

③ Staels, Hilde. 'The Penelopiad and Weight: Contemporary Parodic and Burlesque Transformations of Classical Myths', *College Literature*, Fall 2009, Vol. 36 Issue 4, pp. 100 - 118, p. 102.

④ Sutton, Dana F. *The Greek Satyr Play*. Meisenheim am Glan: Verlag anton Hain. Press, 1980, p. 35.

"为了要揭发小说写作的机制———一些骗子,吹牛者,占星术士———这些人作为角色存在于小说中。"①赫拉克勒斯、奥托吕科斯、帕特里克的存在以及他们的否定性叙事擦抹着各种界限、规范、约束,降低这些边界的神圣和不可侵犯性,体现了后现代性的人格和叙事特征。有学者称"总能在界限处发现骗子,有时候划线,有时候穿过,有时候消除和修正这些线,但他们总是在那里,不管怎么变形,他们就是门槛之神"②。"门槛之神"的封号意味着讲故事的骗子们掌管着界限和规定的消除,或者我们可以说他们是兼有建构力量和毁灭力量的解构之神。正如小说赠予赫拉克勒斯的那句话:"他既是笑话,同时也是神话。"③他们所说的故事可以视为既是建构式的神话,也是解构讽喻式的笑话。

二 被贬抑的擦抹性故事和女性叙事者

故事是谎言,故事由不靠谱的人讲述,故事不可信之类的认识在欧洲由来已久,这从另一个侧面证明了故事叙事的擦抹特征。只是在理性至上的时代里,人们,特别是被赋予理性气质的男人,对于这种擦抹性讲述是持否定态度的,讲故事这种琐碎而又不靠谱的逗弄小孩似的工作往往分配给女人。卡特在《精怪故事集》的前言中说道,欧洲喜欢把童话故事称为"鹅妈妈的故事",即"老妇人的故

---

① Hutcheon, Linda. *Narcissistic Narrative. The Metafictional Paradox.* London and New York: Methuen, 1984, p. 63.

② Hyde, Lewis. *Trickster Makes This World. Mischief, Myth, and Art.* New York: North Point Press, 1998, pp. 7 – 8.

③ (英)简妮特·温特森:《重量》,胡亚豳译,第 34 页。

事"——其实就是"没有价值的段子、编出来的鬼话、无聊的闲言碎语"。① 这个嘲讽的标签一方面贬抑了负责讲故事艺术的女性,贬抑故事的价值;另一方面,这个定义同时也贬抑了故事自身的擦抹特征。

温特森对此有不同看法,她在小说《宇宙平衡》中使用了大段的描写,来展现男性和女性对于故事讲述者的不同评价,对故事擦抹性叙事的不同看法:

他:吹牛皮的人。(Braggart)

她:故事讲述者。(Story-teller)

他:说谎的人。(Liar)

她:发明家 。(Fictioneer)

他:胡思乱想的人。(Fantasist)

她:虚构小说作家。(Fictioneer)

他:疯女人。(Madwoman)

她:诗人。(Poet)

他:轻信的人。(Deluded)

她:蛊惑者。(Deluder)

他:造假的人。(Faker)

她:幻象大师。(Illusionist)

他:印刷厂的学徒。(Printer's devil)

她:精灵。(Genii)

他:精神分裂。(Schizophrnic)

---

① (英)安吉拉·卡特:《安吉拉·卡特的精怪故事集》,郑冉然译,第4页。

她：天赋异禀。(Genius)

他：满嘴胡言。(Fork-tongued)

她：如墨丘利一般智慧善辩。(Mercuric)

……

他：花言巧语的骗术。(Legerdemain)

她：语言技巧。(Linguistical)

他：福斯塔夫。(Falstaff,莎士比亚剧作《亨利四世》里的人物)

她：普洛斯比罗。(Prospero,莎士比亚剧作《暴风雨》里的人物)

他：金丝雀。(Canary)

她：歌剧女独唱者。(Diva)

他：捣鼓瓶瓶罐罐的人。(Pot-pourrist)

她：炼金术士。(Alchemist)①

不难注意到,男性评价者几乎全部用了带有贬义的词去形容作为"骗子"的故事讲述者,而女性评价者用的词汇虽然意思相近,但是都是中性和褒义词,特别揭示了所谓"骗子"善于使用擦抹式叙事的"语言技巧",对于确定性话语的冲击,在颠覆刻板不变"印刷"书面叙事的同时更是带来变化的口语叙事"精灵";用想象扩大真实的边界,探索可能性,是"幻象大师",是"发明家";就像"炼金术士"的融合转变的神奇魔法,带来多元丰富的认知,消弭二元界限;如墨丘利一般头脑灵活、能言善辩。在"他"和"她"的你来我往、针锋相对中,菲勒斯中心主义、理性中心主义被悄悄

---

① Winterson, Jeanette. *Gut Symmetries*. London：Vintage International Press, 1997, pp. 148 – 149.

解构,温特森以此确立了女性故事叙事、擦抹性叙事的合法性,提醒人们注意到故事讲述方式的宝贵价值,为被贬抑的擦抹性故事和女性叙事者正名。

三 "骗子"故事传统的后现代性

应该指出的是,故事这一擦抹特征既来源于故事讲述的传统,也体现了明显的后现代特质:在自愿终止怀疑之后,它并不像19世纪的小说那样指手画脚地强求人们相信些什么。在"骗子"们编造的故事中,包含着强烈的自我指涉性的矛盾,这成为后现代主义的鲜明特征。这些编造的幻象,哪怕看起来再写实、再栩栩如生、再许以承诺,最后故事都要暗示它的欺骗性,这和传统小说完全不同,哈琴总结了这一"骗术"的目的:

> 它们并不是想方设法"欺骗我们"(蒙人),而是更愿意向我们展示它们怎么样差点骗了我们,它们呈现的惟妙惟肖的幻象有多神奇:人们倘若意识不到这是以假乱真,就无法欣赏这逼真的假象。[①]

作家安吉拉卡特曾提到,"在大多数语言中,'故事'都是'谎言'和'假话'的近义词",她借用弗拉基米尔·普洛普的研究告诉我们,传统故事的结尾模式透露了这一玄机:"'故事讲完了,我不能再瞎编了'——俄罗斯的讲述者常以这个结尾收场。"[②]这说明故事的自我定位本就是不确定性的叙述方式。甚至连故事发生的时间、地

---

① (加)琳达·哈琴:《后现代主义诗学:历史·理论·小说》,李杨译,第60页。
② (英)安吉拉·卡特:《安吉拉·卡特的精怪故事集》,郑冉然译,第4页。

点、背景都是模糊可变的，这和前文所述温特森的写作特色一致。据介绍，英、法的童话故事惯用"很久很久以前"这个谜一般的表达，它的亚美尼亚变体更是既精准又神秘至极："在一个有和没有的年代……"①这种表达从故事发生的一开始就模糊了它的可信度，同时又给予时间、空间最广泛、最弹性的维度，给予真实最大的自由。强调故事叙事擦抹性的这一传统，成为故事和后现代言说方式契合的重要一点，也成为故事讲述在后现代叙事中熠熠生辉的重要原因。

　　学者阿普尔（Max Apple）认为由"骗子"讲述故事，呈现一种"后现代态度"。嬉笑着、擦抹着、自反着的小故事证明了："也许你宁愿将这种态度标示为一个'对世界的厌倦和小聪明的混合体'的特征，试图让你以为我在半开玩笑，尽管你自己也不确信那是什么。"②成就了一种特殊的反讽。从这一角度理解，所谓"后现代态度"可以定义为阿兰·王尔德（Alan Wilde）所说的"暧昧的（悬而未决的）反讽"。王尔德认为现代主义思想的特征为"分离性（反义连接）的反讽"，从上层的和外部的位置来控制世界凌乱的偶然性，这里隐含了这一个超脱于叙事之上的权威话语，现代主义反讽是权威话语用来批判、反对反讽叙事之物的。后现代主义者暧昧的反讽则将"讽刺者内在于他自己描述的世界"视为理所当然，"骗子"们一点也不想立志通过故事掌控无序，而仅仅是接受它的弹性和无序。③ 这也表

---

① （英）安吉拉·卡特：《安吉拉·卡特的精怪故事集》，郑冉然译，第 5 页。
② Apple, Max. *Free Agents.* New York：Harper & Row Press, 1984, p. 137.
③ Wilde, Alan. Horizons of Assent：Modernism, Postmodernism, and the Ironic Imagination. *Baltimore and London：Johns Hopkins University Press*, 1981, p. 166.

现了诸多颠来复去、充满差异的故事之间在叙事真实性、权威性上的平等民主。

擦抹性的叙事在带来讽喻的同时也进一步加强了故事对于文学本体论的彰显。D. H. 劳伦斯(D. H. Lawrence)的那句"不要相信讲故事的人,要相信故事"①,体现了这一思想。学者奎利根(Maureen Quilligan)认为后现代叙事中的讽喻有一个"在词句的字面和隐喻理解之间拐弯抹角前前后后滑动的倾向,从而关注之间的充满疑问的张力"②。其中也包含着文学本体论的张力:讽喻投射一个世界同时以相同的姿态抹除,引起了这个世界的在场和不在场之间的闪烁不定,引起了比喻的真实和"字面"的真实之间的闪烁不定,也引起了建构和解构交替景象的闪烁不定。这种闪烁不定正如"骗子"们在故事里闪烁的言辞和多变的表情,更如他们在逗弄读者时眨巴的鬼眼。

第四节　阿特拉斯情结

一劳永逸、一成不变的叙事,是大一统话语的讲述方式和思维方式,其结果就是造成种种束缚、制约,成为温特森笔下的种种"重量",而故事的擦抹式讲述对规范界限抹除之后则能产生"释重"功效,能够解放束缚,释放重量。温特森尤其强调故事叙事等艺术手段可以给予人"激情、瞻望、冥想,甚至是灵魂出窍",克服物质现实,

---

① 转引自张定浩:《故事的边缘》,《上海文化》2014 年第 9 期,第 9 页。
② Quilligan, Maureen. *The Language of Allegory: Defining the Genre*. Ithaca and London: Cornell University Press, 1979,p. 67.

固化认识的束缚,"到达其他不同的地方,在那里,我们能摆脱重力的困扰。当我们被这艺术所吸引,我们就从自我中脱离。我们不再被事物所限,物质回归到其本真状态:真空与光"。[1]"真空与光"轻盈、空无、分散,是经常出现在温特森作品中的形容至轻状态的隐喻。

《重量》中作为叙事者的作家"我"不断强调"我要把这个故事重头说起",重述从根本上说就是一种擦抹式的叙事。在故事的不断擦抹下,人们发现作为规训与惩罚的世界之重以及根植其中的神话之重是可以抹除的,是由大话语编织出来的。所有的话语重量都"不过是一个故事"[2]。最后阿特拉斯卸下了重重的地球,原来以为的天崩地裂没有发生,地球轻盈地"无依悬浮在无边无际的宇宙空间"[3],阿特拉斯自己也变成象征着极致之轻的暗物质,漂浮于空中。这一连串关于轻和重的隐喻表明了擦抹式讲述的释重功效,温特森也在小说中明确宣称自己有"阿特拉斯情结"[4],即"释重"情结。

一 擦抹性故事释去话语之重

在《重量》中存在着双重的"释重",阿特拉斯释去地球之重,以及叙事者"我"释去话语之重。正如"我"完成故事重述后所说:

> 让我从我自己创造的这个世界下面爬出来吧。它不再需要我了。

---

① (英)珍妮特·温特森:《给樱桃以性别》,邹鹏译,第117页。
② (英)简妮特·温特森:《重量》,胡亚敏译,第142页。
③ (英)简妮特·温特森:《重量》,胡亚敏译,第140页。
④ (英)简妮特·温特森:《重量》,胡亚敏译,第94页。

奇怪的是,我也不再需要它。我不再需要重量。由它去吧。虽然有保留有遗憾,但还是由它去吧。

我想再重新讲述这个故事。[1]

故事的重述永远处于进行时态,不可能成为完成式,讲述者"从自己创造的这个世界下面爬出来",一如阿特拉斯从地球下撤出,他们都是从封闭的宏大的话语体系中释放出来,"如此完整、完美而独特的地球本身是一个故事"[2]。而这个故事是擦抹性的,不断重述的,"完整""完美"这样的字眼在擦抹中是不会存在的,所有的话语哪怕连"我"自己编织创造出的话语也将在擦抹更新中失去重量。

温特森的阿特拉斯情结让人回想起卡尔维诺在《美国讲稿》里对于"轻和重"的著名论述,他认为现代社会的规范和界限让所有人"毫无例外地都在石头化,仿佛谁都没能躲开美杜莎那残酷的目光"。然而文学故事可以不依附于现实生活,从而取得间接映象,可以通过释重带来清逸,他隐晦地借用穿着飞鞋的柏尔修斯的神话进行解读:

> 柏尔修斯为了割下美杜莎的头颅,避免自己变成石头,他依靠的是世界上最轻的物质——风和云,并把自己的目光投向间接的形象——镜面反射的映象。于是我试图在这个神话故事中寻找作家与世界的关系,寻找写作时遵循的方法。[3]

卡尔维诺还指出,从美杜莎的血液中腾出了飞马,踢出了供

---

① (英)简妮特·温特森:《重量》,胡亚皦译,第143页。
② (英)简妮特·温特森:《重量》,胡亚皦译,第142页。
③ (意大利)伊塔洛·卡尔维诺:《美国讲稿》,萧天佑译,第3页。

缪斯女神饮水的山泉，以此来暗示文学和轻逸的千丝万缕的关系，以及对于重的消解。我们可以看到美杜莎使人类石化的隐喻在温特森批判社会大话语统治下的现实生活时也使用过。卡尔维诺还从米兰·昆德拉最负盛名的《生命不能承受之轻》中受到启发，认为这部作品用无处不在的话语压抑提醒我们："敏捷的智慧属于另外一个范畴，不属于生活。"[①]换句话说，轻逸属于文学世界。

故事的"轻"来源于语言永无止境的运动。卢克莱修用他的量子论提醒人和物之间可能存在的质的流动和变化，奥德修亦用《变形记》提醒我们"一种形式转化为另一种形式时变化过程的渐进性"[②]，而卡尔维诺也认为不断变化、不断变异、不断打破界限是摆脱重量、获得轻逸的秘诀。保尔·瓦莱里的名作《镜中》的诗句——"应该像一只鸟儿那样轻，而不是像一根羽毛"告诉我们，"轻"不是来自质的减少，而是来自永恒的变化运动。卡尔维诺基于卢克莱修、雷蒙·卢尔等学者的理论认为文字符号就是不断运动着的原子，"由于它们的种种排列才构成了各式各样的词汇与声音"[③]。由此点出了语言符号的擦抹本能。温特森也在作品中实践着千变万化的文本运动，她正是用自己手中的语言符号，不断重组，擦抹自身，让自己的故事获得了从铁板一块的宏大话语中轻身跃起的能力。

温特森经常在小说作品中写到"生活之重""历史之重"，重量是

---

① （意大利）伊塔洛·卡尔维诺：《美国讲稿》，萧天佑译，第7页。
② （意大利）伊塔洛·卡尔维诺：《美国讲稿》，萧天佑译，第9页。
③ （意大利）伊塔洛·卡尔维诺：《美国讲稿》，萧天佑译，第28页。

由话语和界限塑造堆积而成的沉重感、凝滞感、束缚感，是社会话语规范和宏大叙事对人的压抑造成的。特别是"性别之重"，在温特森的小说中成为故事擦抹的重点，女主人公们往往会在自己编织的故事中加入消除重力的幻想，或在重述自己的故事后出现克服重量的幻想。在《给樱桃以性别》里温特森描写了能够飞起来的十二公主的故事，她们用女性不一样的视角重述了《十二跳舞公主》等童话故事，表达了逃离男权话语禁锢、追求飞翔能力的愿望，希望能在漂浮空中的故事岛上自由生活；在《橘子不是唯一的水果》里，主人公珍妮特编织的故事人物温妮特寻找着有独特语言、耸入云层的高塔之城，作为逃离之地。在述说了这个故事之后，珍妮特勇敢地从束缚她的家庭中出走；在《写在身体上》里，温特森也用细腻的笔触描写了女主人公对于失重漂浮的幻想等。

这些释重和飞翔的情节都可以看成是升空主义（aerialism）的表现，"象征着幻想，梦想和解放的观念"[1]。而重述女性自己的小故事和释重体验一样成为这些女人新观念形成的关键点，蜕变过程中的转折处，具有了仪式性。温特森表达出的释重情结"宣布了一个关于失重的女性幻想"[2]，其中往往交织着两种自由：一种是对男权家长制社会规范的逃离，一种是对于重力、时间和历史的摆脱。温特森正是用讲述女性故事的方式，使女人们获得话语自由，进而获得其他自由。正如她在自传中宣扬的那样，人生就是一部故事，

---

[1] Mary, Russo. *The Female Grotesque：Risk，Excess and Modernity*. New York and London：Routledge Press，1994，p. 13.

[2] Andermahr Sonya, *Jeanette Winterson：New British Fiction*，London：Palgrave Macmillan，2008,p. 75.

"我用自己的方法写出"①。

二 "空中之城"和"绳索"意象

缘于阿特拉斯情结,温特森对于轻逸地悬在高空中的异质之地一向情有独钟。用擦抹式的故事进行释重,在"空中之城"意象中得到充分表达。温特森坦陈着迷于"豆茎和杰克"这样的童话,随着魔法直入高空中的另一个世界,"从旅行的过程中受益"②。不仅如此,温特森笔下的每个空中之城都可以看成一个故事之城,是擦抹性叙事发生的地方。《守望灯塔》中的灯塔是普尤源源不断生产出故事的场所,灯塔故事重写了历史,灯塔也成为和现实社会异质的保全之地,"每一个灯塔都有一个关于它自己的故事"③。《给樱桃以性别》里也描绘了一个"词语之城"和"悬索之屋",在那里房子、云朵甚至空气,一切由言辞组成,语言升腾成烟雾和云朵,争辩和批判的话语在空中形成一个世界,词句不断地自我擦抹,不断更新,造就了轻盈的故事世界,"新的词句……对生活的重量感到不满,不断地将最沉重的事物转化为最轻盈的资产"④。在这样一个城市里的房子是以"悬索之屋"的形式存在,只有天花板,没有地板,人们依靠绳索,悬在半空中生活。这隐喻了在单纯语言的世界而不是在由语言承载意义的世界里的生活状态。

---

① Winterson, Jeanette. *Why Be Happy When You Could Be Normal?*. pp. 17 - 18.
② Winterson, Jeanette. *Art Objects: Essays on Ecstasy and Effrontery*. pp. 155 - 156.
③ (英)珍奈特·温特森:《守望灯塔》,侯毅凌译,第 25 页。
④ (英)珍妮特·温特森:《给樱桃以性别》,邹鹏译,第 14 页。

此外，《给樱桃以性别》浓墨重彩地描写了漂浮城市的故事，吸引福尔图纳达和她的姐妹们每晚飞向空中参与自由舞会的是一个飘浮于空中的岛屿。这个岛屿上的居民喧哗吵闹，以讲故事为生，空中城市"从地心引力法则获得自由"。当然这里不仅指的是物理学意义上的地心引力，更隐喻大话语逻各斯的强制引力指向，一如江奈生·斯威夫特(Jonathan Swift)笔下的"勒皮他"飞岛，讽刺的就是"无形体的抽象的理性"①。飞向另一个地方，是抛弃固定话语，释去限制的隐喻，是对自由飞翔神话的续写，普罗普(Propp)在《神话的形态》里把飞向远方称为"神话人物迁移"的一种方式，用来探寻"'另一个'或者'与我们这个不同的'王国"②里的人、事、物，也就是脱离现有规范定义的一种行为。

飞岛"从不在一个地方停留太久。但从另一方面说，它像某种离岸的岛屿"，是"一座没有重量的城市"。③ 这个城市和由大话语统治的地面世界形成了对比。以这个空中岛屿为蓝本，温特森创造出了短篇小说《世界的转角》里艾洛斯岛的空间意象，呈现出一个故事王国。维持艾洛斯岛正常运转的逻辑是故事的逻辑，居民是故事讲述者，故事改变着旅行者，也推动一切的发生。艾洛斯岛(Aeros)的英文字面意思暗示着"这是一个生于空中(air-born)的岛屿"④。其居民"将他们的岛屿当作一块飞毯……兴之所至就打包出发，转瞬之间就消失不见"⑤。这样的至轻的形象贴切地象征了故事对于

---

① (意大利)伊塔洛·卡尔维诺：《美国讲稿》，萧天佑译，第 24 页。
② 转引自(意大利)伊塔洛·卡尔维诺：《美国讲稿》，萧天佑译，第 30 页。
③ (英)珍妮特·温特森：《给樱桃以性别》，邹鹏译，第 126 页。
④ Andermahr, Sonya. *Jeanette Winterson : New British Fiction*. p. 144.
⑤ (英)珍妮特·温特森：《世界和其他地方》，虹影等译，第 162 页。

大话语的擦抹,对于自身的擦抹,表达了突破界限、确定性等概念。

　　这些异质空间既是空中之城,又是故事之城,点明了故事擦抹—释重—解构和大话语堆积—重量—规范约束这两对类比组合的象征喻义,成为独特的原型意象。"艾洛斯岛和《给樱桃以性别》里的城市一样抵抗逻辑理性和重量,使想象的飞翔成为可能。"① 在艾洛斯岛上,象征着轻言碎语的"四方的风归于此处"并"锻炼了居民的肺",催生了讲故事的技能;众说纷纭、不断生成、不断擦抹的小故事使"这岛如此不安生……汹涌的海面都要更加平静"。② 仿佛这就是让艾洛斯岛腾空漂浮的原动力。这隐喻了由于居民采用讲述故事这种不确定、擦抹性的小叙事,致使其生存世界——艾洛斯岛也具有了不确定性、易变性特质,将其作为故事的空间象征再合适不过了。

　　至于如何获得轻盈,获得通往故事之城的途径,温特森又启用了另一种意象"绳索"。绳索可以理解为故事擦抹性叙事方式的象征,通往异质之地的桥梁。在《给樱桃以性别》里,从姐妹们的评价和乔丹的描写中,我们知道图福尔纳达进出漂浮故事岛是以顺着绳索攀爬、剪断、再次续接上这样一种神奇的方式:"她是如此轻盈,甚至能够沿着一条绳往下攀爬,在半空中剪断然后再系上,又不至于摔死。风会支撑着她。"③温特森在论文中解密了这一象征,绳索被剪断再被续接可以看成是叙事者对叙事的剪断和重新续接,对语言的重新编码,是擦抹性叙事的形象呈现:

---

① Andermahr, Sonya. *Jeanette Winterson : New British Fiction*. p. 144.
② (英)珍妮特·温特森:《世界和其他地方》,虹影等译,第 162 页。
③ (英)珍妮特·温特森:《给樱桃以性别》,邹鹏译,第 75 页。

绳子是亲自造出来的,作家一边在上面走着一边制造出来。这是生命之绳,是交流密码。向前走直至尽头,消失,作为奖赏你会得到隐在烟雾中的看不见的房子。……

当她(图福尔纳达)降下时,是靠将绳子割断又重新打结来完成的。不可能?当然,但是艺术就是不可能。①

看不见的空中房子隐喻着在故事呈现的栖身之所,也是小叙事创造的存在之地。温特森的话表现出不断擦抹的小叙事打断原有的叙事原则和接续顺序,创造出多样化的可能,也形象地呈现了语言进行意义转移的隐喻功能。同样,通往艾洛斯岛的途径和其他"空中之城"大都一样,除了飞机和气球,最重要的是基于绳索的缆车,它"让讲故事的人快步穿行于大街小巷,将那些变身者的家人带进他们的新生活"②。讲故事作为一种通往"他处"的路径,可以通往现实世界中无法实现的可能性,从而解构宏大叙事的规范。

在小说《重量》里,温特森亦描写了一个叫"印度神仙索"的游戏,可以看成是"绳索"隐喻的灵感来源。这种顺着绳子爬到半空消失不见的魔法,可以让人克服身份的重力和限制,获得自由。旅行者在艾洛斯岛等空中之城的游历就如体验"印度神仙索"的魔法一样,体现着对界限和规范的拆解和卸下,"我想把生活周围聚集起来的那些重负全部放下"③。由确定不变的宏大叙事描述的世界太重,擦抹性叙事描述不同人的不同时空,能让人冲破界限,保持轻

---

① Winterson, Jeanette. *Art Objects : Essays on Ecstasy and Effrontery.* p. 161.
② (英)珍妮特·温特森:《世界和其他地方》,虹影等译,第162页。
③ (英)简妮特·温特森:《重量》,胡亚幽译,第94页。

盈,而"故事是两个世界之间的绳索"①。

生活重负来自大话语的规范和强权,而"文学是一种生存功能,是寻求轻松,是对生活重负的一种反作用力"②。对于温特森来说,故事的擦抹性叙事是通往自由的桥梁,通往轻逸世界的必由之路。

综上所述,温特森故事及其解构性的第二个突出标志是用擦抹性的叙事解构确定性的规范和界限。温特森在叙事中开启了"防御机制":将否定悬置在每一次叙事之上,将故事设置为只有开头没有结尾、蔓延于叙事网络的拓扑形态,将讲故事的人设置为"骗子",以讽喻消解自己的故事,将阿特拉斯情结寄托于"空中之城"等意象中,所有的这些机制最根本的动因就是,将二元或多元的因素共置在一起,形成竞争,留存矛盾,倡导"不可靠"和晦暗不明的多元共存的中间状态。温特森用二元互补、多重化的方式解构了二元对立方式,擦抹了各种界限,引向无限制和狂欢轻盈之境界。

①(英)珍妮特・温特森:《苹果笔记本》,余西译,第 111 页。
②(意大利)伊塔洛・卡尔维诺:《美国讲稿》,萧天佑译,第 29 页。

第五章　延异性主体重塑

　　温特森认为故事讲述对人具有转变认知和身份的力量。她作品中故事之解构功能的第三个表征是:故事可借助塑造延异性主体解构统一完整的主体。在《宇宙平衡》等小说中,温特森多次将故事转变主体性比喻为"魔药""点金术"一样的魔法,以彰显主体重塑发生的突然性和力度。在自传中,温特森也曾描述故事如变魔法般转变自我身份的亲身感受:"从神话、传奇、童话和所有的故事中汲取着能量,所有的尺寸和形状模糊不清了,被转变了。"①人的身份随着文本的延异也发生了延异转变,"尺寸和形状"由界限标明,可以看成是现实认知和身份定义的隐喻,由此故事有了抹除主体定义、消融主体界限的转变功能。

　　她将故事比喻为《仲夏夜之梦》精灵帕克手上的魔法滴液,这个滴液让人不再爱原初所爱,爱上本来所不爱的事物,能让人看见不确定,看见"转变"。这种转变"不是欲望之物改变了",而是让人"看

---

① Winterson, Jeanette. *Why Be Happy When You Could Be Normal?*. p. 147.

见了不一样的自己"。① 突然的洞见来自故事的讽喻,让人们知道存在于标准之下的主体之虚妄,是被社会话语建构出来的,"童话故事警告我们没有标准尺寸——那是工业文明生活所给的幻象"②。温特森赋予故事奇幻特质,用来宣告转变,同时折损现实,用众声喧哗的讲述形成一个对于"真实"和现实主义独白形式再现的质问,③解构现代文明对于人的主体不诚实的确定性定义,揭露传统主体观念的傲慢自负之下鬼鬼祟祟的假设前提。

第一节　故事是通往他人之路

20 世纪初,以海德格尔(Heidegger)为代表的哲学家和文学家们开始诘问"人类中心主义"。福柯提出"主体已死",德里达宣称"人已终结",巴尔特(Barthes)聚焦作者消失,等等。这些对于"人"之"解构"的思考和判断,消解了自启蒙运动以来人们对于人类至高无上地位的迷信。从另一个角度看,这些论断是在"语言学转向"下,对于主体性建构问题的深层思考,其所终结的只是近代主体性哲学中的"主体"定义,宣判的是整体化、理性化、物质化的人之概念的死亡。后人文主义在质疑对人之本质的追求的同时,也把目光转向了主体的个性、间性、延异性和生成性。

温特森作品中也展现出对于主体性的后人文主义式关切,并将这种关切和故事讲述联系在了一起。温特森故事重塑主体的起点

---

① Winterson, Jeanette. *Why Be Happy When You Could Be Normal？* . p. 68.

② Ibid. p. 70.

③ Jackson, Rosemary. Fantasy：The Literature of Subversion. London and New York：Methuen, 1981, p. 7.

不是自身,而是他人,她曾强调文学故事是"一个通向其他真实,其他人格之路"①,并不时提醒读者故事对于多样主体的经验联系作用。后人文主义视野中对"人"的认识不再是原子形式,不再是孤立封闭的个人,而是关系性存在或交往性存在,是海德格尔所言的人的"共在"。因此,重塑主体的行为应该发端于对"间性"的探寻上。故事建立起万物和我的联系之网,成为主体"间性"的孕育之地。

故事重塑主体的行为本身对于封闭构建的"自我"定义就是一种解构。维柯等学者曾宣称,故事最重要的意义基于生活经验的不可让渡性,在叙事过程中人便通过故事与他人建立了联系,从而分享他人的经验。② 法国哲学家利科同样肯定过故事的这种联系作用:

> 故事为我们提供一种描述世界的模式。……都给我们提供生活的意义和归属。它们把我们同他人联系起来,同历史联系起来。
>
> ……故事的结构给我们提供了想象、陈述和隐喻,促进我们对他人、世界和自己的认识。③

温特森在强调故事的擦抹性的同时,也不时提醒故事对于多样主体的经验联系作用,强调从故事中去探寻主体间性,这也是故事能在不断延异中起到"延"的作用的重要原因之一。

---

① Winterson, Jeanette. *Art Objects : Essays on Ecstasy and Effrontery.* p. 26.
② 参见(英)奈杰尔·拉波特、乔安娜·奥弗林:《社会文化人类学的关键概念》,鲍雯妍、张亚辉译,北京:华夏出版社,2009 年,第 248 页。
③ Carol S. Witherell. Narrative and the Moral realm: Tales of Caring and Justice. *Jounarl of Moral Education*,1991,20(3):239.

一 故事促成"生命关联总体"

温特森从词源学出发,探讨人的自然存在状态,认为拉丁语"自然"一词的原意是"我的诞生,我的特质,我的状态","'自然'是整个的自己,我存在的多元现实。"[①]这里的多元不仅包含着人的身份多元,更是强调,自己和他人、世界的多元联系:"我不仅仅是我自己,还包括每一个他人的自我和世界本身。"[②]显然,温特森反驳的是以"我思"自我(ego cogito)为中心的现代主体哲学,在这个系统中将"我"(Je)定义为经验自我或者先验自我,"我"是被绝对设定的(而不是和他者一起的)。

温特森对于自我与非我、自我与世界的关系概括正如德里达在其理论中所预示的那样:我们对主体实在的感知本身是替补的产物,"自我和非我以及自我和世界之间的关系是一种两端并未截然对立的关系,它们处于替补的关系之中:既是自我和世界的关系,同时,又是自我被世界替代的关系"[③]。温特森通过故事不仅探讨"我"的主体内涵,追问我是"什么"? 更是从"我是什么"的问题过渡到"我是谁"的问题,追问"我"的主体关系。这展现出在人的有限性中纳入差异性的他人的后人文主义式的主体构想,表明"本体论的参照点包含在具有交互主体性之意蕴的面的概念之中"[④]。

---

① Winterson, Jeanette. *Art Objects : Essays on Ecstasy and Effrontery*. p. 150.
② Ibid. p. 150.
③ (英)罗伊·博伊恩:《福柯与德里达:理性的另一面》,贾辰阳译,北京:北京大学出版社,2010年,第105—106页。
④ (美)弗莱德·R.多尔迈:《主体性的黄昏》,万俊人译,上海:上海译文出版社,1992年,第171—172页。

温特森用文学故事突破一直局限着的主体实体化和确定性,其中回响着狄尔泰的"生命关联总体"概念,也应和着利科的主体诠释学。在小说《宇宙平衡》中,温特森将这种宇宙万物和主体的联系描写成宇宙世界蕴含于自己体内。小说开篇便写出了一个关于世界和人的主体相互套叠的民间故事,也写出了其中蕴涵的独特世界观和主体观:

> 首先有一个森林,在森林里有一块空地,在空地里有一座小屋,在小屋里有一位母亲,在母亲体内有一个孩子,在孩子体内有整座高山。①

在这样的描写中,自我和他人、自我和自然、内在和外在形成了循环往复的包含联系。温特森进而通过文字游戏点题地写出了宇宙平衡即身体(内脏)平衡的主体性认识:

> 天空中的黄道十二宫印在了身体之中。银河系在你的身体里弯弯曲曲。你的内在包含了什么?大写的死亡。时间。千年的光带,在你的内脏中,宇宙扩展延张。是你的 23 英寸的肠子装载着群星?②

> 你所记住的,你所发明的。宇宙在你的内脏里弯弯曲曲。③

然而如何将宇宙纳入自身?让他者映射在自己身上?温特森认为是用讲故事的方式,找回丢失的"迷路"的故事和言辞:

---

① Winterson, Jeanette. *Gut Symmetries*. London: Vintage International Press, 1997, p. 4.

② Winterson, Jeanette. *Gut Symmetries*. p. 6.

③ Ibid. p. 240.

一些故事我们必须讲述。迷路的词句在皱褶的纸张上。这是我们互相发往外界的微弱信号。①

利科认为："各种叙事中对我们的生命关联总体所作的表达，是叙事塑形的指导原则。"②在讲述故事和听故事的过程中，人们发生了联系，产生了影响，讲述者和听众的身份也不断发生互换，故事以及人的主体性在交叉叙述中也在不断演变、生长，由此"我中有你""我中有世界"的"生命关联总体"便萌生出来。

二　故事中的"联接"和"返身"

温特森特别强调故事可以帮助人们在通往他人之路上"联接"和"返身"。在《艺术之物》中她讲述了回声女神（Echo）迷失在自己的回声之中，以及美男子那喀索斯（Narcissus，水仙）困限于自我欣赏、自我观照而憔悴致死的希腊故事，以此来"警告我们不识真实而只识自己的危险"③。

《石神》描写了一个用故事连结他人的乌托邦——"残败城"（wreck city），第三次世界大战之后，世界被大型公司"摩尔"（More）控制，正常人住在"科技城"（tech city），享受着科技带来的极端便利和长生不老，"More"象征着"更多"的欲望，人们看起来光鲜亮丽，主体性却被大一统话语所压制，被无止境的欲望所裹胁，"科技城"是一个反乌托邦（de-Utopia）象征。所有的遭受核武器之灾的变种

---

① Winterson, Jeanette. *Gut Symmetries*. p. 29.
② （荷兰）约斯·德·穆尔：《从叙事的到超媒体的同一性关—在游戏机时代解读狄尔泰和利科》，吕和应译，《学术月刊》2006 年第 38 卷第 5 期，第 32 页。
③ Winterson, Jeanette. *Art Objects：Essays on Ecstasy and Effrontery*. p. 26.

人、残疾人被遗弃到"残败城"。然而这里的人们，用故事讲述梦境和自己的过往，用故事彼此分享、相互关爱，在联系互通中拥有更为包容健全的人格，正像温特森在评论中所说："人们应该释放自己，从内向外改变自己。"①这改变了现代主义小说式的构建自我的方式，改变了以往希望仅凭深挖自己内心就能完善自我的狭隘观念。

"自我"并不直接指向我自己，它需要一个返身的过程，这个返身的行为往往在讲述他人故事中发生。在《守望灯塔》中，当普尤被要求讲述达克的故事时，他却先讲述了参孙的故事，温特森借人物之口强调要讲一个故事就非得要从另一个故事讲起，因为"天底下没有哪个故事可以从自己讲起，就像没有哪个孩子可以没有父母就降生到这个世上"②。一个人的故事总是某个故事的继承者，不存在孤立的一个故事，也不存在不涉及任何他者的故事。温特森的论述在卡拉索那里获得共鸣，"故事从来不离群索居：它们是一个家族的分支，我们必须向后追溯，向前寻觅"③。一个故事，总处在互文的网络中，可以在其他故事身上找到基因。同样，一个人总是处在一个相互联系的网络中，他的故事总是处在其他人的互文着的故事网中，每一个故事当中都必然有别的故事的痕迹，"没有任何一个故事是可以单独存在的，每一个故事都与其他自我的故事交织"④。

---

① 'Science in Fiction: Interview with novelist Jeanette Winterson', *New Sdentist* 195, no. 2618, August 25, 2007, pp. 50 - 51. *Academic Search Complete*, 2010, Vol. 28.

② （英）珍奈特·温特森：《守望灯塔》，侯毅凌译，第 24 页。

③ Calasso, Roberto. *The Marriage of Cadmus and Harmony.* trans. Tim Parks, London: Jonathan Cape Press, 1993, pp. 10 - 11.

④ 林鸿信：《叙事情节当中的自我与他者——从利科观点看自我与他者》，《台湾东亚文明研究学刊》2007 年 12 月第 4 卷第 2 期，第 9 页。

温特森在《守望灯塔》中抛出福斯特的著名小说《霍华德庄园》的名句"只有去联结",并写道"只有这些灯联结着整个世界"。① 当然,温特森联结的重点并不是如《霍华德庄园》原文出处那样强调社会阶层的联系,参照贯穿整个小说以及"灯"即故事之光的隐喻体系,我们可以看成她想表达的是:故事联结着整个世界。

温特森发现主体自身的故事讲述不仅是主体哲学的独白(monologue),更是从他人的故事叙述中展开,故事中包含联系的多样性、可能性、通往已知和未知的他者,"流向各个方向的所有事或暗含的故事"能够呈现的不是部分的构思,而是"一种生动的多样性,包含了所有已知和未知的神明"。② 我们可以在利科的理论中,发现温特森笔下故事对主体性的塑造过程:

> 不叙述所有对我有影响的人,就无法说出我是谁。因此,我是所有其他者的入口。我是我所是,同时也是他者之所是。③

主体自身的叙事交织在他者的叙事中,故事讲述、重述给人们一条可以返身的通道,让人绕道地、迂回地在你自己、我自己、他自己之中进行反思,重建主体。温特森通过故事对人的网络式构建,否定了人的本质性构建,体现了后人文主义对意义和实存的普遍关联性认识以及对于人的主体性的最深刻关切,这种关切可以看作是"人的自主性的源泉",因为"它抬高了人,使人既超越了事实的偶然

---

① (英)珍奈特·温特森:《守望灯塔》,侯毅凌译,第 82 页。
② Calvino. 'Ovid and Universal Contiguity', *The Literature Machine*, p. 151.
③ (法)保罗·利科:《利科北大演讲录》,杜小真编,北京:北京大学出版社,2000 年,第 83 页。

性,也超越了主观和自我中心的范围"①。

作为一个具有强烈女性意识的作家,温特森经常描写同性之爱,但其根本意指不仅局限在女权主义、同性恋身体美学上,而是追求一种镜像认识,一种交互阅读,从他者身上发现自己:"女性之间的性是镜子地理学。其秘密的微妙之处在于完全相同,又截然不同。你是在镜子的另一面为我开启的隐蔽之所。"②镜像是认识自我的一个途径,代表的是"另一个自己",是自己或别人眼中的"自己"。多角色叙事、离魂自观等形式都可以看成是镜像式的思考;从某种角度看,同性恋情也可以看成是在身体内置了一面镜子,互为映照,是自己和他者的共存。

温特森认为的镜子在促进自我认识之路上没有止步于拉康认为的失去自身的悲观的认识,更类似于福柯所说的"关怀自身"的方式。人对自我的认识正是从镜子开始,我发现自己并不在我所在的地方,因为我在那边看到了自己。温特森把故事中的他者之地、平行现实看成"人类自从学会自省脸庞时就开始凝视的这面镜子"③。由镜子另一面的虚拟空间深处投向自我的目光开始,"我"回到了自己这里,开始把目光投向我自己,并在"我"身处的地方重新构成自己;镜子则像福柯所说的"异托邦"那样发挥作用,为了使自己被感觉到,它就必须通过这虚拟的、在那边的空间点,因而当我照镜子时,镜子使我所占据的地方既绝对的真实,同时又绝对的不真实。讲述故事犹如高举观察之镜,比镜子介质更为强大的功能是,故事

---

① (美)弗莱德·R.多尔迈:《主体性的黄昏》,万俊人译,第40—42页。
② (英)珍妮特·温特森:《苹果笔记本》,余西译,第156页。
③ Winterson, Jeanette. *Gut Symmetries*. p. 7.

不仅反映还可以创造,不仅可用来凝视还可以用来体验。

三 故事带来"远方"的、"杂烩"的经验

在温特森的叙事中,故事能够带来人们难以触及的远方的经验,"人们把讲故事的人想象成远方来客"①,《守望灯塔》生动详尽地描述了远方而来的故事在人们之间口口相传,从而对生活产生影响、对人们施加转变的情形:

> 灯塔看守人讲故事。这些故事你传我,我传他,一代一代传下来,绕着海洋沿岸的世界走了一圈又传了回来,也许改头换面了,但故事还是原来的。等看灯塔的人讲完故事,水手们就会接着讲他们的故事,从别的灯塔那儿听来的故事。一个有本事的看塔人得比水手知道更多的故事。有时候,他们还会比着来,要是哪个船油子嚷嚷说"兰迪岛"或者"曼恩岛",你就得回他们一个"会飞的荷兰佬"或者"十二根金条"。②

温特森非常形象地描写了一个众生喧哗、语言狂欢的故事分享交流场景。在故事讲述中,经验在交换,人格在塑成,联系在建立。本雅明在《讲故事的人》中同样考察过故事传播路径,他用一则德国俗谚"远行人必有故事可讲"说明除了谙熟本乡本土掌故的农夫之外,泛海通商的水手更是"讲故事的人"的典型。③ 故事可以传递经

---

① Benjamin, Walter. 'storyteller', in *Illuminations*, ed. Hannah Arendt, trans. By Harry Zohn, New York: Harcourt, Brace & World, Inc, 1978, p. 92.
② (英)珍奈特·温特森:《守望灯塔》,侯毅凌译,第34—35页。
③ See Benjamin, Walter. 'storyteller', in *Illuminations*, ed. Hannah Arendt, trans. By Harry Zohn, New York: Harcourt, Brace & World, Inc, 1978.

验,让人们得到来自既是地理意义上的也是传统意义上的,远方的智慧。[①] 存在于经验传递链条之中的主体不再是天生自明、一成不变的,其本身包含着来自他人和历史的映照和回响。温特森甚至希望自己能成为"水手"的一员,成为传递经验,特别是个人经验的使者,在访谈中,她提出希望读者能够进入她的故事世界,就好像进入水手的故事世界那样:

> 读者们就好像进入一个世界——有点像古老的水手世界,我猜,总会有一些什么人在他们行色匆匆的前行路上让他们停下脚步,并说道:"快来听啊,这里有一个故事。"[②]

旅人或是流浪者可以看成是讲故事的水手在更广义范围内的形象变形。学者柯尔克斯指出:"温特森笔下漫游女性的流浪者传统。……女性主人公在流浪过程中和别人交换故事,编织新的故事。"[③]温特森的主人公经常流浪远方:乔丹是个漫游异国的水手、银儿在灯塔被取缔后流浪四方、珍妮特在离开宗教家庭出走后开始求学和故事讲述生涯,维拉妮从威尼斯游荡至莫斯科再漫游回威尼斯,做过船夫、赌场荷官、军妓等,她们都在流浪的过程中讲故事给他人听,也听着各方各地的故事,更讲述着流浪过程中听到的、经历的各方各地的故事。故事在传播过程中像小溪汇入大河一样越来

① Benjamin, Walter. 'storyteller', in *Illuminations*, ed. Hannah Arendt, trans. By Harry Zohn, New York: Harcourt, Brace & World, Inc, 1978, pp. 117–119.
② Noakes, Jonathan and Margaret Reynolds. *Jeanette Winterson* (*Vintage Living Texts*). London: Vintage Press, 2003, p. 24.
③ Keulks, G. 'Winterson's recent work: Navigating realism and postmodernism', In S. Andermahr (ed.) *Jeanette Winterson: A Contemporary Critical Reader*. London: Palgrave Macmillan Press, 2007, pp. 146–162, p. 150.

越丰富,越来越有力量,故事的影响也像流经大地的河流一样,灌溉万物,普拉切特在描写故事的流传状态时使用了一个贴切的比喻:故事讲述就像开挖水渠使水流从高山上流下,不断加入的讲故事者就像挖渠人一样,开凿出其他分岔的支流,故事便越流越远,越传越广。①

对于流浪者作为故事叙述者的传统来说,空间就是时间。"阅读具有建构性的故事文学网络经验,这样一来,文学传说的网络和描写着地理、奇闻轶事的故事网络便联系在一块。"②经验也能在时间和空间上获得双重的突破。一旦将自身置于连接总体的参照之中,在那些有关我们的生活和他人的生活的叙事中,在对他人和远方的故事认同过程中,受述者和叙事者便会形成情感同步,便能形成伽达默尔(Hans-Georg Gadamer)所提出的"视域融合",便能阐明并建构自身。

拜厄特亦曾提及这种不断包容更新、交叉回环的故事体系,以及这一体系所包含的世界体系,她用"杂集"(miscellany)一词来概括世界状态,"包罗万象才是真正的世界"③。"杂集"同样也是故事的讲述特色,正如伯格斯在《小径分岔的花园》里借人物之口道出如何讲述包罗万象故事的方法:在故事的不断传承流传的过程中,写出头尾相连的循环故事册,"每个新的个体都加入一个新章节,或者

---

① See Pratchett, Terry. *Witches Abroad*. from *On Histories and Stories : Selected Essays*. see A. S. Byatt. Cambridge, Mass. : Harvard University Press, 2000.
② Byatt, A. S. *On Histories and Stories : Selected Essays*. p. 137.
③ Ibid. p. 139.

恭谨地改正前辈的书页"①。每一个讲述故事的人都为这一"大杂烩"增添属于自己的一丝味道。这是一种后人文主义式的"合成"，将"人类"置于无处不在的联系之中，当作聚合（assemblage）而不是整体（unity）去观察。拉图尔称之为"合成主义"（compositionism）："合成主义试图重建一种共同的世界，这样做是因为认识到这个世界必须建立在充分混杂的部分之上，这些部分永远不会成为一个整体，最多只能是脆弱、可修改和多样化的合成物质。"②

同时，故事讲述恢复了一种古老的交流传统：人们围坐在火堆边轮流讲故事，这一传统中隐晦宣扬的实际上是口语叙事的能力。口语叙事不同于"百科全书"式的小说，形而上的书面叙事试图用书面符号的权威穷尽人们的认知，如同牧师的权威的布道，如同政客的演讲。卡尔维诺曾如此形容"围坐讲故事"这种平等的、共存差异的、"大杂烩"似的经验交流模式：

> 每晚轮流讲故事这种机制，就像骑士们的竞赛……但这里却没有胜利者和失败者；与其说它是一场竞赛，还不如说它是个市场，在这个市场上每个人都有某种东西要出售，每个人都有所赚。③

故事讲述的叙事场域是平等的，因而，用故事联结他人并不是异化主体性的过程，因为口语叙事是一个交互创作的可变过程，文

---

① Borges, Jorge Luis. 'The Garden of Forking Paths', in *Collected Fictions* trans. Andrew Hurley London: Allen Lane, 1999, p. 20.

② Latour, Bruno. 'An Attempt at a "Compositionist Manifesto"', *New Literary History.* 2010 (41): 471-490.

③ （意大利）伊塔洛・卡尔维诺：《美国讲稿》，萧天佑译，第133页。

学故事存在于不同的人口中、不断的重新讲述中，其作用"就是在不同之间进行传递，不是为了消除差异，而是为了更加突出差异"①。故事提供的是一种保存差异的联结，是一种运动中的联结，不会重构成其他的永恒确定的主体。

本雅明认为，在现代社会，讲故事的艺术呈现衰落趋势，带来的最大问题就是："似乎一种原本对我们不可或缺的东西，那些我们拥有的最稳固的东西正在离我们而去：这就是交流经验的能力。"②温特森所倡导的，正是通过故事恢复经验的交流，重构多元的、可变的主体，也通过故事重新构建对世界的认识。在后现代状态下，人们处在无尽的联系之中，叙事成为构成联系的重要载体，人不仅可以在叙事的意义中发现并找到自己的社会关系，而且也能"在叙述行为中找到自己的社会关系"③。人们仿佛处在一个印度佛教所定义的"因陀罗"网中，反映着如福柯所言"他者必将变成作为自身的同者"④的思想发展趋势。在这个如星空一般的网络，每个人都是其中一颗宝石，身上反射着他人之光，借用温特森的隐喻，每个人都反射着他人传来的故事之光，也发散着自己的故事之光。正如利奥塔提醒我们的那样：

> "自我"是微不足道的，但他并不孤立，它处在比过去任何
> 时候都更复杂、更多变的关系网中。不论青年人还是老年人、

---

① （意大利）伊塔洛·卡尔维诺：《美国讲稿》，萧天佑译，第 44 页。

② Benjamin, Walter. 'storyteller', in *Illuminations*, ed. Hannah Arendt, trans. By Harry Zohn, New York: Harcourt, Brace & World, Inc, 1978, p. 83.

③ （法）让-弗朗索瓦·利奥塔：《后现代状态》，车槿山译，82 页。

④ （法）米歇尔·福柯：《词与物》，莫伟民译，上海：上海三联书店，2001 年，第 83 页。

男人还是女人、富人还是穷人，（人们）都始终处在交流线路的一些"节点"上，尽管他们极其微小。①

故事讲述则是连接这些"节点"的交流线路，也只有依托交流线路的存在，这些"自我节点"才能存在。同时，这些"自我节点"的坐标会随着故事网络的运动而永恒变化，解构独白式的统一性主体。

第二节　"进程中的主体"

有学者认为温特森受到了后结构主义影响，在故事中造就并呈现"进程中的主体"（subjects-in-process）②。由于主体必须在连接中建立和重建，便"永远不能以拥有者的姿态自居（或作为先验活动）"③。温特森也十分赞成这一点，认为叙事的延异流动、经验的传递都是过程性的，自我和他人相互渗透、参照、融合，人的主体重构也被置于这一进程中，置于多元融合之中，不断演绎变化。人的主体是一个过程，这种认知解构了既成完整性的主体观念。推动这一过程前进的，特别是推动"延异"的"异"的，是故事的重构功能，"词句是活的东西，能够形成或是再造新的整体"④。这种重构性首先来源于语言叙事的对于主体的能动建构，语言行为理论认为叙事

---

① （法）让-弗朗索瓦·利奥塔：《后现代状态》，车槿山译，第 61 页。
② López, Gemma. *Seductions in Narrative : Subjectivity and Desire in the Works of Angela Carter and Jeanette Winterson.* New York: Cambria Press, 2007, p. 8.
③ （法）米歇尔·福柯：《知识考古学》，谢强、马月译，第 204 页。
④ Winterson, Jeanette. *Art Objects : Essays on Ecstasy and Effrontery.* p. 169.

"意味着对一个对象发生行动"①。同样,在温特森的世界里"说"即是"做",温特森非常强调语言本身的力量:"语言不是通过说了什么而是通过它本身施力于我们。"②这种施力通过将主体置于故事的网络中进行,通过故事的隐喻擦抹式语言进行,通过人对故事讲述的能动性参与进行,讲述故事甚至能避免主体死亡。

一 故事打破主体的二元对立和完整性

二元对立和主体完整性是温特森首先要解构的概念。温特森在小说《宇宙平衡》中批判建立在二元对立基础上的、狭隘的、内指性的主体完整:

> 我们正在开始。这也许就是充满二元对立组合的临时世界:黑/白,好的/邪恶的,男人/女人,有意识的/无意识的,天堂/地狱,捕食者/牺牲者,我们强制地演出着我们原初的戏剧,以为这一切是个整体,被切成两半,再次寻找它的整体性。……
>
> 我对这个一直在时间和空间中上下求索的小小的蓝色星球表示怜悯。③

这段话呈现了温特森希望破除两个根深蒂固的主体性观念,从而驳斥现代主义对于人的主体性定义:一是无处不在的二元对立,

---

① (法)热拉尔·热奈特:《叙事话语、新叙事话语》,王文融译,北京:中国社会科学出版社,1990 年,第 314 页。
② Winterson, Jeanette. *Art Objects: Essays on Ecstasy and Effrontery*. p. 76.
③ Winterson, Jeanette. *Gut Symmetries*, London: Vintage International Press, 1997, pp. 6 – 8.

二是偏执地认为主体性是源初性的，是完整的。

现代西方哲学传统一直将对主体的定义聚焦在"人的自治主权、自我意识和深深植根的个体性上"①。自笛卡尔提出了"我思故我在"之后，西方哲学中一直假定人的主体是生而有之的，是完整的，是独立的，笛卡尔所推出的主体是"自治、独立、清醒的理性主体"②。主体自身在寻找绝对的确定性。笛卡尔的理论中至少有一条基于二元对立的逻辑是绝对有效的："排中律原则，一个事物不可能同时既是又不是自身。"③现代主义者们扛起了反理性的大旗，人们认为主体性是被理性压抑，但是作为客观事件的对立面，人的主体依然是一个自成体系的存在，是生物学意义上的确定存在，同时被寄托了宣扬自身从而摧毁理性的厚望。于是文学家们往往都让自己的主人公们去追寻被蒙蔽了的真实的自我，被压抑了的完整的自我，他们对于自己的身份总是预设了某种真相。现代主义作家喜爱在其典型文学形式——小说中深挖人物的内心，着力于人的主体性塑造，展现出的人也越来越孤立，越来越割离。

故事的兴起反驳了小说对于主体的建构，如拜厄特所言，对于故事讲述的兴趣从某种程度上源自于怀疑经典小说，怀疑其对主体的话语建构。主体的定义和围绕其周围的社会意识形态密切相关，如特里莎·德劳瑞蒂斯（Teresa de Lauretis）所说："社会形态和再现行为诉诸一个过程，我们将这一过程命名为意识形态，在其中也

---

① Peters，Michael A. Alicia de Alba. ed. *Subjects in Process. Inteventions：Education，Philosophy，and Culture.* London：Paradigm Press，2015，p. 4.
② （英）罗伊·博伊恩：《福柯与德里达：理性的另一面》，贾辰阳译，第 48 页。
③ （英）罗伊·博伊恩：《福柯与德里达：理性的另一面》，贾辰阳译，第 42 页。

将个人定位为主体。"①福柯认为,现代主义者们所坚守的主体性是虚构的,是由话语建造的,"希望通过语言、符号、匿名的体系、可变的结构来取代人的这个主体"②,彻底摧毁先验的主体。同时,福柯强调不同的、可变化的主体都是处于历史进程中的。

巴赫金、福柯等学者都曾把目光投向现代之前的口语叙事时期,认为在那个时代,人的体验是和世界和他人紧密联系的,是具有完整性的。这种完整并不是大一统、固定不变的完整,而是基于承认众多变化着的个体的、包含差异的完整。口语叙事时代也是一个故事时代,经验传递方式就是讲故事,那时候的故事是多元讲述的重叠,是重构性的,对主体的构建是发散性的、开阔性的,而不是聚拢性、纵深性的。这和现代主义言说方式,和小说的言说方式有很大不同。同样,温特森认为在故事的世界里主体只是个动态过程而已,不再被理解为有目的的旅程,确定的先验意义上的主体性是不存在的,主体存在于一个动态的过程中,存在于故事讲述中的身份置换,存在于和他者广泛的联系之中。

温特森通过故事讲述,对人的主体重新进行后人文主义式的定义和阐释,宣判的是本质主义视野下的、现代主义主客二分思维中的狭义人的概念和人的特定形象的死亡。

二 故事解构和重构主体的三部曲

在温特森的小说里,往往可以看到这样一个情节,一个迷失的

---

① de Lauretis, Teresa. *Alice Doesn't : Feminism, Semiotics, Cinema*, Bloomington: Indiana University Press, 1984, p. 121.
② 莫伟民:《福柯的反人类学主体主义和哲学的出路》,《哲学研究》2002 年第 1 期,第 25 页。

主人公遇到了一个会讲故事的人,如《守望灯塔》的银儿和普尤,《宇宙平衡》的爱丽丝和斯戴拉,《激情》的亨利和帕特里克,《重量》里的阿特拉斯和赫拉克勒斯,《橘子不是唯一的水果》中的珍妮特和艾尔西,讲故事的人(后者)和听故事的人(前者)通过私密故事的传递、秘密的分享,建立起牢固、隐秘、双向的联系。在聆听故事的过程中,故事作用于受述者,使其渐渐获得了讲述的能力,从受述者成为讲述者,重新讲述自己的故事,展开自己的人生。温特森的故事讲述往往以二部曲的形式重构着人的主体。

第一步,故事解构作为受述者的主人公原来的主体认识,听故事的过程就是对自身理解和认识的获得,故事的讲述同步着受述者和讲述者的经验和感受,扩充着受述者原来的生活认知,驳斥着原来的固有观念。银儿、爱丽丝、亨利、阿特拉斯、珍妮特等都在接受故事的洗礼之后,学会质疑,学会问"为什么?"但是需注意的是,这个重构是过程性的,而不是目的性的,他者的故事会成为自我故事的补充,却不会是完全的替代,在利科看来,他者与自我之间的关系应是平等的、友好的。① 不会有一个置于其他故事之上的故事存在。

第二步,故事讲述促使受述者和叙事者的身份同步或互换。据本雅明所说,"听故事的人总是和讲故事者相约为伴"②,共享情谊。银儿、爱丽丝、珍妮特等人基本上都继承了其故事导师的故事观、世界观,也进入并继承了导师讲述的故事。叙事本身产出一定的话语

---

① 参见韩梅:《自他如一的叙事主体——利科主体哲学研究》,《理论界》2012 年第 8 期,第 76 页。

② Benjamin, Walter. 'storyteller', in *Illuminations*, ed. Hannah Arendt, trans. By Harry Zohn, New York: Harcourt, Brace & World, Inc, 1978, p. 102.

权威,重构主体实现的方式不仅是讲述叙事,而且也是倾听叙事,同时也将自身纳入叙事,总之,故事叙事在自己的体制之中进行差异运动,"既让自己处在受述者和故事的位置上,也让自己处在叙述者的位置上"①。叙述者一般会声称自己只是因为曾经听过这个故事所以才获得了讲述它的能力,那么"受述者通过听这个故事,也可能获得同样的权威。叙事者被宣布为是转述的(尽管叙事非常有创造性),而且'历来'都是转述的"②。由受述者转变来的叙事者自己也可以像之前的叙事者一样,成为叙事中的主角。

第三步,新生成的讲述者通过故事重构自我。讲故事并不全然是一个施为的行动,叙述者即施为又受为,被改变的不仅仅是听故事的人,说故事的人在这个过程中也被语言塑造和改变。当受述者已经变为叙述者时,在新一轮的讲述中,主体进一步发生变化。温特森作品中迷失的受述者都是在讲出了自己的新的故事之后,主体才会发生突破性的改变,银儿在讲出了达克的重述故事、自己的流浪故事和会讲话的鸟的故事后勇敢选择和同性爱人避世相爱;阿特拉斯在讲述了太空实验品小狗莱卡以及开垦火星的故事后,质疑话语谎言,最终成为至轻自由的存在;珍妮特在讲出魔法女孩温妮特的故事后,自我变得独立强大,等等。利科认为,对主体自我的把握必须借助于叙述生命的故事,自我的全部含义都蕴含在故事当中,也只有在故事中才能理解主体自我。③ 生命和生活在各种活动中展开,通过叙事情节可以整合这些活动,将相关因素纳入叙事的情

①（法）让-弗朗索瓦·利奥塔:《后现代状态》,车槿山译,第83页。
②（法）让-弗朗索瓦·利奥塔:《后现代状态》,车槿山译,第78—79页。
③ 参见（法）保罗·利科:《作为一个他者的自身》,佘碧平译,北京:商务印书馆,2013年,第34—68页。

节结构中，这些相关因素包括了故事人物，一连串的行为、事件，相关的故事背景条件，因而叙事可以进一步促成自我言说、自我成形。需要指出的是，这时并不是主体重构的终结，由于故事讲述没有停止，故事的受述者还将不断变化，因此故事的重构会在第三步循环往复（重述自己的故事），或是重回第一步开始新一轮的三部曲（对不同的他人重述故事）。

讲述者、受述者、被讲述者在故事讲述中身份不断交互变化着，主体性也成为一个不断运动着的过程，讲述者往往被编织到自己所讲述的故事中，在《苹果笔记本》里，阿里既是讲述者，也是众多嵌入故事中的主人公。温特森用不同身份强调讲述者的主体和讲述塑造的主体交互融合的关系："我可以改变这个故事。我就是这个故事。"①"你可以改变这个故事，你就是这个故事。"②阿里为了生活说故事，"而故事在讲述他"③，故事话语成为真实和身份的本质：

> 阿里讲述故事。他将自己放入故事中，一旦进入故事，他就不能再轻易出来。他讲过的故事随着他正在吃的晚餐和床上卷成一团的被单编造出来。他所经历的，和他所发明的，成了相同的故事，这个持续不断的故事的一部分。④

温特森将编撰故事的过程比喻成阿里巴巴和四十大盗故事中的魔毯编织，这是隐喻性的魔毯，"比喻阿里编织的故事，温特森编

---

① （英）珍妮特·温特森：《苹果笔记本》，余西译，第 3 页。
② （英）珍妮特·温特森：《苹果笔记本》，余西译，第 216 页。
③ （英）珍妮特·温特森：《苹果笔记本》，余西译，第 194 页。
④ （英）珍妮特·温特森：《苹果笔记本》，余西译，第 195 页。

织的小说"①。温特森在小说中写道："阿里并没有在讲述故事,而是故事在讲述他。他将自己编织进从未发生过的历史和不可能已然发生的未来里。他像翘着腿的土耳其人,在编织地毯的时候,在图案中发现了自己。"②在自己编织的图案中发现自己,象征着在自己的故事讲述中主体性被重构,突破了线性的、完成性的必然趋势,自我成为花样百出的"魔毯",成为一个过程。

三　故事避免主体的死亡

温特森认为故事对主体展开永动延异的重塑,其最极致的状态就是通过故事避免主体死亡。她重视故事语言的隐喻性,并通过词源学的分析认为隐喻的希腊语是运离、升华的意思,"隐喻是转变"③。在后现代的认识背景下,语言的隐喻功能使意义和真实成为不确定,意义只能存在于一个能指指向另一个能指的链条中,得不到固定。因此,这种转变不是将 A 转变为 B 的公式性变化,是德里达所提出的延异性的变化。这种转变是无穷尽的,无规则的,无限运动的,是绵延中的悬置与延宕。它所解构的是稳定的、终极的存在。这也是擦抹性叙事的语言规则。延异性的叙事避免了叙事的死亡,同时也避免了由叙事建构的主体的死亡。

拜厄特曾总结道："故事和童话不像小说,它们和死亡息息相关。"④她还提出："故事就像基因,它们在故事结束后让我们的一部

---

① Andermahr, Sonya. *Jeanette Winterson: New British Fiction*. p. 114
② (英)珍妮特・温特森:《苹果笔记本》,余西译,第 194 页。
③ Winterson, Jeanette. *Art Objects: Essays on Ecstasy and Effrontery*. p. 66.
④ Byatt, A. S. *On Histories and Stories: Selected Essays*. p. 132.

分继续活下去。"①不同于用顿悟去确定永恒的现代小说,由于故事本身的讲述形式就是擦抹性叙事,拒绝结尾,拒绝确定和终结,在拥抱死亡之后拒绝死亡,所以裹挟在故事讲述之中的主体被擦抹性叙事不断解构,重构的主体也成为发展过程中的一个个片段,没有终点,避免了死亡。《苹果笔记本》中,当有人质疑讲故事的人一旦死去,这个人以及他的故事就结束了,温特森却认为一个人可以通过故事转述延续自己的生命:

> 那些乏味的人摇摇头说,当阿里躺在了他的坟墓里,他和他的故事就结束了。

> 真的会这样吗?或者故事在阿里口中滚动向前时,它会向别的人别的故事转移?②

温特森在这里仿佛应和着也诘问着本雅明对死亡和故事关系的定义。本雅明从故事材料来源和讲述者人生阅历的角度上,分析认为死亡意味着一个故事的完成,一个人的人生从他死去的那一刻开始变成故事。他举了以下几个例子来证明自己的观点:溺水的人眼前迅速闪过的一生、人们被要求作临终忏悔、悼念者追溯死者一生时从死的那一刻开始往下讲。由此,本雅明声称故事获准流传的起点:"一个人的知识和智慧,但首要的是他真实的人生——这是故事赖以编织的材料——只有在临终时才首次获得可传承的形式。……这权威便是故事的最终源头。"同时,濒临死亡成为故事讲述者获得权威的源泉和条件:"死亡是讲故事的人能叙说世间万物

---

① Byatt, A. S. *On Histories and Stories : Selected Essays*. p.166.
② (英)珍妮特·温特森:《苹果笔记本》,余西译,第 195 页。

的许可。他从死亡那里借得权威。"①应该说,本雅明将故事的前提预设为完整性和确定性,因此需要通过盖棺定论式的死亡来获得。

尽管温特森赞许本雅明所说的主体性通过进入故事获得传承,但是在温特森的故事世界里,故事基本上是完整性和确定性的反义词,讲故事的权利任何人都有,任何时间都可以,因为故事说什么、怎么说、说多少都行,所以死亡不是故事的终结,而是过程中的一部分。在《宇宙平衡》里温特森认为故事可以编织出不断变化的多样现实,解构了"此处"的生活,并提出:"我们在此处的生活不是全部,那么我们在此处的死亡就不是终点。"②温特森从故事的延异性重塑的角度破除了故事对于死亡的迷信,每个人讲述的故事永远不可能是完整的,永远在不断的重述中更新和扩充。她更强调故事通过将个人的故事纳入和他人连结的故事网,从而取得故事发展的无尽可能,避免主体的死亡。德里达用绝境替代了主体性的死亡,他说这"类似于一种时间结构,一种同当下的须臾分离,一种在当下与自己存在中的延异"③。温特森故事中的当下和主体都是多元的、延异的,死亡只是个临近状态,在进入故事网后,新的叙事使死亡得以避免。

用讲故事来避免主体的死亡,并不是温特森的发明创造。马尔科姆·鲍伊(Malcolm Bowie)曾描述道,从《一千零一夜》到普鲁斯

---

① Benjamin, Walter. 'storyteller', in *Illuminations*, ed. Hannah Arendt, trans. By Harry Zohn, New York: Harcourt, Brace & World, Inc, 1978, p. 103.

② Winterson, Jeanette. *Gut Symmetries*. London: Vintage International Press, 1997, pp. 177 – 178.

③ Jacques, Derrida. *acts of Literature*, ed. Derck Attridge, London and New York: Routledge, 1991. 转引自史成芳:《诗学中的时间概念》,长沙:湖南教育出版社, 2001 年,第 191 页。

特(Marcel Proust)的《追忆似水年华》，经典的故事就像"一部抵抗死亡的巨典"。山鲁佐德讲述故事以推迟每天被宣布的死亡，卜迦丘(Giovanni Boccaccia)笔下的从佛罗伦萨逃离瘟疫的年青人们不断讲述故事，从而得以延续生命。① 如本雅明所说，故事不断被讲述，一切故事最终合力形成网络，一个故事连着下一个，用新的故事避免前一个故事的死亡，也避免自己的死亡。温特森笔下的许多讲故事者可以看成是《一千零一夜》的山鲁佐德的继承者，《苹果笔记本》里的阿里便是其中一个，网络故事使她成为自己之所是，创造她的推定身份，成为她生存的必需："为了活着，阿里讲述故事。有些人不得不这样做，故事是他的面包和黄油"②。这句话一语双关，表面上说的是阿里以写故事为生，实际上在强调故事是精神必需、存在必需、主体必需。另外，在《守望灯塔》中，温特森充满隐喻地描写了经历海难的水手"靠着给自己讲故事活了下来"的情景：

> 他把知道的故事都讲完了，这时候他就开始讲他自己，就好像他是这个故事，从他人生的一开头一直讲到他水手生活中的种种不幸。他讲的是一个迷失的水手被发现的故事，不光是一次，而是很多次。

接着水手发现了拉斯角灯塔的光，

> 他知道要是他成了那灯的故事，他也许就得救了。
> 那灯光成了一道亮闪闪的绳子，在拉他过去。③

---

① Bowie, Malcolm. *Proust Among the Stars*. New York: Harper Collins, 1998, p. 315.
② （英）珍妮特·温特森：《苹果笔记本》，余西译，第 193 页。
③ （英）珍奈特·温特森：《守望灯塔》，侯毅凌译，第 35—36 页。

这与其说是一个传说，还不如说是一个寓言。灯光成为救命绳，在《守望灯塔》的隐喻体系中可以这样理解：故事成为主体延续的桥梁，拉着人前往无限延异的存在。叙述自己，用故事里的真实激发生活中的真实，将自己纳入可以流传的他人的故事系统，正如水手成为"那灯的故事"，可以获得超越本我的主体的无限扩展。托多罗夫（Todorov）认为山鲁佐德们的存在无论是内在还是外在于虚构世界，"都取决于继续讲述故事。生命等同于叙事，死亡等同于叙事结束和沉默"①。讲述故事的同时，主体得以保存和重构，存在于现在的叙事行为，取代了可能存在于过去的叙事内容，成为施力于主体的力量。正如利奥塔提醒人们的那样："叙事的内容似乎属于过去，但事实上和这个行为永远是同时的。"②在故事的现在性的叙事行为和不断扩张的连接网络中，一切都是处在叙述的进行时态，死亡不再是终结的表征，而被视为动态过程，这在更高层次上说明了故事延异性重塑的强大解构力量。

因此可以看到，温特森不仅像前辈们把主体放置在联系中以避免死亡，更进一步的是，她特别强调故事将主体放置在一个延异的过程中，放置在一个重视创新发明的过程中，放置在一个重视重述的故事中，从而避免死亡，在这一点上可以看出温特森对于"我"在主体塑造过程中的作用，强调人说故事的能动性。温特森曾在《重量》中说：

---

① Todorov, Tzvetan. 'Les hommes-récits.' *Poétique de la prose*. Paris: Seuil, 1971, pp. 55 - 71, see Brian McHale. *Postmodernist Fiction*. London and New York: Routledge Press, 2004, pp. 78 - 91.

② （法）让-弗朗索瓦·利奥塔：《后现代状态》，车槿山译，第82页。

若是我的叙述永不停息,若是故事永无终点,也许我就能找到一条远离世界的出路。作为我小说里的一个虚拟角色,我自己已经拥有了一个逃离事实的机会。当孩子们长大之后,早晚将会驳斥这两个所谓的事实:父亲和母亲。如果你继续相信父母对这个世界的虚构,那么你将永不可能建立起属于自己的个体叙事。①

在这里,父母是权威讲述的代表,要想不断推进自己主体的重构,就要使"我"的叙事永不停息,将自己变成故事里的"虚拟角色",建立属于我的"个体叙事"。"说故事是一个视角,但是永远不是最后一个……故事能被重新说下去。"②在故事的编织下,人不仅能转变甚至能延续我们自身。每一个受述者在转变为讲述者的过程中,积极参与着故事的重述,也积极参与着个人主体的重建。正如另一个讲故事大师卡尔维诺所说:

> 故事的价值就是由讲故事的人一次一次反复编织出来的,人们口口相传,不断为它增加新的内容。童话沿着一条没有尽头的无名长链不断传播着……然而这每一个环节都永远不应该只是纯粹的工具或被动的传播者,而要成为真正的"作者"。③

在温特森看来,每个人不仅要成为故事的"作者",更要成为参与自己主体性创作的"作者",成为"无名长链"式的故事的建设者,

---

① (英)简妮特·温特森:《重量》,胡亚豳译,第131页。
② Winterson, Jeanette. *Why Be Happy When You Could Be Normal?*. New York: Grove Press, 2011, p.49.
③ (意)卡尔维诺:《意大利童话》,文铮等译,第19页。

讲出私语性故事,让自己的主体性在连绵不断的故事编织中,不断发展,在叙事绵延中成为过程而不是结局。

第三节　多元身份及"第二次机会"

温特森的小说创作很多都涉及多元身份与多样现实,并以此解构单一固定的主体身份定义。肖瓦尔特在谈及温特森等当代女作家的作品时说:"童话和寓言为来自不同阶级和族裔背景的女作家提供了探索她们文学身份的形式。"[①]在《给樱桃以性别》中,温特森通过主人公之口定义了她的主体身份认知:

> 我们是多重的而非单一的。我们的单一存在着无数个存在,像剪纸娃娃手牵着手,但不同于剪纸娃娃的是,它们没有尽头。[②]

多变多元的叙事塑造的主体必然也是多变和多元的。需要指出的是温特森并不反对主体的存在,就像德里达所主张的:"主体是绝对不可缺少的。我并不是要消灭主体,而是要给主体定位。"[③]而根据解构主义的信条,为主体定位就是要认可差异性和多元性。[④]温特森小说中的人物通过各种幻想、童话等解放性的话语,"去协调

① (美)伊莱恩·肖瓦尔特:《他们自己的文学》,韩敏中译,杭州:浙江大学出版社,2011年,第308页。
② (英)珍妮特·温特森:《给樱桃以性别》,邹鹏译,第117页。
③ See Macksey, Richard and Donato, Eugenio (eds). *The Structuaralist Controversy: The Languages of Criticism and the Sciences of Man*, Balrimore, Md: Johns Hopkins University Press, 1972.
④ Huyssen, Andreas. *After the Great Divide: Modernism, Mass Culture, Postmodernism*, Bloomington: Indiana University Press, 1986, p. 213.

多重自我,探索完全的欲望,抵抗敌意的外部世界"①。在联系自我和他人,融合自我和世界的过程中完成多维角色体验,推动多重身份的生成,实现"多方向的生命投掷"②。故事在重述改写以及连接故事网络的过程中,可以帮助人们进行身份发现,重新发掘生活。她在自传中也曾表达:

> 整个的生活就是关于另一个机会,当我们活着,直到生命尽头,总是有第二次机会。③

温特森特别强调寻找"第二次机会"是她最喜欢的主题。④ 在多元的真实中获得新的身份、追求"第二次机会"也是温特森锲而不舍讲述故事的初衷之一。

一 超越"那一刻的生活"

故事可以在连接和延异中帮助主人公"超越那一刻的生活",从而发现"第二次机会"。温特森的故事之间经常形成互文对应关系,也可以理解为小说主人公以另外的身份形式在故事中进行历险和体验,完成身份重叠、境域重叠,最终发生转变。《守望灯塔》中多人讲述故事中的达克,《橘子不是唯一的水果》中的多层次故事里的珍妮特等,都可看成是并置重叠的同一角色的多个身份或者维度。DNA 在故事中被改变是温特森喜爱使用的多变身份的文学表达,

---

① López, Gemma. *Seductions in Narrative : Subjectivity and Desire in the Works of Angela Carter and Jeanette Winterson*, Youngstown, New York: Cambria Press, 2007,p. 8.
② Winterson, Jeanette. *Why Be Happy When You Could Be Normal？*. p. 187.
③ Ibid. pp. 75 – 76.
④ Ibid. p. 164.

她在《苹果笔记本》中写道：

> 这就是故事的开始。……在这儿，我们取走你的二十三对
> 染色体，改变你的身高、眼睛、牙齿和性别。……你会有一个晚
> 上的自由。[①]

阿里的确在小说中化身为各种同名人物，一会儿成为公主的同
性情人，一会儿成为垃圾之屋里的孤儿，一会儿成为行走于东方的
旅人，在众多的爱情故事中经历不同的人生。阿里贩卖故事给顾
客，改头换面成其他人，"抛弃肉体，物质的身体，爱上故事里隐喻的
身体"[②]。在温特森将主体的改变隐射在身体上，身体不仅是个人
的物质载体，更是个交流的场所；不仅是私人的，更是一个产生公共
联系的地方。

温特森在短篇小说《一生一次的冒险》里，更是突出了主体性的
改变和他人交互作用的关系：

> 生出一个小孩儿，然后把消息塞进瓶子里。…… 你的
> DNA，你古老的组成，一个给他人去破译的密码……故事往下
> 进行，……你是细节、是冒险，但是故事属于其他人。[③]

在故事进行的过程中，在自己和他人对于故事的重述中，主人
公们的 DNA 发生改变，意味着叙事象征性地改变了人的最为基础
的生物学定义，进而改变身份形式。正如温特森在论文中所说，文
学故事不是纪录片，"它的作用是打开灵魂的维度，打开被压抑在生

---

① （英）珍妮特·温特森：《苹果笔记本》，余西译，第 2 页。
② Andermahr, Sonya. *Jeanette Winterson : New British Fiction*. p. 115.
③ （英）珍妮特·温特森：《世界和其他地方》，虹影等译，第 216 页。

活重压下的自我的维度"①。

温特森认为,人的多元主体是处在延异过程中的,没有哪一个部分会成为控制主导,人不仅要体验所有的多元主体,并且要同时承认并抛弃多元主体中的每一个,才能在自我重构上更进一步,"通过差异性和特殊性来肯定身份也是后现代思想中一个固定不变的做法"②。在短篇小说《猎户座》中,温特森借阿尔忒弥斯之口说道:

> 一个孩子,一个女人,一个猎手,一个女王……这几个分裂的自我如此难以攫取……当这些自我全部消失时,她才能面对真正的自我。她抛开一切上路,所有的自我也跟来了……
>
> 阿尔忒弥斯认识到,真正值得的战争是与自己进行的艰苦卓绝的一役。其余不过是消遣。③

不同于"照本宣科的故事",阿尔忒弥斯讲述了自己追求自由独立、挑战男性强权、报复猎户座的故事,以此找到了独立自强、探索世界的那部分自己,重塑了作为猎手、作为女王的自己。

和阿尔忒弥斯一样,《宇宙平衡》中的爱丽丝和《日光之门》中的爱丽丝,她们的主体倍受社会话语的约束和塑造,宏大话语将她们的主体和女性气质、宗教规范,社会角色捆绑在一起,而这些人物也通过讲述自己的别样故事去大声质问政治决定论、性别决定论,致力于重新定位问题重重的主体,将其置于故事话语之内,不仅质疑主体的塑造途径,更质疑背后的塑造语境和前提。借用大卫·卡罗尔的观念,只有不断通过既遵循又破坏与主体相互依存的前提,才

---

① Winterson, Jeanette. *Art Objects: Essays on Ecstasy and Effrontery.* p.137.
② (加)琳达·哈琴:《后现代主义诗学:历史·理论·小说》,李杨译,第80页。
③ (英)珍妮特·温特森:《世界和其他地方》,虹影等译,第60页。

能够真正从根本上质疑主体,"质疑由此引发出的过程、理论与实践领域以及并不完全依赖于主体的策略"①。

利科认为自我是在讲述故事的过程中形成的,叙述一个故事就是述说谁做过什么和怎样做的。"谁"这个问题总是指向某种叙事的途径,"回答'谁'……这个问题就是在讲述一段生活故事"②。温特森小说中的每一次故事讲述都可以看成是福柯所提倡的"关心自己"的修身技术③,是一次冥想、一次修炼、一次内心考察、一次身份发现,一次对于自我的不同阐释,一次动态的经历过程。正如温特森自己所说:"故事帮助我们成为更丰富的自己,发现新的解决方法,超越那一刻的生活。"④

同样,故事突破时间和空间的限制,使主人公能够与语言构建的自己、未来过去的自己以及平行世界的自己发生联系,并与他人发生联系,从而促进了对自己的理解,摆脱束缚,转变革新,去追寻另一个时间的另一种人生。正如温特森在《苹果笔记本》中宣称的那样:

> 我不能带着我的身体穿过空间与时间,但我可以传达我的思想,用我的故事……将自己代入一个尚未存在的地方——我的未来。⑤

---

① Carroll, David. *The Subject in Question : The Languages of Theory and the Strategies of Fiction*, Chicago, Ⅲ. : University of Chicago Press, 1982, p. 26.

② Ricoeur, Paul. *Time and Narrative : Volume Ⅰ* , trans. Kathleen McLaughlin and David Pellauer, Chicago and London: University of Chicago Press, 1984, p. 335.

③ 参见(法)米歇尔·福柯:《主体解释学》,佘碧平译,上海:上海人民出版社 2010 年版,第 36 页。

④ Winterson, Jeanette. *Art Objects : Essays on Ecstasy and Effrontery*. p. 143.

⑤ (英)珍妮特·温特森:《苹果笔记本》,余西译,第 54 页。

在《给樱桃以性别》里，开篇也表达了故事记录"另外"人生的企图：

> 我想记录下的旅程不是我已走过的，而是那些我曾有机会走过，或者在另外的时间另外的地方，我有可能走过的旅程。①

正是通过故事，新的可能性被揭示，新的身份被重建，作品的主人公们得以跳出现实生活线性发展，蔓生出无数的主体发展的岔路。

借用福柯的观点，温特森在故事中"不是重建某些'推理链'（如历史学家一样），也不是制作'差异表'（像语言学家们那样），而是描述散布的叙事系统"，并在散布的叙事系统中提取出"散布的主体发展图样"②。这体现了在主体的塑造问题上，温特森又一次采用了后现代补给型叙事，用丰富、多元、平行、开放、联系的世界向外扩充主体发展的可能性，拥抱"主体化"；而不是用耗尽型叙事纵深挖掘内收性的、逻各斯的、固定化、确定性的主体。

二　故事中的变形

人类变身为他人、他物是温特森喜用的隐喻，变形意味着主体的质变，是一种成为他人、获得他人生活的方式。根据故事岛艾洛斯岛的运行法则，温特森直接赋予了故事讲述改变物质构造的魔法效力：使人变形，而故事对于主体的重构、延异功能也因此显露无遗：

---

① （英）珍妮特·温特森：《给樱桃以性别》，邹鹏译，第 2 页。
② （法）米歇尔·福柯：《知识考古学》，谢强、马月译，第 41 页。

很常见的景象就是:等待缆车的队伍沉浸到他们聆听的故事中去了,以至于变身其中、演绎起故事来。光是上周就有一打听众,一心要演绎"精灵如何被困铜花瓶"的故事,而将他们自己的人生完全抛诸脑后。

......

没有人忧愁。或迟或早,另一个故事,比上一个更为有力的故事将为他们带来解脱,让他们成为别的自己或重新找回自己。①

旅行者们在故事中抛却现实身份和人生,融入于岛屿,迷失于岛屿,故事让人得到了另一种身份经验,沉浸于虚构的人生中,正如温特森经常表达的那样,她不同意现实主义者所说"生活是所活的生活"②。在艾洛斯岛上的神奇变形意味着旅人通过听故事和讲故事,实现了自己和他人的叙事交往,实现了受叙者、被叙事者、叙事者的身份转换,在延异进程中,体验到"另外的地方""另外的时间""另外的旅程"中的"另一个自己",发现人生的"第二次机会"。

故事中的变形也是将个人和世界联系起来的一种重构方式,巴赫金曾说过:"童话中人的形象,总是建筑在蜕变和统一的情节之上。蜕变统一的情节,从人身上转移到整个人类世界中,即大自然和人们自己创造的事物上。"③艾洛斯岛上人们的变形,更类似神话中的变形意象,是获得经验和联系、获得重构和突破的象征。正如拜厄特在研究童话和神话中的变形意象时所说:"故事继承了神话。

① (英)珍妮特·温特森:《世界和其他地方》,虹影等译,第 162 页。
② Winterson, Jeanette. *Art Objects: Essays on Ecstasy and Effrontery*. p. 148.
③ (俄)巴赫金:《小说理论》,白春仁、晓河译,第 304 页。

而神话,就像有机生命体,是形无定形、质无定质的,是无境再造和革新的。"①故事的"形无定形"也成就了其塑造出的主体"质无定质"。

温特森对变形的讴歌已超越了现代主义者对于人的异化的恐惧,她认为所谓异化之前的人也未必是本质性的,也是某种话语的规范。这展现了人们对于社会精确规范的反抗,对固定生命存在形式的突破,对僵化规则的逾越。而变形则是解构的过程,是走向普遍联系和靠近完整世界的途径。成为别的自己或重新找回自己,意味着将人的主体性视为一种动态,一种进程,一种多维度的综合,这解构了现代主义封闭独立的主体性定义,也反抗了社会话语对于人的主体性的构建。

解构是故事重构主体性过程的前提。在《世界的转角》里的另外三个岛屿故事里,温特森用三种人的变形意象,分别从解构性别、线性时间、历史话语的角度,表现了进程中的主体这一概念。在费尔岛最中心的火焰中,旅行者能够看见一个双生儿,"女人的脸重叠于男人的脸中,而两张脸都是旅行者的面容"②。描写中再现了雌雄同体的经典场景,是从性别的角度解构主体界限和定义。在希铎岛最中心的深井中,旅行者看见"自己的脸,她的各种面目,随时间织就的不同面目。……她看见开始与终结首尾相连"③。这是对于线性时间的反驳,并借此反对指向终结的时空概念塑就的线性发展的主体性,强调"不同面目"也是强调主体的多元性和可变化。在伊

① Byatt, A. S. *On Histories and Stories : Selected Essays*. p. 125.
② (英)珍妮特·温特森:《世界和其他地方》,虹影等译,第 157 页。
③ (英)珍妮特·温特森:《世界和其他地方》,虹影等译,第 159 页。

尔德岛的磁极中心,长着一颗连接天地的树,"历史在树干里穿行",而"它的枝干仿佛描绘着全世界的细枝末节"。旅行者和参天大树的生长融为一体,"在它的树荫下,自我将再次生长"①。突出细枝末节正如突出小叙事一样是对于历史大话语的解构,而由历史权威话语所定义的自我,在这里得到解放,再次生长,主体成为一种进程。

同样,旅行者在艾洛斯岛的森林终结处和故事融为一体的隐喻,为主体性塑造抹去了最后一个界限——逻各斯思维,故事对主体的重构并不是大功告成、一劳永逸,而是无数可能性的开始,是延异性的转变。

三 发现不能讲述的故事

温特森强调每一个讲述出的故事,都是一个在场的故事,它的背后涌动着无数的不在场的故事,每个没有说出的故事都包含了不一样的人生,塑造着不一样的身份:"每一个我开始讲述的故事都交织着一个我没能讲述的故事。"②

在收录于《世界和其他地方》里的短篇小说《圣徒们的生活》中,温特森讲述了一个杂货店老板爱上并跟踪一位圣徒似的犹太女人,并聆听了她凄婉爱情往事的故事。这个妇人身份神秘,不可捉摸,她到底是谁,完全由她的故事塑造,小说中追问道:"什么是故事?什么是真实?"他爱的人是一个最终回到琐碎事物中的胆怯妇人,还

---

① (英)珍妮特·温特森:《世界和其他地方》,虹影等译,第 161 页。
② Winterson, Jeanette. *Gut Symmetries*. London:Vintage International Press,1997,p. 28.

是即将消失在魔幻王国中的神秘女人,全凭讲述。每一种故事只能指向一种可能,但是故事存在于故事网络中,是可以被不断重述的,所以每个展现出来的生活后面是更为庞大丰富的可能性。作者最后感叹:

> 所有叠在这个故事里的其他故事,都会复活、飘散。但在此之前,隐藏的多于显现的,一如圣徒们的生活。①

在《苹果笔记本》中她也提及缺场的人生:

> 我们的所有人生可以像服务员手中的盘子堆叠在一起。只有最上面的那个可以见到,但在阴差阳错之下我们也可以发现剩下的人生。②

温特森就是要通过故事拂去"显现的"主体部分的遮蔽,去发现"隐藏的"主体部分,类似于海德格尔的"去蔽",只是温特森不认为被隐藏的就一定是真的、排他性的人生,她更想去共存主体的所有可能性。

小说《石神》是温特森声张故事延异性重塑主体的另一部小说,主人公比利是三段故事的叙事者,成为不同的三个化身和叙事者,一个是"奥博斯"星球的科学家,一个是海盗,一个是讲述"残败城"故事的人。这三个比利都是带着质疑精神的观察者,去观察发现"温特森的自我逃离的话语"③。三个故事的交织不仅让比利跳出

---

① (英)珍妮特·温特森:《世界和其他地方》,虹影等译,第75页。
② (英)珍妮特·温特森:《苹果笔记本》,余西译,第117页。
③ Jennings, Hope. "'A repeating world': Redeeming the Past and Future In the U-topian Dystopia of Jeanette Winterson's The Stone Gods", *Interdisciplinary Humanities*, Fall 2010, Vol. 27 Issue 2, pp. 132-146.

自身观察自己——三个比利所处的时代正是地球上人类的存在之前、过程中和未来,这也让人类跳出自身去观察自己:我们曾是什么? 将变成什么? 在这部小说中,比利经常思考的是如何从说出的故事中去发现没有说出的故事,"言辞是一部分不能说出口的沉默"①。我们主体的大部分就隐藏在没能说出的故事中:

> 丢失的和发现的或是发现的和丢失的就像一段段我们的DNA。藏在我们的螺旋里的是我们所不能讲述的故事。②

藏在 DNA 螺旋里的不仅是未能说出的故事,更有我们的隐性基因,我们没能呈现和成型的主体性,每一个说出的故事是找回的一块主体拼图,呈现出部分真实、部分主体,但也提醒我们其他的潜在主体隐藏在丢失的拼图中。这些潜在主体亦好像遗失的珍宝,埋藏在故事里的另一个故事里,哪怕那个故事黑暗、阴冷,不是那么的衣冠楚楚、光鲜亮丽:

> 只有在某些故事里事物才会侥幸而干净,天赋异禀,黄金灿灿……但是在那个故事里还有另一个故事——癞蛤蟆,乞丐,淤积的井,猪舍,发臭的烂泥,黑漆漆的山洞。受伤的小鹿,什么都不长的森林。被埋葬的珍宝就在那儿,但一直被埋着。③

温特森经常用寻找宝藏来形容寻找自我,《苹果笔记本里》垃圾之屋的阿里通过学会字词从而寻找珍宝的隐喻在《石神》里再次回

---

① Winterson, Jeanette. *The Stone Gods*. Boston and New York: Mariner Books, 2009, p. 156.
② Winterson, Jeanette. *The Stone Gods*. p. 155.
③ Ibid. p. 152.

响。小说中机器人斯派克还讲述了一个故事：

> 从前有一个无有之国，中间一棵树，树上一个鸟，鸟口中一
> 只虫，虫掉地上开始说无有国的秘密，树下有个人，他学会鸟语
> 之后，知道了真正的珍宝埋在树下，他花尽了财宝挖它，挖出一
> 袋种子，种出的树长出一穹庐的星星，他爬上树，伸手探星，星
> 星将会是他的家。[①]

这个故事告诉我们，能够讲述我们主体的故事不在于现有世界，而是埋藏于代表着不在场的无有之国（Nothing）里，我们要学会说出无有之国的别样的语言——"鸟语"，也就是说我们要学会那些不在场的故事语言，最后能够获得我们的理想生存状态，如漫天繁星一样的，多元的自我。

故事的在场包含着故事的不在场，因此不断讲述故事也是不断发掘不在场人生的方式，温特森用"张网捕捉"来说明故事词句的隐喻功能：

> 在说出的故事里面是不能说出的故事。每一个写下的词
> 句都是一张网，用来抓住已经逃逸的词句。[②]

"在场"的概念是德里达提出的，用来质疑确定性的重要概念之一，也是他用来质疑主体建构的概念。用清楚语言表述的代现物（presentation）来思考主体性只能是主体构建过程中的一部分环节，更多的讲述存在于"逃逸的词句中"，在于没能说出的故事中；更多的生命在于没能经历的生活中。所以故事要不断地重述，就算没能

---

① Winterson, Jeanette. *The Stone Gods*. p. 62.
② Ibid. p. 158.

重述,也要在每一个已说出的故事中前置一个对于重述的内在需求。温特森通过主人公比利之口表示,人的生存基本处在一个被放逐的过程,人的生命就是"从子宫中被放逐"开始,然而讲述故事可以弥补被放逐的、不在场的生存,"取而代之放逐的是它的讲述,一个我能够说出的故事"①。温特森在很多作品中通过讲述弃儿故事也表达了同样的思想,被驱逐放弃的人要用故事去填充自己生存的空白。温特森讲述不同身份的自己的故事,讲述不同时空中自己的故事,用讲故事的方式把自己放回叙述,弥补缺陷和不在场。②

温特森对主体多元身份的探寻是基于故事对于多元现实的呈现,基于不断擦抹指向无限的故事讲述方式之上的,人的生活可以无数次地重新来过,人的主体也可以无数次地被重新塑造,故事指向"无限的优雅。无限的可能性"。故事赋予生活"不仅有第二次机会,而且有大把的机会"③。人们可以在故事中以小见大、以少见多,管窥生活和身份的可能性,"见证生活的机会,很多的生活机会"④。

综上所述,温特森故事讲述解构性的第三大突出标志是塑造延异性的主体来解构统一完整的主体性观念,重构多元差异的主体性观念。温特森反对构建于二元对立统一和完整性之上的主体,她将主体置于和他人的联系之中,在叙事中返身观照自我;将主体置于延异变化的进程中,使主体成为一个重构的过程,并且通过叙事擦

---

① Winterson, Jeanette. *The Stone Gods*. p. 158.
② Andermahr, Sonya. *Jeanette Winterson: New British Fiction*. p. 114.
③ Winterson, Jeanette. *Gut Symmetries*. pp. 177 – 178.
④ Winterson, Jeanette. *The Stone Gods*. p. 4.

抹转移来避免主体死亡;将主体置于多元身份的共存中,力图发现"第二次机会",超越"那一刻的生活",发现"不能讲述的故事"。利科说:"追寻叙事,作为一个行动和一个欲望。"叙事不仅是生活中裹携附带的一种行为,更是自我重构、自我更新的必由之路,成为生存必要条件和追求欲望,最终作为更新转变我们的一场旅程,"叙事身份将会构成我们"。① 故事在将自己放入叙事网络的延异发展中,放入文学性的多元现实的同时,也通过叙事这个施为的行动,将人的主体纳于无尽的联系、无限的过程和多元的并置中,推动人的延异性的发展。

---

① Ricoeur, Paul. *A Ricoeur Reader*, *Reflection and Imagination*, ed. M. J. Valdes. Toronto and Buffalo: University of Toronto Press, 1991, p. 434, 436.

第六章　温特森结构主义故事观的文化语境

　　温特森的作品有着独特的创作土壤,其解构主义故事观也有其深厚的文化语境,具有鲜明的时代烙印。

　　故事的存在源远流长,从拥有语言开始,人类就开始讲述故事了。在人类文学发展的各个阶段,对于故事讲述的理解和评判侧重点是不同的,观点各异。现代小说的发展也和故事有着千丝万缕的联系。20 世纪后期,受"叙事转向"影响,故事讲述存在于当代人的生活方式、生存状态中,生活的过程甚至被认为就是讲故事的过程,讲故事成为不可忽视的一个现象。故事讲述也已变成西方人文社科领域里最重要的书写方式之一,存在着"讲故事风潮"(epidemic of storytelling),这不仅是一个重要的文学现象,更是一个具有时代特征的代表性文化现象。故事受到了新的关注,被寄托了新的重任,赋予了新的价值意义,发展出新的讲述方法。

　　故事讲述是处于当代西方"讲故事风潮"之中的典型现象,有着深刻的思想成因和理论代表性。考察典型"讲故事"作家温特森故事观的文化语境,可以从更加宏阔的视野观照西方的后现代言说方式,本书也将从历时性与共时性两个维度对当代西方的故事讲述作全景式考察。

第一节　历时性维度：源远流长的故事讲述

故事讲述是一种古老的叙事形式。福斯特曾经调侃故事的古老,称它为头尾莫辨的绦虫。他说:"它实在太老了——可以追溯到新石器时代。甚至可能是旧石器时代,从尼安德特人的头骨形状判断,他们就该有故事听了。"[①]在现代以前,故事讲述是重要的文学表现形式,也是人们的一种生活方式。远古的神话、寓言,中世纪的传奇和宗教故事,文艺复兴时期的童话都包含有或片段式的、或充满幻想的、或修辞隐喻功能强大的故事讲述。荷马等史诗歌者以说故事为职业,《十日谈》里的青年男女们围坐一起分享故事,象征性地避免了瘟疫的侵袭,《一千零一夜》里的山鲁佐德甚至用故事拯救了自己和很多人的生命。可以这么说,故事作为一种文学形式影响了人类文明的发展。

故事讲述的理论阐释随着文学发展而发展。故事在文艺复兴及之前的时代非常繁荣,故事讲述是主流的叙事形式之一,但是故事一直被理解为对生活的摹仿,地位并不高。文艺学对讲故事早期的相关解释,也透露出对叙事或是讲故事从属地位的定格。柏拉图早在《理想国》中就提出"叙事"(narration)一词及其用法[②],在第三卷中,柏拉图借苏格拉底之口探讨了讲故事的具体情况,提出讲故

---

① (英)E. M. 福斯特:《小说面面观》,冯涛译,第23页。
② 李志雄:《亚里士多德古典叙事理论》,湘潭:湘潭大学出版社,2009年,第4—7页。

事不单是简单的说话,也是在摹仿(mimesis)①。因此故事依旧是真理的"影子的影子",是现实的映像。亚里士多德虽然认为叙事可以超越现实,但他仍然强调摹仿,只不过摹仿的是抽象的"理式",那时候人们对文学、对叙事的定义也体现着他们对故事的理解。

近现代,故事越说越完整,越说越深刻,逐渐演变为长篇小说,并用(novel)一词区别于短小的故事(story),小说成为主流文学形式之一,被视为叙事艺术不断成熟发展的标志。现代小说自觉专注于自我发现,以揭示社会现象、人类规律为己任。同时小说渐渐摒弃了故事原有的散漫、零碎的形式,追求连续性和深刻性。有的评论家将故事归并于小说中,视之为小说的初级形式,并视之为粗鄙的、难登大雅之堂的,故事的独特价值似乎被人们所忽略。福斯特《小说面面观》中的表述最有代表性:"故事是最低级的、最简单的文学有机体。然而,它不是所有一切通称为小说的十分复杂的文学有机体所共有的最高因素";"故事不会给予我们像作家的个性那么重要的因素。作家的个性——如果他有个性的话——是通过更高贵的媒介,如人物,或者情节,或者他对生活的评论,传达出来的。"②对于编故事这种叙事形式的贬抑,可能来源于文艺复兴之后,人们对科学理性的崇尚,人们"厌恶将人类动因而非客观进程置于关注中心"③。因此,表现出偶然性、随意性、非客观性的故事得不到人

---

① (希腊)柏拉图:《理想国》.郭斌和、张竹明译,北京:商务印书馆,1997 年,第 94—101 页。

② (英)E. M. 福斯特:《小说面面观》,冯涛译,第 23—24 页。

③ White, Hayden. *The Content of the Form: Narrative Discourse and Historical Representation*. Washington, D. C.: Johns Hopkins University Press, 1987, p. 33.

们的青睐，更不要说承认它的重要性。

本雅明对故事和小说的发展进程以及它们之间的差异进行了较为全面系统的论述。他在专门论述故事的《讲故事的人》中指出，人类的传媒形式主要经历了古代的口头语和现代的书面语两大阶段；与之相应，人类的文学叙事也主要有古代的"故事"和现代的"小说"两大形式。随着古代的媒介形式口头语为现代的媒介形式书面语所取代，古代的故事讲述同步也被现代的小说书写所僭越："故事讲述的衰亡是以现代社会初期小说的兴起为标志的。"①两种文学形式代表着不同的经验传递方式，不同的人生感受和生命体验的表达方式。

20世纪中期，巴赫金在《小说理论》中，探讨并比较了史诗故事、神话故事和小说形式和内容上的异同。认为前者属于过去，采用"口头宣讲"形式，关注整体的人类经验；而后者属于现在，"适应新的无声的接受形式，即阅读形式"②，关注个体的完整性。巴赫金将史诗故事的片段化和故事展现古代人互联完整的经验联系起来，强调看似个体的故事和人类整体的联系：史诗展现"绝对的过去"，代表着一个整体，"任何一部分都可以处理为一个整体，当成一个整体来看待"，而"整体所具有的结构，在其每一组成部分里也有复现；每一部分都如同整体一样，是完结了的，是完满无缺的。故事可以从任何一点上开头，也几乎可以在任何一点上结束"③。巴赫金视故事为拓展完满性的文学式，而现代小说是追求深刻性的文学

① Benjamin, Walter. 'storyteller', in *Illuminations*, ed. Hannah Arendt, trans. By Harry Zohn, New York: Harcourt, Brace & World, Inc, 1978, p. 87.

② （俄）巴赫金：《小说理论》，白春仁、晓河译，第505—506页。

③ （俄）巴赫金：《小说理论》，白春仁、晓河译，第535页。

形式。

现代主义后期,人文学科领域发生了语言学转向,带来了对于叙事的重视,对于讲述建构作用的重视,这对 20 世纪的文学创作、理论研究均产生了重大的影响,同时也影响了对于故事讲述的价值认知。叙事是无所不在的,罗兰·巴特指出,人是"总在进行讲述的动物","叙事是与人类历史本身共同产生的……它犹如生命那样存在着,超越国度,超越历史,超越文化"。① 自从叙事学奠基人法国学者热奈特(Genette)的研究开始,叙事行为本身成为独立的系统研究对象,其重要的文学功能也被发掘出来,热奈特曾为"叙事"的概念定义了三个层次。其一,指的是承担叙述事件的陈述。其二,指的是专门作为话语对象的接续发生的事件,以及事件间连贯、反衬、重复等关系。其三,指某人讲述某事(从叙述行为本身考虑)的事件。② 这样的定义,突出了两个层面,一方面,把叙述看成是一个积极的行动,"说"即是"做",强调语言的建构作用;另一方面突出了叙述事件之间的关系,强调了叙述者和事件、和社会的关系。热奈特系统研究了讲述的方法,从叙事的语言运作机制角度探索了故事的运行机制,从而为讲故事正名:讲什么不重要,关键是怎么讲。对于叙事的重视,预示着故事讲述的兴起,从 20 世纪 60 年代起,热奈特、巴特、布里蒙德(Bremond),托多洛夫(Todorov),以及普林斯(Prince)的叙事理论,再到里蒙·凯南(Shlomith Rimmon-Kenan)的叙事小说研究不断提醒着我们,叙事是一个受宠的文学理论研究的

---

① (英)奈杰尔·拉波特、乔安娜·奥弗林:《社会文化人类学的关键概念》,鲍雯妍、张亚辉译,第 266 页。
② 参见(法)热拉尔·热奈特:《叙事话语、新叙事话语》,王文融译,第 6—7 页。

课题。① 而这些理论家在研究叙事的过程中,往往将讲述故事作为在当今时代其叙事理论的实践形式,这无不提醒着故事讲述的重要性,故事讲述重新成为文学理论家们的重点关注对象,作家们也纷纷对故事讲述重新燃起热情。

略观故事讲述批评理论的流变,可以看出故事讲述和小说书写在发展过程中互有联系又彼此存在差异。有学者认为:"人类的文学叙事方式总体上不外故事讲述和小说写作两种。"他从词源上指出故事和小说作为有时代背景特征的言说方式的差异."故事"(story)源自中古拉丁文"historia","最早指对事件的解释和叙述。作为文学术语一般指文艺复兴以前的叙事形式,具体包括史诗、传奇、传说、民谣等,传达媒介是口头语";"小说"(novel),源自拉丁语"novellus","本义是新、消息等。作为文学术语通常指印刷术推广之后的现代文学叙事形式,传达媒介是书面语"。② 从这两个文学学术词语词源学及其内涵,我们可以辨析出故事和小说(这里主要指的是后现代小说之前的传统小说)的两大区别,从而进一步理解故事的讲述特征:

第一,小说通过书面叙事探索经验的深度,故事通过"口口相传"探索经验的丰富。经验探索的形式不同,主要根植于叙述方式的不同。本雅明在《讲故事的人》中提出"口口相传的经验"是故事

① McHale, Brian. 'Telling Postmodernist Stories', *Poetics Today*, 1988, vol. 9 Issue 3, pp. 545 – 571, p. 545.
② 肖锦龙:《电子传媒和故事讲述——论西方后现代文学的本质特征》,《文艺研究》2015年第11期,第45页。

的灵思源泉①,带有围坐共享、经验交流的农耕文化传播特征。由此,可以看出故事讲述是"一种集体叙述活动……由讲述者和听众共同完成"②。工业时代出版业的兴起预示着书面叙事渐渐替代口语叙事,与之相应的,小说也逐渐兴起。而根据本雅明的看法,"小说家闭门自处,小说诞生于离群索居的个人",这说明小说是封闭式的,去探索人的深刻内在,将人生经验中的不可言说和内在交流"推向极致",小说彰显了"生命深刻的困惑"。③ 现代社会新媒体的兴起,给予了人们在虚拟世界中围坐叙事的可能,给予"口口相传"新的形式,给予故事传播新的载体。后现代解构思潮的风靡也让人们放弃探索"生命的深刻",而更愿意去探索生命的多元丰富,对此,故事显然更有优势。

第二,小说注重因果联系,故事注重共时联系。因而"故事讲述采用的是发散的方式,小说写作采用的是凝聚的方式"④。福斯特提出,小说之所以比故事具有更高贵的品质,是因为注入了能够赋予叙事秩序的情节,"重点放在了因果关系上"。就好像"国王死了,王后也死了"是故事,"国王死了,王后死于心碎"是情节。⑤ 这说明小说总是试图在众多的可能性中总结清理出一条理性的逻辑脉络,凝聚出典型深刻的某些东西,如人物、性格、规律、意义等。本雅明

---

① Benjamin, Walter. 'storyteller', in *Illuminations*, ed. Hannah Arendt, trans. By Harry Zohn, New York: Harcourt, Brace & World, Inc, 1978, p. 84.
② 肖锦龙:《电子传媒和故事讲述——论西方后现代文学的本质特征》,《文艺研究》2015 年第 11 期,第 45 页。
③ Benjamin, Walter. 'storyteller', in *Illuminations*, ed. Hannah Arendt, trans. By Harry Zohn, New York: Harcourt, Brace & World, Inc, 1978, p. 87.
④ 肖锦龙:《电子传媒和故事讲述——论西方后现代文学的本质特征》,《文艺研究》2015 年第 11 期,第 45 页。
⑤ (英)E. M. 福斯特:《小说面面观》,冯涛译,第 74 页。

提出："小说家的持续记忆与讲故事人的短期记忆形成对比。"前者致力于描写"一个英雄,一段历程,一场战役",这些都是典型事件和人物的代名词,而后者则"描述众多散漫的事端"。① 这些散漫偶发的事件,体现着共时性的存在,故事不再去探寻纵深的因果性和必然的规律性,它纵身一跃,进入多元的、丰富的、自然的、偶然的事件陈列的狂欢中,而这种民主平等的叙事形式最大的优势就在于,不会让某一种逻辑归纳成为权威性的话语。

故事讲述的演变发展,也能反映出其背后涌动的社会思潮的流变,以及传播媒介的日新月异,说到底是人们由古至今理解生活方式的差异变化导致了言说方式的不同选择。作为故事讲述文学形式的参照,本书中提及的小说主要指的是后现代小说之前的传统长篇小说。

第二节　共时性维度："故事讲述风潮"

到了 20 世纪后期,故事讲述作为后现代主义作家青睐的言说方式越来越引起学界重视。"回归故事以寻求更新的能量是现代寓言家的一个特征。"②不少学者甚至指出,故事讲述不仅出现在当下西方文学潮流中,而且存在于人们的生活方式、生存状态中,讲故事成为不可忽视的一个现象。商务会议、产品推销中呈现的是一个个故事;政治家演讲、价值观宣传时呈现的是一个个的故事;历史编

---

① Benjamin, Walter. 'storyteller', in *Illuminations*, ed. Hannah Arendt, trans. By Harry Zohn, New York: Harcourt, Brace & World, Inc, 1978, p. 98.

② Scholes, Robert. *Fabulation and Metafiction*. Urbana, Chicago. London: University of Illinois Press, 1979.

篡、人类溯源时呈现的是一个个故事;看起来最客观严肃的"自然科学研究也用讲故事方法表述,讲述我们从哪儿来到哪儿去之类的故事"。可以说,"由故事组成的书和文章充斥着各种媒体和媒介,在文学批评界,在民族学、社会学、文化研究和心理学界"大行其道,文学和故事"看起来正统治世界"。① 相较于"语言学转向"的定义,克里斯托弗·诺里斯(Christopher Norris)称这一现象为"叙事转向"②,在用叙事建构生活的过程中,讲述故事成为最受欢迎的方式,大卫·辛普森(David Simpson)进而称之为"故事讲述风潮"(epidemic of storytelling)。③

一 哲学、历史学和人类学中的"故事讲述风潮"

在哲学研究中,讲故事与自我身份的构建结合得越来越紧密。丹尼尔·丹尼特(Daniel Dennett)、麦金太尔(Alasdair MacIntyre)以及保罗·利科(Paul Ricoeur)等哲学家都深入论证过"叙事自我"(Narrative Self)的理论,认为自我不是自为的、自然的,而是通过叙事的方式被建构起来的,他们都选择讲述故事作为这种叙事实践方法。丹尼尔·丹尼特认为"自我"作为一种意识,是通过语言符号进行表征的:"我们进行自为、自控和自我界定的基本策略……是讲述

---

① Simpson, David. *The Academic Postmodern and the Rule of Literature : A Report on Half-Knowledge*. Chicago: University of Chicago Press, 1995, p. 23.

② Norris, Christopher. *The Contest of Faculties : Philosophy and Theory after Deconstruction*. Lodon and New York: Methuen Press, 1985, p. 30.

③ Simpson, David. *The Academic Postmodern and the Rule of Literature : A Report on Half-Knowledge*. p. 25.

故事,是编造和控制我们向他人以及向自己讲述我们是谁的故事。"①麦金太尔声称讲故事是人的本质特征:"人不仅在他的小说中而且在他的行为与实践中,本质上都是一种讲故事的动物。"②他认为自我并不是用语言在一个封闭的世界虚构出来,而是自己作为生活的作者去诠释生活的行为。不仅如此,麦金太尔更看重讲述故事对于将个体置于整体建构之中的意义。人们的故事互为参照,人与人之间也相互参与彼此的故事,互为约束建构。这样就通过碎片化、差异化的自我叙事对历史叙事进行改造,把抽象的自我整合进历史叙事当中,整合进共同体当中。③

利科是叙事主体理论的集大成者,他将叙事纬度和主体哲学的经度结合在一起,诠释叙事主体的自我身份。他认为,"叙述一个故事就是述说谁做过什么和怎样做的"④,我们是谁取决于和我们有关的故事,对叙事主体的研究其实就是对"谁"的问题的提问,围绕叙事主体展开的故事就是对是什么、为什么和怎么样的回答诠释。利科主要从两个层面对于故事讲述重要性进行了探索:其一,重视故事重述的意义,叙事不是描述世界,而是重新描述世界。他认为叙事对主体的塑形分为"前塑"(prefiguration)、"形塑"(configuration)、"重塑"(refiguration)三个阶段,进而认为我们的生活就是在前叙事结构之上展开的未完成的叙事。因此要理解生活就必须把

① (美)丹尼特:《意识的解释》,苏德超、李涤非、陈虎平译,北京:北京理工大学出版社,2008年,第479页。
② (美)麦金太尔:《追寻美德》,宋继杰译,南京:译林出版社,2003年,第274页。
③ 参见高礼杰:《文学性叙事与主体的第三种命运》,《理论月刊》2013年第12期。
④ (法)保罗·利科:《作为一个他者的自身》,佘碧平译,北京:商务印书馆,2013年,第74页。

它转化成自己的叙事,每个人的故事又在重述之中不断产生变化。前叙事、叙事和重新叙述故事会成为一个无限循环。因此,我们的故事应该是开放的,故事叙事向我们开启了通向无限的"好像(as if)王国"的大门。^① 其二,将故事置于故事网络的联系之中。他认为不存在孤立的、单独存在的某个故事,也不存在不涉及任何他者的故事。每一个故事都必然融合有其他故事的痕迹,每一个故事都与其他自我的故事交织。^② 利科不再仅从文学角度去发现故事的秘密,更加将讲故事视为认识自我的必由之路,提升了其价值意义。

在历史学和人类学界,对于"故事的讲述"的探究亦有非常详细的阐释。泽蒙(zemon)认为,1973年后西方历史普遍用讲故事的方法。西蒙·沙玛(Simon Schama)认为,历史故事讲述的本质是,历史学家在描写历史时遭遇"无法避免的遥远",存在着"在活生生的事件和对其叙述之间存在戏说的鸿沟"。于是,在历史建构中加入文学性故事是必然的,"必须通过文学修辞的巨大功能,来创造引人注目的一连串复杂存在,产生与众不同的效果。这种模式是堂而皇之的而不是偷偷摸摸的文学修饰,并且这种模式鼓励……对于文学诗性的信仰"^③。历史的言说,实际上是历史故事的撰写。

新历史主义的奠基人海登·怀特也将"故事"作为他理论的关键词。他认为在语言学转向的情况下,历史展现必然要承受各种各

① Ricoeur, Paul. *Time and Narrative : Volume I* , trans. Kathleen McLaughlin and David Pellauer, Chicago and London: University of Chicago Press, 1984, p. 101.
② 参见林鸿信:《叙事情节当中的自我与他者——从利科观点看自我与他者》,《台湾东亚文明研究学刊》2007年12月第4卷第2期,第19页。
③ See Simpson, David. *The Academic Postmodern and the Rule of Literature : A Report on Half-Knowledge.* Chicago: University of Chicago Press, 1995, pp. 23 - 24.

样的"阐释"战略,用时髦的故事替代包含在历史纪录中的编年史事件。历史纪录是"叙事的技艺",所有的讲述者继承了"用一个故事救他的脑袋"①的叙事传统,进行着主观的、有目的性的编撰虚构。他认为"事件"与"故事"的共同之处是两者都是历史记述的"原始要素"以及历史材料。但是,怀特却更关注"事件"和"故事"的差异,因为两者的差异正是海登·怀特新历史主义的逻辑起点。真正的历史就呈现在故事的讲述中,"叙事就是对作为基本指涉物的总体事件的比喻表达,把这些'事件'改造成对意义结构的暗示"②。这意味着讲述历史故事成为历史言说的最佳方式。此外,在借鉴诺斯罗普·弗莱四种原型故事的基础上,海登·怀特认为大致上有四种特定的故事类型:自我认同的浪漫剧、彻底妥协的悲剧、妥协在欢乐中被象征化的喜剧和反救赎式的讽刺剧,他说:"当读者把历史叙事中所讲的故事看作一种特殊的故事,如史诗、浪漫剧、悲剧、喜剧或笑剧时,就可以说他'理解'了这个话语所生产的'意义'。"③

二 文学领域中的"故事讲述风潮"

"故事讲述风潮"尤其凸显在文学领域,人们不约而同开始选用故事讲述的方法,去揭示展现人的生命价值。在当代西方文学界,很多作家号称自己是"讲故事的人"。近几十年来,故事讲述已变成西方人文社科领域里最重要的书写方式。生活的过程就是讲故事的过程已变成了一种普遍观念。英国及西欧现当代作家中,A. S.

① (美)海登·怀特:《后现代历史叙事学》,陈永国、张万娟译,第25—130页。
② (美)海登·怀特:《后现代历史叙事学》,陈永国、张万娟译,第153页。
③ (美)海登·怀特:《后现代历史叙事学》,陈永国、张万娟译,第43页。

拜厄特(A. S. Byatt)、玛格丽特·德拉布尔(Margaret Drabble)、多丽丝·莱辛(Doris Lessing)、安吉拉·卡特(Angela Carter)、朱利安·巴恩斯、格雷厄姆·斯威夫特(Graham Swift)、伊塔洛·卡尔维诺(Italo Calvino)、戴维·洛奇(David Lodge)等都从不同角度阐释过故事的重要性和叙事机制，试图恢复讲故事传统。总的说来，这些人和温特森不约而同地选择了用讲述故事作为其观照生活、表达思想的方式，他们的故事是置于"叙事转向"和"后现代转向"的背景中被讲述的，这些作家对于故事的关注又各有侧重，各具特色，目的性也各有不同。简略了解这些作家的故事观，可以帮助我们理解温特森故事讲述的文化语境。①

（一）A. S. 拜厄特

英国当代著名学者、作家拜厄特曾撰写过著名的《论历史与故事》，专章探讨了故事讲述在当代文学中的影响，她声称："现在欧洲普遍都对讲故事感兴趣，而且在思考故事讲述的问题。"②她研究了自乔治·艾略特以来的诸多作家、学者对于故事和历史的讨论，以及大量欧洲、英国作家在文学创作中讲述故事的例证，认为相当多的作家，甚至安吉拉·卡特和萨尔曼·拉什迪这样的佼佼者，都继承了故事讲述传统，并特地使用讲故事的方式传达他们的创作理想，拜厄特认为这些作家"从阅读传说故事比从阅读小说中汲取到更多的能量"。"他们在用传说故事、古老的重新虚构的故事反过来去吸引、去诱惑、去激励他们的读者。这些故事和形式有一个持续不断的变形的生命。"③

---

① 相关作家评述章节，郭梦诗、蒋海艳、王芮欣、施灿参与撰写。
② Byatt, A. S. *On Histories and Stories : Selected Essays.* p. 123.
③ Ibid. p. 124.

拜厄特在《论历史与故事》中列举了善用故事讲述过去的一系列作家,这亦可以作为西欧"讲故事大军"的阵容参考:如威廉·戈尔丁(William Golding),安东尼·伯吉斯(Anthony Burgess),朱利安·巴恩斯,安吉拉·卡特,格雷厄姆·斯威夫特,J. M. 库切(J. M. Coetzee),伊塔洛·卡尔维诺,克里斯托夫·兰斯迈尔(Christoph Ransmayr),珍妮特·温特森,巴里·恩斯沃斯(Barry Unsworth),米歇尔·罗伯茨(Michèle Roberts),玛利纳·瓦勒(Marina Warner),简·罗杰斯(Jane Rogers),卡利尔·菲利普斯(Caryl Phillips),毛翔青(Timothy Mo),彼得·阿克罗伊德(Peter Ackroyd),彼得·凯里(Peter Carey),伊莱恩·范思坦(Elaine Feinstein),佩内洛普·菲茨杰拉德(Penelope Fitzgerald)和托妮·莫里森(Toni Morrison)等。这些作家都是用故事讲述观照人类历史进程的先锋作家,拜厄特认为他们喜欢讲述过去的故事,不仅是怀旧和喜欢古老的物件,更是出于"美学和智力的原因"①。在这份名单中,温特森也赫然在列。这份名单为我们进一步开展故事讲述研究提供了指南。

拜厄特对于故事讲述的阐述较为系统。从思想层面上,她将故事讲述风潮现象和反对现代价值理念、反对现代小说言说形式联系起来:"对于故事讲述的兴趣有一部分和怀疑经典小说有关,怀疑它们喜欢对自我的建构,怀疑自我和文化、社会和政治这些围绕在它周围的东西的联系。"②同时,她将讲故事视为现代主义之后的典型表达方式。从写作技术层面上,她认为故事给作品带来活力,适应当今快速、细微的生活模式,更能引起读者共鸣,她认为:"很多小故

---

① Byatt, A. S. *On Histories and Stories: Selected Essays.* p. 93.
② Ibid. p. 124.

事,而不是弥漫的变形的隐喻,带来文本的迅速和轻盈,用故事是更好的图构和思考出一个文本的方法。"①拜厄特自己文学创作的重要特色之一也是故事讲述,其代表作《占有》《天使与昆虫》等作品里也充满童话、神话、传奇、历史故事的互文用典。她声称自己不再刻意追求故事的附加意义:"在我写作《占有》的 1980 年代,我关于人物和叙述的趣味发生了重大变化——我觉得应该多感受、少分析,多直截了当地讲故事,此方式有时候显得更为神秘。"②在《占有》中,她刻意给作品加了个颇具深意的副标题——"一部传奇故事",以此和小说明确区别,强调作品的传奇故事特质。

拜厄特的《论历史与故事》深入探讨了古老的故事如何延续自身,如何隐秘地影响着我们的生活。她也是从故事的特质出发来审视故事,她认为"对故事的兴趣是年轻人具有的东西,而上了年纪的人又会重新发现"。她本人作为年长的有阅历的学者,对于故事的关注不在于其新奇的感官触动,而在于"分析动机和责任"。她认为:"孩子们读故事时仿佛以为自己长生不老。老人读故事时则很清楚自己生而有涯的故事将比他们活得更久。"③这说明了故事具有创造生活的独立性。拜厄特尤其强调故事传承经验和交流经验的能力,认为现在所有的人似乎都在讲故事,都在炫耀与他人交流经验的能力,并能够通过故事对于经验的延展,延缓死亡。同时,它承认故事的个性化、原创性和重复性的特征,认为"故事之所以拥有力量,是因为它们无处不在。神话的力量来自它无休无止的重复性

---

① Byatt,A. S. *On Histories and Stories : Selected Essays*. p. 130.

② Ibid. p. 135.

③ Ibid. p. 131.

'原创性'和'个性'"①。这样个性化的讲述方式,在理解历史上也起到了重要作用,拜厄特认为"历史都是虚构的"这一概念引起了人们对于历史小说的兴趣,提倡通过故事获得"个人历史和社会或国家的历史之间的滑动(slippage)"②,以此彰显自己对历史书写有独特的理解。拜厄特的这些想法都和温特森对故事的理解颇为相近。

拜厄特和温特森的最大分歧在于讲述故事的目的有所不同,拜厄特的立足点是故事联接经验的功能,并想通过此功能去恢复过去的讲述传统。可能这也是《论历史与故事》一书中某些章节被起名为"父辈""祖辈""祖先"等暗示着历时性和谱系学词语的用意。虽然拜厄特注意到了故事私语性讲述的重要性,但她更注重故事的历时性,希望将个人的故事讲述纳入故事的传统延续中去,纳入经验延续中去,将之作为个人参与故事经验传播的某一部分建树。以拜厄特的代表作品《占有》为例,其中穿插了侦探小说、传记、中世纪韵文罗曼史、现代浪漫小说、校园小说、维多利亚式小说、书信小说、仿手稿小说、童话故事等,与其说拜厄特要用这些故事去反讽现在,解构些什么,还不如说她想要唤醒人们对故事的重视,用她自己的话说就是"严肃地把玩叙述本身的各种可能形式"③。拜厄特致力于找寻故事和现实的共存形式,而不是希望用故事去替代现实,这点上她和莱辛、默多克更为相近。而温特森的故事有着更明确和强烈的解构意图,力图用故事构建另类现实。

从某种角度来说,拜厄特刻意和后现代激进一派保持了距离,

---

① Byatt, A. S. *On Histories and Stories : Selected Essays*. p. 132.
② Ibid. p. 12.
③ Ibid. p. 48.

倾向于后现代现实主义,小说在内容和目的上反映和摹写现实,而小说的形式又有着后现代的烙印。虽然她的一些故事观念、叙事形式和后现代理论相近,但是她从根本上质疑和否定了通过肆意编造故事打倒权威话语的功利目的:"我并不是很乐意看到许多坚决的女性主义童话故事重写,肆意改变情节和形式来表达女权讯号(通常是在慷慨激昂地抨击童话故事普遍展现软弱的女性)的做法。哲学故事是一码事,对读者有着寓言或政治企图是另一码事。"①

(二)玛格丽特·德拉布尔

拜厄特的妹妹,著名学者、作家玛格丽特·德拉布尔曾深入思考过故事和故事讲述者的关系。她在一次采访中表示,自己写作时有时感到是文本本身在讲述,而有时感到是自己在叙述文本,这两种冲动永远在相互作用,像脉冲时进时出。② 这种感受在她写作《红王妃》时更加明显。她自述在开始写作这部小说的时候,就好像有一个故事创作了自身并且推动她一直写下去。这说明了故事本身就存在。

德拉布尔强调故事本身有自己的活力和思想,作者不是在创造故事,而是作为一个叙述者被故事选中,将其呈现在读者面前。而且德拉布尔认为叙述者是不可能完全消隐在作品中的,完全隐退在某种程度上是不正常的。完全隐退是一种超然于故事之上的完全掌控的叙事状态,而对于德拉布尔来说,叙事者不能拥有至高无上的叙事权,不能成为故事的掌控者,而只能是故事的参与者,这承认

---

① Byatt, A. S. *On Histories and Stories: Selected Essays*. p.143.
② 参见(英)玛格丽特·德拉布尔:《我是怎样成为作家的——德拉布尔访谈录》,屈晓丽译,《当代外国文学》2002年第2期,第157—165页。

了故事是自主生长的,同时也加强了故事的不确定性。叙事者是故事的一部分,任何时候他或她想要介入时都可以介入。在《红王妃》中,她甚至安排了自己本人的出场,以主人公朋友的身份现身于故事中。显然,德拉布尔对作者的闯入很感兴趣。在《金色王国》的结尾,德拉布尔和读者协商,"如果你能行,请设计一个更好的结尾"。这种后现代式的开放性结尾也在她后来的小说中反复出现。可见一位有着强烈"自我意识"的叙述者出现了,她开始安排叙事格局,与读者讨论叙事过程,暴露叙事行为。这种自涉性叙事策略显然带有典型的后现代特征,而开放性结尾也反映出后现代社会的杂集性和不确定性。

德拉布尔也喜欢重述故事,探索故事母题在时间长河中的再现,从而在跨时空的古今对话中,强调人类社会面临的共性问题。在《红王妃》中,德拉布尔通过三个小标题构建了一个复杂的故事,古代的历史叙事、现代的现实叙述、后现代的沉思式叙述,将历史与现代连接起来,让历史上的故事在时空上有另一种延伸,让读者在震惊和感动时意识到历史的重演,意识到这是一个具有普遍性的故事,它可以发生在任何一个时代,一个地点,"我是说,什么都没有改变,我觉得这些事情真的会发生"。通过这种重复叙事将古今两个家庭并置在一起,将一些普遍的、全球性的问题呈现在读者面前,"有些事情会无休止地重演,另外一些事情则进程缓慢,慢慢地向前发展"。[①] 这种重复叙事也存在于德拉布尔早期女性题材作品当中。《夏日鸟笼》《磨盘》《金色的耶路撒冷》以类似的女主人公的命

---

① 参见(英)玛格丽特·德拉布尔:《玛格丽特·德拉布尔访谈录》,李良玉、朱云译,《当代外国文学》2009 年第 3 期,第 153—163 页。

运揭示从古至今,女性在家庭和历史中共同的命运。相较于女权主义者的标签,德拉布尔更像是一位人道主义者,她所关心的根本问题是,整个社会普遍的平等和公正,妇女急需得到公平对待不过是其中的一个部分罢了。① 从这个角度来看,通过重复叙事,德拉布尔将其作品拔高到了对于整个社会和人类的高度关注上,这些观点和其姐妹拜厄特类似。

德拉布尔重视故事传达信息的功能性,认为故事的情节形式等并不是其核心要素,故事所传达出的意义才是。她在小说《中年》里把住在伦敦不同地区的不同人物在一天之内的生活相互联系起来,类似伍尔夫的《达洛维夫人》。她自述,"它缺乏形式",而这正是"它所要传递的信息"。② 她也曾经声称,"我本人不太在乎情节",并且表示小说《中间地带》无情节,而另一部小说《光辉灿烂的道路》则"什么也没有发生","无故事","无事件","无次序"。③ 在德拉布尔最开始产生写作念头时也能看出她的故事观价值倾向,那时她正在斯特拉特福参加戏剧演出,在伟大文学氛围的笼罩之下,她却决定写故事而不是戏剧剧本。对此,德拉布尔的解释是:"我非常喜欢结构松散的书,剧本则正好必须结构严谨。"她也曾多次表示对于故事的叙述更重视的是其承载的意义。当她发现自己在阐明或讲述某件事情的意义时,她经常会想到它,她会想到:"不。我应该设计一个传载思想的事件或主题,或一个故事线索,而不是直接告诉人们

---

① 参见瞿世镜:《英国女作家德拉布尔的小说创作》,《外国文学评论》1995 年第 2 期,第 27—33 页。
② 同上。
③ 参见程倩:《传承与创新:德拉布尔小说的叙事演变》,《英美文学研究论丛》2017 年第 1 期,第 37—47 页。

我的意思。"①可见,对于德拉布尔而言,她突破了现实主义那种以人物、情节、环境为三要素的传统叙事,运用了更多后现代叙事技巧,但是故事的存在价值于她而言,仍然是文以载道。

(三) 多丽丝·莱辛

多丽丝·莱辛则肯定了故事对真实的多角度观察和多元呈现,莱辛在获得诺贝尔文学奖后接受《卫报》采访时称:"我只是一个讲故事的人。"②莱辛还资助了一个"讲故事学校"③,以自己的教育实践帮助恢复故事讲述传统。她在《金色笔记》中,用互相嵌入、平行的、交叉的故事去呈现主人公的不同现实,同时也探索了叙事和多元主体的关系。不过莱辛在故事解构现实生活的探索上是非常谨慎的,在《金色笔记》中最后一本"金色笔记"中,主人公意识到了完全依靠虚构的危险性,"害怕精神在意象和比喻的罗列中失去外在客观现实的思想",所以莱辛对故事的态度是小心翼翼的,她在其作品中虽然承认故事的建构作用,但认为不能过度使用,提醒读者要"注重甄别'幻想'的扭曲力量的危险"。④

莱辛在其科幻小说的写作中也尝试用故事讲述的手法寻找现

---

① (英)玛格丽特·德拉布尔:《我是怎样成为作家的——德拉布尔访谈录》,屈晓丽译,《当代外国文学》2002年第2期,第157—165页。

② (英)多丽丝·莱辛:《故事决定了它的讲述方式——多丽丝·莱辛与亚当·史密斯访谈录》,潘纯琳译,《西南民族大学学报(人文社科版)》2008年第29卷第1期,第163—164页。

③ Frick, Thomas. "Caged by the Experts", in Earl G. Ingersoll(ed.), *Doris Lessing : Conversations*, Princeton & New York: Ontario Review Books, 1987, pp. 156-157. 转引自肖锦龙:《电子传媒和故事讲述——论西方后现代文学的本质特征》,《文艺研究》2015年第11期,第45页。

④ Byatt, A. S. *On Histories and Stories : Selected Essays.* p. 107.

实之外的另一种形式,她将作家这一角色看作"人类灵魂的工程师"①,认为故事的输出过程是一种"蓝图"的建构,进而传递共同的思考与价值体验。莱辛曾说:"当我在写《什卡斯塔》系列的时候,故事跨越了几百万年的时间。"②她通过预言式的手法进行场域构建,借助宇宙档案史的故事探寻时空的未知维度,审视历史、文化及宇宙演化,这种讲述似一部启示录,从多元的视角审视和剖析当下及未来世界的困境和难题。在其科幻作品中,莱辛还营造了独特化、无序化的叙事结构,用"个人细微的声音描述了现代城市化的末日图画"③,在多重并置的时空和故事环境中去探索主人公的言说形式和两难抉择,将从禁锢之垣到自由之门的追寻故事与自我身份的构建紧密结合,从而使主体变成一个重构的过程。

(四)安吉拉·卡特

安吉拉·卡特是英国最具独创性的作家之一,以书写魔幻写实、哥特式故事而闻名于世,她的故事观强调的侧重点在于希望用故事恢复女性的叙事传统。她在《明智的孩子》里点出:"母亲是事实,父亲只不过是流水席",并在这个作品以及《马戏团之夜》《新夏娃激情》里试图用女性的故事自述恢复在父权制话语压抑下的女性叙事传统,用不一样的故事抹除叙事的性别控制。卡特热爱童话故

① (英)多丽丝·莱辛:《小小的个人声音》,卢伟译,《世界文学》2008 年第 2 期,第 70 页。

② (英)多丽丝·莱辛:《故事决定了它的讲述方式——多丽丝·莱辛与亚当·史密斯访谈录》,潘纯琳译,《西南民族大学学报(人文社科版)》2008 年第 29 卷第 1 期,第 163—164 页。

③ Duyfhuizen, B. (1980). On the writing of future-history: Beginning the ending in Doris Lessing's "The memoirs of a survivor", *Modern fiction studies*, 26(1), 147.

事,甚至身体力行,亲自搜集整理民间故事、童话故事。在其搜集编写的《精怪故事集》中,她指出,精怪故事(童话故事)是修辞手法,"泛指浩瀚无边、千变万化的叙述——以前甚至现在的某些时候,这些故事以口口相传的方式得以在世间延续、传播",而口语叙事是倾向于"个人的""非官方的""不精确的"。卡特和温特森一样,在社会话语权力下用故事来保存差异性的个体叙事。

卡特专门研究了女性在故事讲述中的关键地位,"讲故事的人大多是典型的女性",并探究了以《鹅妈妈的故事》为代表的"老妇人的故事"①传统。她指出多元呈现的故事对于长期以来处于悲惨生活境地的女性们来说是安慰和补充:"这些故事只有一个共同点,那就是它们都围绕某个女主人公,不管她有多么多么的不幸,她都是故事的中心……"②这弥补了女性不能在现实生活中扮演主角、彰显人生价值的遗憾。卡特还认为故事讲述可以改变女人依附于男人权威的现状,她借一则名为《丈夫如何让妻子戒除故事瘾》的故事,来显示"故事能从多大程度上改变女人的欲望",而男人惧怕这种改变,以致会想方设法阻止女性获得欢愉。"仿佛欢愉本身威胁到了他的权威。"③在这里故事是女性获得日常生活中无法获得的经验的秘密渠道,具有了重塑女性主体的功能。

温特森和卡特都很关注女性的叙事权利,他们二人在童话重写方面也都积累了较多的文学实践经验。相较于温特森,卡特更专注于故事的流传机制、故事资源的拾遗和发掘。而温特森更擅长于发

---

① (英)安吉拉·卡特:《安吉拉·卡特的精怪故事集》,郑冉然译,第4页。
② (英)安吉拉·卡特:《安吉拉·卡特的精怪故事集》,郑冉然译,第7页。
③ (英)安吉拉·卡特:《安吉拉·卡特的精怪故事集》,郑冉然译,第8页。

掘故事重述的价值意义,特别强调不断重述的故事帮助女性寻找多样主体的功能。

(五)格雷厄姆·斯威夫特和朱利安·巴恩斯

格雷厄姆·斯威夫特和朱利安·巴恩斯都是创作历史元小说的代表人物,他们对于故事的思考更多聚焦于如何证明和宣告历史叙事和讲故事是同步的。在斯威夫特的代表作《水之乡》中,一个历史老师用"假纯朴"(faux-naif)[①]的叙事口吻讲述各种故事,包括叙事者家族历史的个人故事、英格兰沼泽地带的历史性地方掌故、鬼故事、啤酒产业发展的经济史、神秘谋杀故事以及鱼类的自然历史等,用杂乱琐碎的个人化叙事去呈现历史。斯威夫特在作品中明确指出,"人类——让我给你们下个定义——一种讲故事的动物。"[②]人类须臾离不开故事讲述,因为人是"渴望意义的动物","事物本身并没有意义"[③],只有故事讲述才能赋予事物以意义,所以"他只能不停地讲故事,他必须不停地编造故事,只要有故事存在,一切就安然"[④]。斯威夫特甚至将人类生存的意义和创造世界性的动力都统统归为讲故事。

朱利安·巴恩斯的《10 又 1/2 卷人的历史》将连贯的历史聚焦在几艘发生重大历史事件的船(如诺亚方舟、泰坦尼克号、梅杜莎之筏)上,用蠹虫的故事替代历史,他认为现存历史就是故事的虚构,一种自欺欺人的自我安慰,"有一样东西我要为历史称道。历史非

---

① Byatt, A. S. *On Histories and Stories : Selected Essays.* p. 52.
② (英)格雷厄姆·斯威夫特:《水之乡》,郭国良译,第 55 页。
③ (英)格雷厄姆·斯威夫特:《水之乡》,郭国良译,第 122 页。
④ (英)格雷厄姆·斯威夫特:《水之乡》,郭国良译,第 55 页。

常擅长发现事物。我们试图掩盖事物,而历史则不善罢甘休"①。他希望通过发掘被掩盖的历史故事去寻找真相。朱利安·巴恩斯经常思考故事重新建构真实并且建构多重真实的能力,并为故事讲述赋予伦理内涵,热衷于通过故事去发现个人生命的意义。巴恩斯在他的《唯一的故事》中写道:"人的一生有数不清的事情,这些事情衍生出数不清的故事。"②但他同时也质疑:"一遍遍地讲述,是离事实更近了,还是更远了?"③这一思考在他的多部作品中得到显现。在他的代表作《福楼拜的鹦鹉》中,巴恩斯以一名退休医生为切口,对福楼拜两处故居的鹦鹉标本展开探寻。在探寻中,医生以福楼拜的故事为指引,小说中插叙的与福楼拜相关的故事推动情节发展,在故事丛生中,新的真实被不断建立,福楼拜传统意义上的历史形象愈发模糊,一个崭新的有血有肉的福楼拜逐渐显现出来。这种发现与解码的过程引发了退休医生对历史、人生和自我的思考。巴恩斯将自己隐于主人公之后,借主人公之口表达了其强烈的伦理意识,即发现自我,重塑自我,体现了对个人主体深厚的伦理关怀。

应该说温特森和格雷厄姆·斯威夫特、朱利安·巴恩斯一样希望用故事去发现或是重新定义生活的意义,说明历史的叙事本质,以及肯定个人叙事的重要性。但是后两者更多地关注过去,基本感情基调是发现历史的话语构造之后的忧虑和批判,温特森的故事在解构历史的同时,更面向多元化的未来,她的主人公在发现历史的叙事不过是个故事之后基本是欣喜的,因为她们就不再受制于历

---

① (英)朱利安·巴恩斯:《10 又 1/2 卷人的历史》,宋东升、林本椿译,第 228 页。
② (英)朱利安·巴恩斯:《唯一的故事》,郭国良译,南京:译林出版社,2021 年,第 3 页。
③ (英)朱利安·巴恩斯:《唯一的故事》,郭国良译,第 4 页。

史,可以将自己的故事讲得更加多样性、开放性。

（六）戴维·洛奇、伊塔洛·卡尔维诺等

英国小说家戴维·洛奇和意大利作家伊塔洛·卡尔维诺对故事的关注则更多着眼于故事的叙事机制。戴维·洛奇在《小说的艺术》中提出,小说用讲故事的方法吸引读者,讲故事无论使用什么样的手段——言语、电影、连环漫画——总是通过提出问题、延缓提供答案来吸引观众（读者）的兴趣。[1] 他强调故事这种叙事方法的短小精悍、跳脱多变的艺术特色,同时也关注到了其中的延异机制。但其论述主要还是从写作技巧层面展开。拉什迪也认为故事成为他小说灵感的来源,是其独特艺术特色的所在。他曾说,他在创作《午夜的孩子》的过程中"真正学习借鉴的是古老的传统",如"不计其数的印度故事、《一千零一夜》"等。[2] 其代表作《午夜的孩子》被视为其学习和借鉴《一千零一夜》中的故事讲述形式的结果。

卡尔维诺在《命运交叉的城堡》《寒冬夜归人》等作品中肯定了叙事构建时空的能力,叙事呈现多元真实、平行世界的优势。他在《美国讲稿》里提出铁板一块的现实限制压迫了人的创造力,并赞颂了叙事对于现实生活的超越:"文学是一种生存功能,是寻求轻松,是对生活重负的一种反作用力。"[3]他用"轻逸"一词来形容叙事对于现实的反驳;用"速度"来说明叙事的相对时间;用"精确"去概括修辞和隐喻的功能;用"形象鲜明""内容多样"去讨论如何把握普遍

---

① 参见(英)戴维·洛奇:《小说的艺术》,卢丽安译,上海:上海译文出版社,2010 年。
② Meer, Ameena and Salman Rushdi, "Salman Rushdie", BOMB, No. 27 (Spring 1989): 35, 35. 转引自肖锦龙:《电子传媒和故事讲述——论西方后现代文学的本质特征》,《文艺研究》2015 年第 11 期,第 45 页。
③ (意大利)伊塔洛·卡尔维诺:《美国讲稿》,萧天佑译,第 29 页。

第六章　温特森结构主义故事观的文化语境 | 289

联系中、复杂进程中的整体,把握多元;他还专门研究了后现代式的开头与结尾的写作。此外,卡尔维诺编著了《意大利童话》等作品,他在整理童话文本的过程中,也告诉人们不少关于故事讲述的真知灼见。和温特森一样,卡尔维诺希望探索一种新的生存与写作方式的可能性,来替代旧的言说方式。但是他并没有明确将这种新的生存方式与写作方式归功于故事,于卡尔维诺而言,故事只是一个文学类别的概念,被模糊地寄予改变传统的希望。在这方面上,温特森显得更为明确,也更为用力,对于故事有着更为针对性的体悟和系统性的思考。

总的来说,多数西方作家、理论家认识到了故事的重要性,他们的文学实践为故事复兴提供了丰厚的创作土壤,构成了温特森故事讲述文化语境,也成为故事作为后现代文学典型言说方式的例证。同时,许多作家并没有从故事的本体意义去思考故事,把故事作为一个解构现实主义真实的必然策略来运用,讲故事还不是明确自觉的行动。对于他们来说,讲故事能带来更为丰富的认识和更为丰富的表述形式,是生活中的维他命;而对于温特森来说,讲故事便是水和空气,是生存之地和避难之所,因此温特森的故事观和故事创作中表现出来的解构性特征也尤为鲜明而独特。

结　语

　　当今时代,故事讲述是风靡西欧的文学创作形式,甚至有风靡全球的趋势。温特森的故事是在当代西方"故事讲述风潮"中产生的,是置于"叙事转向"和"后现代转向"的背景中被讲述的。故事讲述不是个增添阅读趣味的写作手段,而是温特森小说创作中最突出的特色,是一次富于创新性、系统性、突破性的后现代主义文学写作实验。温特森的故事讲述极具个人特色,完全是解构性的。

　　温特森故事观的形成和她自己的个人经历有关,作为一名生活在宗教家庭里的孤儿,也作为一名"中心之外"的同性恋者,她的成长经历就是和逻各斯话语搏斗的过程。在这一过程中,温特森视故事为解构生活束缚、现实约束、身份制约、话语压制的重要方法,讲述故事成为生存之需。因而温特森进行故事讲述的核心目标就是解构,此本质特点在她的作品中得到充分显现。

　　温特森故事观的核心是对故事的思想穿越功效的深刻认识。她明确指出,故事能以文学性真实解构逻各斯真实,故事讲述是对概念化生活和传统真实观的挑战,是讲述者解构并重构现实世界的方式。温特森的故事及其解构性有三个突出的表征：其一，在内容上，用私语性话语解构公众性宏大话语；其二，在表现形式上，用擦抹性叙事解构确定性的规范和界限；其三，在对主体的作用上，用延异性主体塑造解构统一完整的主体性观念。温特森的故事将逻各斯中心的"真"树为标靶，对其进行解构和重构，但在这一过程中出现了困境、缺陷和悖论，温特森自己也在不断求索，寻找出路。

一 故事对逻各斯之"真"的解构和重构

在《守望灯塔》中，温特森借银儿之口道出："有人说最好的故事是没有言辞的。这些人生来就不是为了看灯塔的。我生来就是为了看灯塔的。"[①]这或许也可以看成是温特森视自己为"故事讲述的守护人"的某种宣告，某种表白。讲故事不仅是温特森的写作习惯、谋生手段，更是一种责任和使命，温特森讲故事的最终目的就是要解构一切逻各斯之"真"，并重构出故事之"真"。

在后现代主义时期，詹明信认为重要的已经不是参符（referent）及其所代表的客观世界，而是意符（signified）与它所指的意义，甚至是指符（signifier）本身。同样，温特森认为世界是什么样的，主要取决于你怎么去讲述，个人怎样存在，也主要取决于如何去讲述。"思考故事讲述的问题"[②]之所以在文学界广为流行，实际上是人们致力于寻找一种适合的言说方式，去呈现带有后现代时代特点的思想方式和世界样貌。温特森的独特故事观也是这一思想宝藏中的一部分。温特森将故事视为突破现实、突破界限、突破权威话语的

---

① （英）珍奈特・温特森：《守望灯塔》，侯毅凌译，第 24 页。
② Byatt, A. S. *On Histories and Stories : Selected Essays*. p. 123.

法宝,认为故事的话语内容、讲述方式和对主体的塑造都体现着后现代"突破性"的特点,即具有强烈解构性。

可以说,温特森笔下文学故事所解构的社会规范、历史话语、主体性、宗教话语、性别话语等是各种传统生活观念和方式,是人们对于现实、时间、空间、历史、自我、性别等的固化认知,是人们原以为是的"真"。借用哈琴形容后现代主义的话来说,温特森"怀疑的并不只是自由人文主义对真实的肯定,还有对真实进行的末日来临般的谋杀"①。她在作品中强调:

> 我所了解的这个地球……是一个故事。科学只不过是一个故事。历史也不过是一个故事。我们跟自己讲这些故事,是为了让我们自身的存在成为真实。②

生活之真并不存在于某一个故事里,特别像历史、科学等自成体系的大话语中,它存在于很多小故事不断地被重说的过程之中。意味着不存在那个确定无疑的"实在",只有故事中编织出来的"存在"。故事对"真"的解构体现了后现代主义的观念:

> 后现代主义诗学所能做的只是自觉地表现这样一种元语言矛盾,既置身其中又置身其外,既参与又保持距离,既确立又质疑自己临时不定的表达形式。如此行为显然不会得出任何放之四海而皆准的真理,不过,这也不是它所追求的目标。③

在解构"真"的过程中,对故事本体的强调解构了现实主义以及

---

① (加)琳达·哈琴:《后现代主义诗学:历史·理论·小说》,李杨译,第309页。
② (英)简妮特·温特森:《重量》,胡亚豳译,第142页。
③ (加)琳达·哈琴:《后现代主义诗学:历史·理论·小说》,李杨译,第29页。

其他主义的"真",这也是温特森的核心故事观;故事的私语性讲述内容解构了大话语之"真";故事的擦抹性叙事方式解构了确定指向和小说自我构建的"真";故事对主体延异性的重塑解构了单一确定的主体建构,解构了"真"的我。总之,温特森故事解构的是逻各斯主义对"真"的定义和话语方式,她把故事打造成一个救赎之地,一个避难所,抵抗社会宏大话语中的"真"对于人的侵蚀与禁锢,所以她的批判力量也尤为有力。

温特森在解构逻各斯中心指向的"真"的时候,也极力建立她自己定义的"真",属于故事的"真",建立起产生故事世界的时空,构建起能够独立存在的、活生生的实在的故事。应该指出,温特森并不否定世界存在着"真",她所要强调的是,这种"真"是在永恒变化之中的,是在和其他事物的联系对比的网络中形成的,是在不断延宕中产生的痕迹,没有固定的本质,没有终极的所指,这也是反逻各斯的意义所在。温特森对故事之"真"的信仰是最原始的,同样也是后现代的。

故事呈现的"真"从来都是临时不确定的,而且都是由语境所决定和限定的。福柯认为后现代的精髓就在于"问题化"——问题化可以生成话语——后现代主义当然已经创造了其自身的悬疑、自己的一套问题(而这些问题曾经被视为天经地义的事情)以及可能的解决办法。① 故事讲述就将所有逻各斯指向的"真"问题化了。

温特森笔下的故事之"真"可以视为拥有"来自民间故事的那种

---

① Foucault, Michel. *The Use of Pleasure*, vol. 2 of *The History of Sexuality*, trans. Robert Hurley, New York: Pantheon, 1985, pp. 14 - 22. 转引自(加)琳达·哈琴:《后现代主义诗学:历史·理论·小说》,李杨译,第 3 页。

天然地会溢出讲故事者控制范围的重要特质"①,是在故事不断的重述中,不断的擦抹中,在众多讲述人口中的多元的、闪烁的"真"。故事表达"真"的方式和社会交流方式、话语传播方式息息相关。在口语叙事时代,远行者和当地人围坐篝火分享交流听来的没有版权的故事,每个人都可以平等地讲述故事,不存在权威话语。然而,随着现代化进程的推进,理性系统的建立,书面叙事的时代到来了,平权的故事渐渐转变成旨在贩卖、旨在表达社会意志的生产出来的故事,原先手工作业状态下的故事流传,"也就转变成在控制论引导下的目标明确的故事生产"②。故事成为小说的某段情节,某个素材,此故事已经不同于彼故事。而现代小说越来越孤独地探究纵深的人心、人性,深刻的真理,深埋着的可以一统天下的生存模式和话语方式。

在后现代社会里,广泛、即时、互动的新媒介的诞生为人们讲述故事、扩散故事,听故事、用故事互动提供便利,不但改变了故事的生产方式、传播方式,也改变了人们的思考方式和生存方式。人们借助这些媒介可以部分恢复口语叙事的传统,通过新媒介的连接,再次虚拟地围坐在一起讲故事和听故事,哪怕远隔千山。温特森的故事讲述也是在这样的时代背景下形成自己的价值体系,她的故事讲述,必然带来对"真"的个人化的解构和重构,"真"不再是炎炎烈日,而变成散发光芒的漫天繁星。

二　温特森故事观的悖论和缺陷

故事为温特森的创作打上了深刻的风格印记,对于元话语、逻

---

① 张定浩:《故事的边缘》,《上海文化》2014 年第 9 期,第 9 页。
② 张定浩:《故事的边缘》,《上海文化》2014 年第 9 期,第 9 页。

各斯主义的批判尤为强烈而有效。但同时,我们也应该看到,温特森的故事观有着其自身的悖论和缺陷,而且其中部分源自于后现代理论和解构主义理论自身的悖论和缺陷。

首先,通过故事进行私语性的讲述能否完全地、毫无杂质地实现存在着疑问。个人讲述虽然是内指性的、个人化的,但是故事的传播又是联系性的、共享性的,其中必然也会包括规范性、共建性的话语,不管是以批判对象还是以参照系统的形式出现,"小故事的讲述者们有一个趋势去偷偷运回不被承认的大话语,秘密地保留他们"①。完全摒除社会建构的"返身"主体重构,是在理想真空的状态才能实现的,缺乏实践性。最极致的去话语行动既是有些微偏执的,也是无法实现的。

其次,温特森的故事讲述解构的是权威话语,但同时也成为另外一种话语建构方式。温特森的故事乌托邦理想和在消解逻各斯中心的路上否定一切的批判,容易将她带入另一个逻各斯中心主义——个人话语中心主义。正如克里斯托弗·诺里斯所说:"解构理论在把一切形式的知识文本化并且揭示修辞策略真面目的同时又对'理论知识'拥有者的地位当仁不让。"②虽然她已经小心用擦抹性叙事形式去避免话语内容的固化,但她的以故事为中心的批判模式却沾染上些许带有解构理论特征的悖论,以专制的姿态否定专制性,以连贯一致的方式攻击连贯一致性,从本质上挑战本质。哈桑曾从很多对立面的事物出发去提醒后现代叙事机制的矛盾性;它

---

① Simpson, David. *The Academic Postmodern and the Rule of Literature: A Report on Half-Knowledge*. Chicago: University of Chicago Press, 1995, p. 31.
② Norris, Christopher. *The Contest of Faculties: Philosophy and Theory after Deconstruction*. Lodon and New York: Methuen Press, 1985, p. 22.

是寓于在场的缺场，是需要以"集"为存在条件的"散"；它把个性化的自我表达方式想象成为主码，但也知道这是不可能的；它是虽然否认但却渴望获得超越性的内在性。[①] 温特森想用故事去寻找新的言说方式，她的努力也是有效的，但是对于故事的排他性强调就会使故事言说重新陷入托多洛夫所说的话语类型学的范畴，这在某种程度上也限制了她作品的题材内容的丰富性和思想的包容度。

第三，故事对于现实、统一性的反叛一旦过于猛烈，难免会产生副作用。近年来的语言理论认为语言是一个自我指涉的系统，除了塑造语言的我们的身体，与世界上的其他事物没有必然联系，这也是故事得以独立的基础。然而，很多作家，如默多克、拜厄特，都提醒我们，完全否认外部现实可能会陷入混乱和迷失。加布里埃尔·约瑟波维希（Gabriel Josipovici）等作家曾提醒道："类比的魔鬼，一种我们所想的东西已经存在于外部与他处的感觉——只不过是对我们自身头脑内部的描述。"[②]语言的自我指涉性仿佛与其公认的对立面——历史、政治语境泾渭分明，但如利奥塔提醒我们的那样，在后现代语境下，"它却偏偏又牢牢置身于后者"[③]。统一性的事物如果过于强势，必然会造成压迫、限制，温特森的故事理论对其的解构也是非常有效的。但统一性的存在可以调节矛盾，使矛盾和谐共处，能够产生秩序和确定感，这也是很长一段时间以来现代作家在小说等言说方式中探索的东西。完全的去统一、去稳定性的解构行

---

① Hassan, Ihab. *The Dismemberment of Orpheus: Toward a Postmodern Literature*, 2ⁿᵈ edn, Madison: University of Wisconsin Press, 1982, p. 8.

① Hassan, Ihab. *The Dismemberment of Orpheus: Toward a Postmodern Literature*, *2nd edn*, Madison: University of Wisconsin Press, 1982, p. 8.
② Josipovici, Gabriel. *Demon of Analogy*. see Byatt, A. S. *On Histories and Stories: Selected Essays*. p. 122.
③ （法）让-弗朗索瓦·利奥塔：《后现代状态》，车槿山译，第 10 页。

结 语 | 297

为,也必然会带来生存和思维的混乱和困惑。从阿多诺到詹明信,都在担心没有深度、完全自我指涉的叙事具有潜在危机,默多克和拜厄特也在其作品中表现过对这一危机的担忧。

三 爱和故事——归域和解域的平衡

其实,温特森在其写作生涯和思想发展的后期,也就是在写作《守望灯塔》之后,也开始思考绝对自由是否可仅仅依靠故事获得,以及是否应该去竭力追求。在文学实践上,她努力摒弃了极致的虚无主义、非历史主义和相对主义。有学者认为这代表温特森的后现代主义思想进入了另一个阶段,认为"温特森近期作品尽量以神话和童话为参照版本,重新稳固了情感上的现在时和历史的过去时"①。虽然一直以来,她都没有否认和质疑讲故事的重要性,没有怀疑其解构逻各斯中心的有效功能,但她在作品中开始引入并强调另外的因素来保持平衡,以免陷入漫无目的、遥遥无期的否定和拆解之中,这个因素就是"爱"。

正如一些评论者所说,温特森是"故事和爱的信徒","爱"在温特森的作品中一直是一条草蛇灰线般的线索,主人公在追求故事讲述权利的同时也是以"爱"的名义在追求的,在《给樱桃以性别》和《苹果笔记本》里,温特森用神话和浪漫传奇中的著名爱情故事去说明爱情的无止境和求爱不得的痛苦。阿里口述的众多故事被温特森认为是"爱的脚本在无休止地上演"②。在《写在身体上》中,"丰

---

① Keulks, G. 'Winterson's recent work: Navigating realism and postmodernism', in S. Andermahr (ed.) *Jeanette Winterson: A Contemporary Critical Reader*. London: Palgrave Macmillan Press, 2007, pp. 146-162, p. 148.
② (英)珍妮特·温特森:《苹果笔记本》,余西译,第74页。

满而富足"的生命被浓缩为"硬币大小的一个世界",这枚一体两面的硬币一面是爱人形象所代表的"爱","另一面是一个故事"。① 在她的近期作品中,"爱"占据着越来越重要的地位,特别是成为能够打断并暂停故事讲述的一种设置。在《石神》中,她将"爱"看成是故事讲述的介入力量:

> 故事不会停止,也不可能停止,他在不停讲述自身……直到等待一个可以改变接下来发生的事情的介入力量。爱就是这个介入力量。②

在《守望灯塔》中,她将爱视为故事的闯入者:"爱就在故事外面,正在寻找机会闯进来。"③在《时间之间》里,她将爱和宽恕视为擦抹性故事的阶段性结局,她说,故事是没有结尾的,但宽恕是结局的一种。④ "爱"可以给予无尽擦抹延异的故事讲述暂时的中断,暂时的停歇,也可以让故事讲述者获得暂时的稳定和确定,不至于在永无尽头的叙事中精疲力尽。用后结构主义批评家德勒兹等人的概念去考察,故事促成生活的解域(deterritorialization),而"爱"则促成生活的归域(reterritorialization),解域离不开归域,归域也寓于解域之中,永远处在暂时稳定和稳定消解之中。⑤

温特森的思想演变可能部分来自生活中的体验,也可能部分受

① (英)珍妮特·温特森:《写在身体上》,周嘉宁译,第211页。

② Winterson, Jeanette. *The Stone Gods*. p.24.

③ (英)珍奈特·温特森:《守望灯塔》,侯毅凌译,第116页。

④ (英)珍妮特·温特森:《时间之间》,于是译,第277页。

⑤ See Deleuze, Gilles and Felix Guattari. *A Thousand Plateaus: Capitalism and Schizophrenia*, trans. Brian Masumi, London: The Athlone Press, 1988, pp. 6 - 17.

到了深入骨髓的宗教情感的影响。近年来,温特森陆续与养母和生母都达成了和解,并且在扬善颂爱的儿童文学领域里笔耕不辍。激烈的抗争成为过去,爱和宽恕成为她生活中的主旋律,用文学虚构来确认身份的追求脚步渐渐放缓。另外,温特森也逐渐发觉,用故事虽然可以解构逻各斯的"真",从而追求多元丰富的"真",但是完全依靠自我指涉的叙事,有可能使这个过程变成无法达到彼岸的徒劳。就好像划船时,如果只在一边划桨,就算力量再大,也只会使船陷入原地打转的尴尬境地。

于是,温特森在叙事之外去寻找前进的力量,并聚焦于人的精神领域,聚焦于人类永恒情感——"爱"。她认为"爱"的力量可以超越一切话语规范,甚至可以不受叙事的限制。温特森将她所追求的多元之"真"打上"爱"的烙印,给予故事一个平衡的力量,以确保故事在追求多元丰富的"真"的过程中,不会陷入漫无目的的虚无,诚如有的学者总结的那样,温特森"通过不同角度讲述故事,或者重新想象和编织生活的方式,去达到大爱目标"①。这就好像在划船时,加入另外一边的桨,使船的行进变得稳定和有力,使她的故事解构能够更好地促进生活。温特森这样的策略不无诗意,也极富特色,赋予了故事更多人文关怀的内涵,这也使得她解构性的故事讲述最终是为人服务的。

---

① Childs, Peter. '*Jeanette Winterson : boundaries and desire.*' *Contemporary Novelists : British Fiction Since 1970*. London : Palgrave Macmillan Press, 2005, pp. 255 - 273, p. 261.

参考文献

温特森的作品：

Winterson，Jeanette. *Art and Lies*. New York：Vintage Press，1996.

Winterson，Jeanette. *Art Objects：Essays on Ecstasy and Effrontery*. New York：Vintage International Press，1997.

Winterson，Jeanette. *Boating For Beginners*，London：Vintage Press，1990.

Winterson，Jeanette. *Desire*. from http：//www. jeanettewinterson. com /pages/journalism_01/journalism_01_item. asp？journalism_01ID＝226.

Winterson，Jeanette. '*Endless Possibilities*' in *Lighthousekeeping*. New York：Harper Perennial Press，2005.

Winterson，Jeanette. *Gut Symmetries*. London：Vintage International Press，1997.

Winterson，Jeanette. *The Daylight Gate*. London：Random House UK，2012.

Winterson，Jeanette. *The Stone Gods*. Boston and New York：Mariner Books，2009.

Winterson，Jeanette. *The White Roo Book：Essays and Other Nonfiction*. New York：Putnam's press，1984.

Winterson，Jeanette. *Why Be Happy When You Could Be Normal？* London：Grove Press，2011.

（英）珍妮特·温特森：《给樱桃以性别》，邹鹏译，北京：新星出版社，

2012 年。

（英）珍妮特·温特森：《激情》，李玉瑶译，北京：新星出版社，2011 年。

（英）珍妮特·温特森：《橘子不是唯一的水果》，于是译，北京：新星出版社，2010 年。

（英）珍妮特·温特森：《苹果笔记本》，余西译，北京：新星出版社，2011 年。

（英）珍妮特·温特森：《时间之间》，于是译，北京：未读·北京联合出版公司，2016 年。

（英）珍妮特·温特森：《世界和其他地方》，虹影等译，长沙：湖南文艺出版社，2012 年。

（英）珍奈特·温特森：《守望灯塔》，侯毅凌译，北京：人民文学出版社，2005 年。

（英）珍妮特·温特森：《写在身体上》，周嘉宁译，北京：新星出版社，2011 年。

（英）简妮特·温特森：《重量》，胡亚豳译，重庆：重庆出版社，2008 年。

英文图书资料：

Andermahr, S. (ed.). *Jeanette Winterson：A Contemporary Critical Guide*. London：Continuum Press，2007.

Andermahr, Sonya. *Jeanette Winterson：New British Fiction*. London：Palgrave Macmillan Press，2008.

Apple，Max. *Free Agents*. New York：Harper & Row Press，1984.

Armstrong，Karen. *A short History of Myth*. Edinburgh，New York，Melbourne：Canongate Press，2005.

Bakhtin, Mikhail. *The Dialogic Imagination*. *Four Essays*. Ed. Michael Holquist. Trans. Caryl Emerson and Michael，Holquist. Austin：University of Texas Press，1981.

Bakhtin, Mikhail. *Problems of Dostoevsky's Poetics*. Ed. and trans. Caryl Emerson. Mineapolis: The University of Minnesota Press, 1984.

Barth, John. *The Friday Book: Essays and Other Nonfiction*. New York: Putnam's Press, 1984.

Baxtin. '*Discourse in the novel*', *The Dialogic Imagination*, ed. and trans. Caryl Emerson and Michael Holquist. Austin and London: University of Texas Press, 1981.

Benjamin, Walter. 'storyteller', in *Illuminations*, ed. Hannah Arendt. trans. By Harry Zohn, New York: Harcourt, Brace & World, Inc, 1978.

Bettelheim, Bruno. *The Uses of Enchantment: The Meaning and Importance of Fairy Tales*. New York: Vintage Books, 1977.

Botescu-Sireteanu, Ileana. *Narrating the Difference: The Fiction of Angela Carter and Jeanette Winterson*. London: LAP LAMBERT Academic Publishing, 2013.

Borges, Jorge Luis. 'The Garden of Forking Paths', in *Collected Fictions* trans. Andrew Hurley London: Allen Lane, 1999.

Bowie, Malcolm. *Proust Among the Stars*. New York: Harper Collins Press, 1998.

Brooker, P. (ed.). *Modernism/Postmodernism*. London: Longman Press, 1992.

Butler, Judith. *Gender Trouble*. New York: Routledge Press, 1990.

Byatt, A. S. *On Histories and Stories: Selected Essays*. Cambridge, Mass: Harvard University Press, 2000.

Calasso, Roberto. 'The Marriage of Cadmus and Harmony'. in *On Histories and Stories: Selected Essays*. By A. S. Byatt. Cambridge, Mass. : Harvard University Press, 2000.

Calinescu, Matei. 'Introductory Remarks: Postmodernism, the Mimetic and Theatrical Fallacies', *in Exploring Postmodernism*. Amsterdam and Philadelphia: John Benjamins Press, 1987.

Calinescu, Matei. 'From the One to the Many: Pluralism in Today's Thought', in Hassan & Hassan, 1983.

Carroll, David. *The Subject in Question : The Languages of Theory and the Strategies of Fiction*. Chicago: University of Chicago Press, 1982.

Childs, Peter. '*Jeanette Winterson : boundaries and desire.*' *Contemporary Novelists : British Fiction Since 1970*. London: Palgrave Macmillan Press, 2005.

Daly, Mary. *Gyn/Ecology: The Metaethics of Radical Feminism*. Boston: Boston Press, 1978.

DeLauretis, Teresa. *Alice Doesn't : Feminism , Semiotics, Cinema*. Bloomington: Indiana University Press, 1984.

Deleuze, Gilles and Felix Guattari. *A Thousand Plateaus : Capitalism and Schizophrenia*, trans. Brian Masumi. London: The Athlone Press, 1988.

Derrida, Jacques. 'The Gift of Death'. Trans. David Wills. '*How to Avoid Speaking:* Denials.' *Derrida and Negative Theology*. Ed. Harold Coward and Toby Foshay. Albany: State University of New York Press, 1992.

Dews, Peter. 'JacquesLacan: A Philosophical Reading of Freud.' *The Logics of Disintegration*. By Peter Dews. London: Verso Press, 1987.

Dinnerstein, Dorothy. *The Mermaid and the Minotaur : Sexual Arrangements and Human Malaise*. New York: Harper Colophon Books, 1977.

Doan, L. 'Sexing the postmodern', in L. Doan(ed.) *The Lesbian*

Postmodern New York: Columbia University Press, 1994.

Garrett, George P. 'Dreaming with Adam: Notes on Imaginary History'. in *The Sorrows of Fat City: A Selection of Literary Essays and Reviews*. Columbia: University of South Carolina Press, 1992.

Goodman, Nelson. *Ways of Worldmaking*. Indianapolis and Cambridge: Hackett Press, 1978.

Graff, Gerald. *Literature Against Itself: Literary Ideas in Modern Society*. Chicago and London: University of Chicago Press, 1979.

Griffin, G. 'Acts of defiance: Celebrating Lesbians', in G. Wisker (ed.) *It's My Party: Reading Twentieth Century Women's Writing*. London: Pluto Press, 1994.

Hassan, Ihab. *The Dismemberment of Orpheus: Toward a Postmodern Literature*, 2nd edn, Madison: University of Wisconsin Press, 1982.

Head, D. (ed.) *The Cambridge Guide to Literature in English*. Cambridge: Cambridge University Press, 2006.

Higgins, Dick. *A Dialectic of Centuries: Notes towards a Theory of the New Arts*. New York and Barton, VT: Printed Editions, 1978.

Hinds, H. 'Oranges are not the only fruit: Reaching audiences other texts cannot reach', in S. Munt(ed.) *New Lesbian Criticism: Literary and Cultural Readings*. Hemel Hempstead: Harvester Wheatsheaf Press, 1992.

Horskjaer Humphries, L. "Listening for the author's voice: 'Unsexing' the Wintersonian oeuvre", in H. Bengtson, M. Borch, and C. Maagard (eds), *Sponsored by Demons: The Art of Jeanette Winterson*. Odense, Denmark: Scholar's Press, 1999.

Hutcheon, Linda. *Narcissistic Narrative. The Metafictional Paradox*. London and New York: Methuen, 1984.

Huyssen, Andreas. *After the Great Divide: Modernism, Mass Culture, Postmodernism*. Bloomington: Indiana University Press, 1986.

Hyde, Lewis. *Trickster Makes This World. Mischief, Myth, and Art*. New York: North Point Press, 1998.

Ingarden, Roman. *The Literary Work of Art*. Evanston: Northwestern University Press, 1973.

Jackson, Rosemary. *Fantasy: The Literature of Subversion*. London and New York: Methuen Press, 1981.

Johnson, B. S. 'Broad Thoughts from a Home,' in *Aren't You Rather Young to be Writing Your Memoirs?*. London: Hutchinson Press, 1973.

Kermode, Frank. *The Sense of an Ending: studies in the theory of fiction*. New York and Oxford: Oxford University Press, 1968.

Keulks, G. 'Winterson's recent work: Navigating realism and postmodernism', In S. Andermahr(ed.), *Jeanette Winterson: A Contemporary Critical Reader*. London: Palgrave Macmillan Press, 2007.

Kristeva, J. *Tales of Love*, trans. Leon S. Roudiez. New York: Columbia University Press, 1987.

Kostkowska, Justyna. *Ecocriticism and Women Writers: Environmentalist Poetics of Virginia Woolf, Jeanette Winterson, and Ali Smith*. London: Palgrave Macmillan Press, 2013.

LaCapra, Dominick. *History and Criticism, Ithaca*. New York: Cornell University Press, 1985.

López, Gemma. *Seductions in Narrative: Subjectivity and Desire in the Works of Angela Carter and Jeanette Winterson*. New York: Cambria Press, 2007.

Lyotard, Jean-Francois. *Answering the Question: 'What is Postmodernism?'*, trans. Regis. Lyme: Durand Press, 1984.

Mary, Russo. *The Female Grotesque: Risk, Excess and Modernity*. New York and London: Routledge Press, 1994.

Makinen, Merja. *The Novels of Jeanette Winterson*. New York: Palgrave Macmillan Press, 2005.

Marshall, B. K. *Teaching the Postmodern: Fiction and Theory*. London: London Press, 1992.

McHale, Brian. *Postmodernist Fiction*. London and New York: Routledge Press, 2004.

Noakes, Jonathan and Margaret Reynolds. *Jeanette Winterson (Vintage Living Texts)*. London: Vintage Press, 2003.

Nooteboom, Cees. *In the Dutch Mountains* (1984), trans. Adrienne Dixon. London: Penguin Press, 1991.

Norris, Christopher. *The Contest of Faculties: Philosophy and Theory after Deconstruction*. Lodon and New York: Methuen Press, 1985.

Palmer, P. 'Jeanette Winterson: Lesbian/postmodern fictions', in B. Neumeier (ed.) *Engendering Realism and Postmodernism*. Amsterdam: Rodopi Press, 2001.

Pearce, L. 'The emotional politics of reading', in H. Grice and T. Woods(eds) *"I'm Telling You Stories": Jeanette Winterson and the Politics of Reading*. Amsterdam: Rodopi Press, 1998.

Pearce, L. 'Written on tablets of stone?: Jeanette Winterson, Roland Barthes, and the discourse of romantic love', in S. Raitt (ed.) *Volcanoes and Pearl Divers: Lesbian Feminist Studies*. London: Onlywomen Press, 1994.

Peter, Childs. '*Jeanette Winterson: Boundaries and Desire*', *Contemporary Novelists: British Fiction Since 1970*. London: Palgrave Macmillan Press, 2005.

Peters, Michael A. and Alicia de Alba(ed.). *Subjects in Process. Inteventions: Education, Philosophy, and Culture*. London: Paradigm Press, 2015.

Pratchett, Terry. *Witches Abroad*. from *On Histories and Stories: Selected Essays*. By A. S. Byatt. Cambridge, Mass.: Harvard University Press, 2000.

Quilligan, Maureen. *The Language of Allegory: Defining the Genre*. Ithaca and London: Cornell University Press, 1979.

Ricoeur, Paul. *Time and Narrative: Volume I*, trans. Kathleen McLaughlin and David Pellauer, Chicago and London: University of Chicago Press, 1984.

Ricoeur, Paul. *A Ricoeur Reader. Reflection and Imagination*, ed. M. J. Valdes. Toronto and Buffalo: University of Toronto Press, 1991.

Roman, Ingarden. *The Literary Work of Art, Evanston*. Evanston IIlinois: Northwestern University Press, 1973.

Scholes, Robert. *Fabulation and Metafiction. Urbana, Chicago*. London: University of Illinois Press, 1979.

Simpson, David. *The Academic Postmodern and the Rule of Literature: A Report on Half-Knowledge*. Chicago: University of Chicago Press, 1995.

Stowers, C. 'Journeying with Jeanette: Transgressive travels in Winterson's fiction', in M. Maynard and J. Purvis (eds), *Hetero(sexual) Politics*. London: Taylor and Francis Press, 1995.

Sutton, Dana F. *The Greek Satyr Play*. Meisenheim am Glan: Verlag anton Hain. Press, 1980.

Van derWiel, Reina. *Literary Aesthetics of Trauma: Virginia Woolf and Jeanette Winterson*. London: Palgrave Macmillan Press, 2014.

Reynolds, Margaret(ed.). *Erotica. 1990*. London: Pandora Press,

1991.

Waugh, Patricia. *Metafiction : The Theory and Practice of Self-Conscious Fiction (New Accents).* London: Routledge Press, 1984.

White, Hayden. *The Content of the Form : Narrative Discourse and Historical Representation.* Washington, D. C. : Johns Hopkins University Press, 1987.

Wilde, Alan. *Horizons of Assent : Modernism, Postmodernism, and the Ironic Imagination.* Baltimore and London: Johns Hopkins University Press, 1981.

Wingfield, R. 'Lesbian writers in the mainstream: Sara Maitland, Jeanette Winterson and Emma Donoghue', in E. Hutton (ed.) *Beyond Sex and Romance : The Politics of Contemporary Lesbian Fiction.* London: Women's Press, 1998.

英文期刊及网络资料：

Brooks, L. Interview. 'Power surge', *The Guardian.* G2, 31 March 2000.

Calvino. 'Ovid and Universal Contiguity', *The Literature Machine.*

Carol, S. Witherell. 'Narrative and the Moral realm: tales of caring and justice'. *Jounarl of Moral Education.* 1991, Vol. 20 Issue 3.

Cokal, Susann. 'Expression in a Diffuse Landscape: Contexts for Jeanette Winterson's Lyricism'. *Style,* Spring 2004, Vol. 38 Issue 1, pp. 16 – 37.

Davies, S. 'Of Gods and mythical monsters'. *The Independent,* 28 October 2005. http://enjoyment. independent. co. uk/books/reviewsarticles322672. ece Accessed on 28 September 2006.

Gerrard, N. 'The ultimate self-produced woman', *The Observer,* 5

June 1994.

Green, Brutus. 'In Between Sex and the Sacred: The Articulation of an Erotic Theology inJeanette Winterson's The Passion', *Tlieology & Sexuality*, 2007, Vol. 13 Issue 2, pp. 196 - 210.

Hassan, Ihab. 'Postmodernism: A Vanishing Horizon'. paper to Modern Language Association of America, *New York*, 1983.

Nunn, Heather. 'Written on the Body: An Anatomy of Horror, Melancholy and Love', *Women : A Cultural Review*, 1996, Vol. 7 Issue 1, pp. 16 - 27.

Jaggi, M. Interview. 'Redemption songs', *The Guardian*, Saturday, 29 May 2004. http://books. guardian. co. uk/print/0, 3858, 4934260 - 110738,00. html Accessed on 17 April 2004.

Jennings, Hope. "'A repeating world': Redeeming the Past and Future In the Utopian Dystopia of Jeanette Winterson's The Stone Gods", *Interdisciplinary Humanities*, Fall 2010, Vol. 27 Issue 2, pp. 132 - 146.

Kellaway, K. 'She's got the power'. *The Observer*. Sunday 27 August 2000. http://books. guardian. co. uk/reviews/generalfiction/0, 6121, 359570,00. html Accessed on 21 July 2003.

Lambert, A. 'Interview'. *Prospect Magazine*. February 1998. from http://www. prospect-magazine. co. uk/articledetails. php? id = 4295 Accessed on 11 October 2006.

LeGuin, U. 'Head cases', *The Guardian*, Saturday 22 September 2007. http://books. guardian. co. uk/reviews/sciencefiction/0, 2174334, 00. html Accessed on 6 January 2008.

Lindenmeyer, A. 'Postmodern concepts of the body in Jeanette Winterson's Written on the Body', *Feminist Review*, Autumn 1999, pp. 48 - 63.

Maya, Jaggi. 'Jeanette Winterson: Redemption Songs', *The Guardi-*

an, 29 May 2004.

McAvan, Em. 'Ambiguity and Apophatic Bodies in Jeanette Winterson's Written on the Body', *Critique*. 2011, Vol. 52 Issue 4, pp. 434 - 443.

McHale, Brian. 'Telling Postmodernist Stories', *Poetics Today*, 1988, Vol. 9 Issue 3, pp. 545 - 571.

Merritt, Stephanie. "To infinity and beyond. The article reviews the book 'The Stone Gods', by Jeanette Winterson". *New Statesman*. 2007, Vol. 136 Issue 4864.

Merleau, Chloë Taylor. 'Postmodern Ethics and the Expression of Differends in the Novels of Jeanette Winterson', *Journal of Modern Literature*, *Summer 2003*. Vol. 26 Issue 3/4, pp. 84 - 102.

Mónica Calvo Pascua. l 'A Feminine Subject in Postmodernist Chaos: Janette Wintersons' Political Manifest in Oranges Are Not the Only Fruit'. *Revista Alicantina de Estudios Ingleses* 13, 2000.

Morrison, J. 'Who cares about gender at a time like this? Love, sex and the problem ofJeanette Winterson', *Journal of Gender Studies*, 2006, Vol. 15 Issue 2, pp. 169 - 180.

Nunn, H. 'Written on the Body: An anatomy of horror, melancholy and love', *Women : A Cultural Review*, 1996, Vol. 7 Issue 1, pp. 16 - 27.

Pavel, Thomas. 'Tragedy and the sacred: notes towards a semantic characterization of a fictional genre', *Poetics*, 1981, Vol. 10 Issue 2.

Pelle, Susan. "'When Is a Tulip Not a Tulip?' Grafting, Exoticism, and Pleasure Gardens in Jeanette Winterson's The PowerBook". *Frontiers : A Journal of Women Studies*, 2012, Vol. 33 Issue 3, pp31 - 52.

Rozett, Martha Tuck. 'Constructing a world: how postmodern historical fiction reimagines the past', *Clio (Fort Wayne, Ind .)*, Winter

1996，Vol.25，pp.145 - 164.

Russell，Charles. 'The Context of the Concept'，*Garvin*. 1980，pp.
181 - 193.

Schabert，I. 'Habeus Corpus 2000：The return of the body'，*Europe-an Studies*，2001，Vol.16，pp.87 - 115.

Shilling，Jane. 'Witching hour：Review of The Daylight Gate，by Jeanette Winterson'，*New Statesman*. 2012，Vol.8，pp.46 - 47.

Staels，Hilde. 'The Penelopiad and Weight：Contemporary Parodic and Burlesque Transformations of Classical Myths'，*College Literature*，Fall 2009，Vol.36 Issue 4.

Stowers，C. "'No legitimate place，no land，no fatherland'：Com-munities of women in the fiction of Roberts and Winterson"，*Critical Sur-vey*，1996，Vol.8 Issue 1.

Thorne，M. 'Satire and SF meet - on another planet'，*The Independ-ent on Sunday*，12 October 2007. from http：//arts. independent. co. uk/ books/ reviews/ article3050454. ece Accessed on 6 January 2008.

Walter，N. *The Independent*. 19 September，1992.

Woo,Delborah. 'Maxine Hong Kingson：The Ethnic Writer and the Burden of Dual Authenticity'，*Amerasia Journal*，1990，Vol.16 Issue 1.

中文图书：

(德)弗里德里希·尼采:《查拉图斯特拉如是说》,黄明嘉译,桂林:漓江出版社,2007 年。

(德)胡塞尔:《纯粹现象学通论》,李幼燕译,北京:商务印书馆,1995 年。

(德)马丁·海德格尔:《在通向语言的途中》,孙周兴译,北京:商务印书馆,2004 年。

(德)马丁·海德格尔:《存在与时间》,陈嘉映、王庆节译,北京:生活·

读书·新知三联书店,2006年。

（俄）巴赫金:《小说理论》,白春仁、晓河译,石家庄:河北教育出版社,
1998年。

（法）保罗·利科:《利科北大演讲录》,杜小真编,北京:北京大学出版
社,2000年。

（法）保罗·利科:《历史与真理》,姜志辉译,上海:上海译文出版社,
2004年。

（法）保罗·利科:《虚构叙事中时间的塑形:时间与叙事》卷2,王文融
译,北京:三联书店,2003年。

（法）保罗·利科:《作为一个他者的自身》,佘碧平译,北京:商务印书
馆,2013年。

（法）亨利·柏格森:《材料与记忆》,肖聿译,北京:华夏出版社,1999年。

（法）吉尔·德勒兹:《德勒兹论福柯》,杨凯麟译,南京:江苏教育出版
社,2006年。

（法）罗兰·巴尔特:《符号学原理》,李幼蒸译,北京:中国人民大学出版
社,2008年。

（法）米歇尔·福柯:《词与物》,莫伟民译,上海:上海三联书店,2001年。

（法）米歇尔·福柯:《知识考古学》,谢强、马月译,北京:生活·读书·
新知三联书店,2003年。

（法）米歇尔·福柯:《主体解释学》,佘碧平译,上海:上海人民出版社
2010年。

（法）让-弗朗索瓦·利奥塔:《后现代状态》,车槿山译,南京:南京大学
出版社,2011年。

（法）热拉尔·热奈特:《叙事话语、新叙事话语》,王文融译,北京:中国
社会科学出版社,1990年。

（法）西蒙·波伏娃:《第二性》,李强译,北京:西苑出版社,2004年。

（法）雅克·德里达:《声音与现象》,杜小真译,北京:商务印书馆,2010年。

（法）雅克·德里达：《论文字学》，汪堂家译，上海：上海译文出版社，2005 年。

（法）雅克·德里达：《解构与思想的未来》，夏可君、何怀宏、杜小真等译，长春：吉林人民出版社，2011 年。

（加）琳达·哈琴：《后现代主义诗学：历史·理论·小说》，李杨译，南京：南京大学出版社，2009 年。

（加）琳达·哈琴：《反讽之锋芒：反讽的理论与政见》，徐晓雯译，北京：人民出版社，2010 年。

（加）马歇尔·麦克卢汉：《理解媒介——论人的延伸》，何道宽译，北京：商务印书馆，2000 年。

康正果：《女权主义与文学》，北京：中国社会科学出版社，1994 年。

李志雄：《亚里士多德古典叙事理论》，湘潭：湘潭大学出版社，2009 年。

（美）戴维·哈维：《后现代的状况》，阎嘉译，北京：商务印书馆，2003 年。

（美）丹尼尔·丹尼特：《意识的解释》，苏德超等译，北京：北京理工大学出版社，2008 年。

（美）哈罗德·布鲁姆：《西方正典——伟大作家和不朽作品》，江宁康译，南京：译林出版社，2005 年。

（美）哈罗德·布鲁姆：《影响的焦虑——一种诗歌理论》，徐文博译，南京：江苏教育出版社，2005 年。

（美）海登·怀特：《后现代历史叙事学》，陈永国、张万娟译，北京：中国社会科学出版社，2003 年。

（美）理查德·鲍曼：《作为表演的口头艺术》，杨利慧、安德明译，桂林：广西师范大学出版社，2008 年。

（美）J.希利斯·米勒：《小说与重复》，王宏图译，天津：天津人民出版社，2008 年。

（美）J.希利斯·米勒：《重申解构主义》，郭英剑等译，北京：中国社会科学出版社，2000 年。

（美）麦金太尔：《追寻美德》，宋继杰译，南京：译林出版社，2003 年。

（美）雪登·凯许登：《巫婆一定得死——童话如何形塑我们的性格》，李淑珺译，台北：台湾张老师文化事业股份有限公司，2001 年。

（美）伊恩·P. 瓦特：《小说的兴起》，高原、董红钧译，北京：生活·读书·新知三联书店，1992 年。

（美）伊莱恩·肖瓦尔特：《他们自己的文学》，韩敏中译，杭州：浙江大学出版社，2011 年。

（美）詹明信：《后现代主义与文化理论》，唐小兵译，北京：北京大学出版社，1997 年。

吴治平：《空间理论与文学的再现》，兰州：甘肃人民出版社，2008 年。

（希腊）柏拉图：《理想国》，郭斌和、张竹明译，北京：商务印书馆，1997 年。

（匈）卢卡奇：《卢卡奇早期论文》，张亮、吴勇立译，南京：南京大学出版社，2004 年。

（意）伊塔洛·卡尔维诺：《美国讲稿》，萧天佑译，南京：译林出版社，2012 年。

（意）卡尔维诺：《意大利童话》，文铮等译，南京：译林出版社，2009 年。

（英）安吉拉·卡特：《安吉拉·卡特的精怪故事集》，郑冉然译，南京：南京大学出版社，2001 年。

（英）安东尼·吉登斯：《现代性的后果》，南京：译林出版社，2011 年。

（英）戴维·洛奇：《小说的艺术》，卢丽安译，上海：上海译文出版社，2010 年。

（英）E. M. 福斯特：《小说面面观》，冯涛译，北京：人民文学出版社，2009 年。

（英）格雷厄姆·斯威夫特：《水之乡》，郭国良译，南京：译林出版社，2009 年。

（英）凯斯·詹京斯：《后现代历史学——卡尔和艾尔顿到罗逊与怀特》，江政宽译，台北：麦田出版社，2000 年。

（英）罗伊·博伊恩：《福柯与德里达：理性的另一面》，贾辰阳译，北京：

北京大学出版社,2010年。

(英)奈杰尔·拉波特、乔安娜·奥弗林:《社会文化人类学的关键概念》,鲍雯妍、张亚辉译,北京:华夏出版社,2009年。

(英)史蒂文·康纳:《后现代主义文化》,严忠志译,北京:商务印书馆,2002年。

(英)朱利安·巴恩斯:《10又1/2卷人的历史》,宋东升、林本椿译,南京:译林出版社,2003年。

王安忆:《故事和讲故事》,上海:复旦大学出版社,2011年。

余虹:《艺术与归家　　尼采·海德格尔·福柯》,北京:中国人民大学出版社,2005年。

张京媛:《当代女性主义文学批评》,北京:北京大学出版社,1992年。

祝宇红:《"故"事如何"新"编——论中国现代"重写型"小说》,北京:北京大学出版社,2010年。

中文期刊:

陈嫣婧:《总像缺了些什么的温特森》,《书城》,2012年第1期。

丁冬:《论〈橘子不是唯一的水果〉的后现代主义叙事特征》,《当代外国文学》,2012年第1期。

(法)福柯:《另类空间》,王喆译,《世界哲学》,2006年第6期。

高礼杰:《文学性叙事与主体的第三种命运》,《理论月刊》,2013年第12期。

韩梅:《自他如一的叙事主体——利科主体哲学研究》,《理论界》,2012年第8期。

(荷兰)约斯·德·穆尔:《从叙事的到超媒体的同一性关—在游戏机时代解读狄尔泰和利科》,吕和应译,《学术月刊》,2006年第38卷第5期。

林鸿信:《叙事情节当中的自我与他者——从利科观点看自我与他者》,《台湾东亚文明研究学刊》,2007年12月第4卷第2期。

林少晶:《温特森的〈橘子不是唯一的水果〉评析》,《齐齐哈尔大学学报

（哲学社会科学版）》，2010 年 7 月。

骆文琳：《"橘子不是唯一的水果"：一部女同性恋主义和后现代主义交织的文本》，《重庆师范大学学报（哲学社会科学版）》，2009 年第 5 期。

吕洪灵：《"我不在意性别"——英国小说家詹尼特·温特森》，《外国文学动态》，2006 年第 2 期。

于群：《论温特森的小说创作》，《科教文汇》，2009 年 3 月（上旬刊）。

（美）D.卡尔：《叙事与真实的世界：为连续性辩护》，王利红译，《世界哲学》，2003 年第 4 期。

莫伟民：《福柯的反人类学主体主义和哲学的出路》，《哲学研究》，2002 年第 1 期。

穆杨：《当代童话改写与后现代女性主义》，《外语与外语教学》，2010 年第 2 期。

申丹：《"话语"结构与性别政治》，《国外文学》，2004 年第 2 期。

肖锦龙：《电子传媒和故事讲述——论西方后现代文学的本质特征》，《文艺研究》，2015 年第 11 期。

（英）多丽丝·莱辛：《故事决定了它的讲述方式——多丽丝·莱辛与亚当·史密斯访谈录》，潘纯琳译，《西南民族大学学报（人文社科版）》，2008 年第 29 卷第 1 期。

张定浩：《故事的边缘》，《上海文化》，2014 年第 9 期。

朱桃香：《叙事与元叙事——评詹妮特·温特森的〈守望灯塔〉》，《暨南学报》，2006 年第 6 期。